KB078534

송하
新무협 판타지 소설

귀혼 2

송하 新무협 판타지 소설

초판 1쇄 찍은 날 § 2007년 7월 3일
초판 1쇄 펴낸 날 § 2007년 7월 13일

지은이 § 송하
펴낸이 § 서경석

편집장 § 문혜영
편집책임 § 심재영
편집 § 서지현

펴낸곳 § 도서출판 청어람
등록번호 § 제1081-1-89호
등록일자 § 1999. 5. 31
어람번호 § 제2-1246호

주소 § 경기도 부천시 원미구 심곡1동 350-1 남성B/D 3F (우) 420-011
전화 § 032-656-4452 팩스 § 032-656-4453
http://www.chungeoram.com
E-mail § eoram99@chollian.net

ⓒ 송하, 2007

ISBN 978-89-251-0789-9 04810
ISBN 978-89-251-0787-5 (세트)

구혼 ②

송하 新무협 판타지 소설
FANTASTIC ORIENTAL HEROES

記

도서출판 청어람

第四章 대면(對面)

신탐미(神探美) 1

　진원명이 장원(莊院)에 도착했을 때 장원은 화염에 휩싸여 있었다.

　장원 안에서 비명 소리와 병장기 부딪치는 소리가 들려온다. 진원명은 장원 안에서 펼쳐지고 있을 참상을 어렵지 않게 떠올릴 수 있었다.

　이것은 자신의 가문이 멸망하던 그날 겪었던 일의 재현이었기 때문이다.

　그날 자신의 눈앞에 펼쳐졌던 그 한 폭의 지옥도(地獄圖)와 같은 모습은 아무리 많은 세월이 지난다 해도 머릿속에서 결코 지워지지 않을, 지워지지 못할 광경이었다.

진원명은 망설임없이 장원으로 뛰어들었다.

불꽃이 매섭게 타올라 갈 길을 막는 듯했지만 진원명은 개의치 않았다.

장원 안에서 본 불꽃은 마치 거대한 괴물처럼 자신의 장원을 갉아먹고 있었다.

그리고 그 몰아치는 불꽃들을 피해 전진하면 그곳에는 더욱 치명적인 괴물이 기다리고 있었다.

낯선 복면인들, 그들은 어떤 말도 하지 않고 단지 눈에 띄는 사람들에게 무기를 휘둘러 왔다.

복면인들의 무공은 매섭고 날카로웠다.

전생의 진원명은 그들과 감히 대적하지 못했었다.

당시의 진원명이 살아남을 수 있었던 것은 여러 가지 행운들이 따라준 결과라고밖에 생각할 수 없었다.

하지만 지금의 진원명은 과거 무력했던 진원명이 아니다.

그리고 복면인들에게는 예전의 진원명과 같은 행운이 찾아오지 않았다.

푸욱, 퍼억!

비명을 지를 틈도, 고통을 느낄 틈도 없이 달려들던 두 복면인의 목숨이 사라진다.

진원명은 각각 목이 뚫리고, 목이 꺾인 그들을 돌아보지도 않고 앞으로 달려나갔다.

눈앞에 나타난 담장을 뛰어넘고 불꽃 사이를 통과한다. 그 사이 또 다른 복면인들을 만나고 그들의 목숨을 거둔다.

언제부턴가 자신과 마주친 복면인들의 수를 헤아릴 수 없게 되었다.

어떤 복면인들은 진원명을 먼저 발견했고, 어떤 복면인들은 진원명에게 먼저 발견되었다.

하지만 어떤 경우든 그 결과는 모두 동일했다. 진원명의 걸음은 조금도 늦춰지지 않았고, 복면인들은 시체가 되어 땅바닥에 나뒹굴었다.

어차피 수를 세는 것은 무의미했다.

진원명이 어떤 목표량을 가지고 있는 것이 아니었기 때문이다. 단지 정지(停止)를 생각하고 있지 않았다.

진원명이 멈추는 것은 자신의 눈앞에 더 이상 어떤 복면인도 보이지 않는 순간이 되어서야 가능한 일일 것이다.

진원명은 그렇게 장원 곳곳을 뛰어다니며 복면인들을 학살해 나갔다.

얼마의 시간이 지났을까?

진원명은 연무장으로 통하는 통로에서 익숙한 얼굴을 발견하고 걸음을 멈췄다.

"은 누님?"

바로 은비연이다.

"은 누님이 어떻게 이곳에?"

은비연은 진원명의 질문에 대답하지 않고 뒤를 돌아보았다.

"연무장은 가지 않는 게 좋을 거야."

"무슨 의미죠?"

"후회하게 될 거야. 그러니 연무장에는 절대 가지 말도록 해."

은비연의 표정은 진지해 보였다.

"연무장에… 뭔가가 있는 건가요?"

진원명의 물음에 은비연은 잠시 대답없이 진원명을 바라보았다.

"은 누님, 말해주세요."

"그곳에는… 진 동생의 원수가 있어."

은비연의 말에 진원명이 눈을 부릅뜬다.

"거기 있는 자가 제 원수라면 은 누님이 막더라도 저는 가야 합니다."

"네 마음은 알지만 그래도 가지 않는 게 좋아. 진 동생은 아마… 후회하게 될 거야."

진원명이 물었다.

"혹시 그자가 저보다 강한가요? 아니, 설사 그자가 저보다 강하다 해도 저는 가야 합니다."

은비연은 고개를 저었다.

"아니. 그자는 진 동생의 상대가 되지 못할 거야."

"그런데 왜 가지 말라는 것이죠?"

은비연이 안타까운 목소리로 말했다.

"지금의 진 동생은 평소의 진 동생이 아니니까."

"무슨 말인지 모르겠어요."

진원명이 당황하며 말하자 은비연이 묻는다.

"진 동생은 지금 진 동생의 표정이 어떤지 알고 있어?"

"내 표정이요?"

진원명이 의아하다는 듯 자신의 얼굴을 어루만지다가 문득 놀란다.

"제가… 웃고 있었나요?"

은비연은 대답하지 않았다. 잠시 고민하던 진원명은 곧 이유를 깨달았다.

진원명은 이제껏 복면인들을 무참히 베어 넘기며 그러한 자신의 행위에 취해 있었던 것이다.

과거에는 장원의 식구들이 그들에게 학살당했지만 지금은 그들이 자신에게 학살당하고 있다. 그러한 복수가 기쁘지 않을 수 없다. 당연한 것이 아닌가?

"저들은 과거에 제 장원의 식구들을 해쳤던 원수입니다. 그들에게 복수하는데 제가 웃는다 하여 그게 잘못입니까?"

"아니. 내 말은 그게 아니야."

은비연은 한숨을 내쉬며 말을 이었다.

"내 말은… 단지 지금의 진 동생은 진 동생이 진정 원했던 것을 잊고 있을지도 모른다는 거야. 진 동생은 지금 무엇 때문에 장원에 들어온 것이지? 단순히 그들을 학살하기 위해서였어?"

진원명은 그 말을 듣고서야 비로소 떠올렸다.

자신이 장원에 뛰어든 이유가 장원의 식구들을 구하기 위해서였다는 것을.

진원명은 잠시 움찔하고는 항변했다.

"하지만 제가 찾는 식구들은 장원 어디에도 보이지 않았어요."

"보이지 않은 것이야, 아니면 보려 하지 않았던 것이야?"

은비연은 다시 안타까운 표정으로 진원명을 바라보았다. 그 시선이 부담스러워 진원명은 고개를 돌렸다.

"전… 우선 원수들을 모두 없애고 식구들을 구하겠어요."

진원명은 그렇게 말하고는 뒤도 돌아보지 않은 채 연무장으로 뛰어들었다.

은비연의 안타까운 부름이 들려오는 듯했지만 진원명은 일부러 무시했다.

연무장은 불에 탈 물건이 적어 불길이 미치지 않고 있었다.

그 한가운데에는 흑의를 입은 한 작은 인영이 서 있었다.

진원명이 칼을 겨누고 신속하게 다가간다. 은비연의 말이 마음에 걸렸기에 진원명은 최대한 빠르게 승부를 볼 생각이었다.

그 흑의인이 인기척을 느끼고 뒤를 돌아봤다. 그 얼굴을 보는 순간 진원명은 달려들던 걸음을 멈추고 중얼거린다.

"아민?"

아민이 언제나처럼 빙긋 미소 짓는다.

"오셨군요, 공자님."

잠시 당황하던 진원명이 입술을 깨물며 재차 칼을 겨눴다.

"날 죽일 건가요?"

아민이 묻는다.

그 질문에 또다시 잠시 머뭇거리던 진원명은 이내 고개를 끄덕였다.

이미 많은 원수들을 베었고, 아민은 자신의 가장 큰 원수다. 죽이지 않을 이유가 없다.

마음속에 작게 피어오르던 의문은 사라지고 다시금 살의가 솟구친다.

"날 사랑한다 하지 않았나요?"

그 한마디가 되려 진원명의 살의에 불을 붙였다. 진원명이 다시 자세를 잡고 빠르게 달려든다.

아민이 안타까운 어조로 중얼거렸다.

"당신은 잊고 있군요."

진원명은 입술을 질끈 깨물며 속도를 더했다.

단 한 번의 일격으로 끝내야 한다.

"당신이 원하는 것이 그것인가요?"

그래야만 더 이상 아민의 말을 듣지 않을 수 있기 때문이다.

진원명의 손이 강하게 칼자루를 움켜쥐었다.

"지금이라도 기억해 내요."

아민의 표정이 보인다. 안타까움에 물든 표정.

아직 칼에 닿을 거리가 되지 않았지만 진원명은 미리부터 칼을 머리 위로 치켜들었다. 더 이상 그녀의 말을 허용해서는 안 된다는 생각이 들었다. 더 이상 그녀가 뭔가 말한다면…….

"당신은… 슬퍼할 거예요."

그렇게 된다면 자신은 기억해 낼 필요가 없는 무언가를 기억해 낼지도 모른다.

두 사람의 거리가 세 걸음에서 두 걸음으로, 이어 한 걸음으로 줄어드는 순간 또다시 아민의 입이 열리는 모습이 보였다.

하지만 진원명의 칼이 빨랐다.

촤악!

피가 튄다. 아민의 목소리는 더 이상 들려오지 않았다.

"아니, 난 슬퍼하지 않아."

진원명의 중얼거림에 아민은 대답하지 않는다.

아민은 이제 대답하지 못하는 몸이 되었다. 진원명이 원하는 바였지만 진원명은 알 수 없는 불안감을 느꼈다.

"네 말대로 이게 바로 내가 원하는 것이야."

잠시 머뭇거리던 진원명이 손을 들어 자신의 얼굴을 어루만졌다.

"…거봐."

진원명은 작게 중얼거렸다.

"지금 나는 이렇게 웃고 있잖아."

그리고 진원명은 잠에서 깨어났다.

진원명은 묘한 안도감을 느꼈으나 그 느낌이 무엇인지 알지 못했다. 진원명은 이미 방금 꾸었던 꿈을 잊어버린 상태였다.

시야가 흐릿해서 진원명은 눈을 비비려 손을 들어 올렸다.

그 순간 극심한 통증이 진원명의 온몸을 감싼다.

통증은 몸 어느 한곳에서 일어난 것이 아니라 몸 곳곳에서 동시에 일어나는 듯했다.

잠시 입술을 깨문 채 고통을 참던 진원명은 통증이 가라앉게 되자 더 이상 움직일 생각을 하지 않았다.

도대체 이 고통은 무엇인가? 지금 이곳은 도대체 어디인 것인가?

누운 채 곰곰이 기억을 떠올리던 진원명은 곧 자신이 복면인과 싸우다 정신을 잃었다는 사실을 떠올렸다.

그래, 기억이 난다.

그때 몸이 상하는 것도 아랑곳하지 않고 이성을 잃은 채 그저 눈앞의 복면인을 죽이려고만 들었던 자신의 모습이.

"…내가 왜 그랬던 거지?"

기억을 떠올린 진원명이 멍하게 중얼거렸다.

그처럼 격렬한 분노는 생전 처음 느껴보는 것이었다.

분명 그들은 자신이 찾고 있던 적들이다. 그렇기 때문에 진원명의 이런 분노는 어찌 보면 당연한 것이라 말할 수 있을지도 모른다.

아무리 자신이 죽기 전 복수에 대한 미련을 버렸다 하여도, 자신의 장원을 멸망시키고 자신의 인생을 망쳐 버린 자들에 대한 증오마저 완전히 버렸을 리는 없다.

하지만 어제 자신의 상태는 그런 사실들을 감안하고 바라보아도 이해하기 어려운 것이었다.

그것을 굳이 표현하자면 감정의 '홍수'라 말할 수 있을 것이다.

무너진 제방(堤防)에서 터져 나오는 물줄기와 같이 격한 감정들이 자신 안에서 터져 나왔었다.

그들을 해치기 위해서라면 자신의 몸이 망가지는 것 따위는 아랑곳하지 않을 정도의 격한 증오가 말이다.

게다가 의식을 잃기 직전 자신은 자신을 말리려는 형에 대해서도 큰 분노를 느꼈다.

만약 자신이 적절한 순간 의식을 잃지 않았다면 자신은 자신을 말리는 형을 다치게 해서라도 눈앞의 적을 죽이려 들었을지도 모른다.

"이해할 수 없군."

진원명이 중얼거렸다.

아마 지금 느껴지는 몸의 고통이 아니었다면 아마 자신은 당시의 일을 꿈속에서 일어난 것이라 여겼을 것이다.

그만큼 그 순간 자신의 모습은 뭔가 이질적이었다.

"흐음……."

잠시 고민하던 진원명은 잠시 후 그 고민을 포기했다. 대답이 나올 것 같지 않았기 때문이다.

지금 자신의 머릿속을 맴도는 또 하나의 질문이 있었고, 그 질문은 어제 경험한 자신의 상태보다 훨씬 더 중요한 질문이었다.

"다른 사람들은 모두 무사한 것인가?"

진원명은 미간을 찡그리며 그렇게 중얼거렸다.

정신을 잃기 전 이주문과 진원정의 무사한 모습은 보았다.

무엇보다 자신이 지금 이렇게 무사히 살아 있다. 그렇다면 나머지 두 명도 무사히 구출되었을 가능성이 높을 것이다.

"흐음."

하지만 일행이 모두 무사하다 하여 지금의 상황을 낙관적으로만 해석하는 것은 무리가 있다.

형은 자신과 싸웠던 복면여인이 도와주었다고 했다. 하지만 그 복면여인은 분명 전생에 자신의 장원을 습격한 자들이 사용했던 무공을 쓰고 있었다.

진원명은 입술을 깨물었다.

아무리 달리 생각해 보아도 그들과의 이런 만남이 의미하는 것은 하나뿐인 듯 보였다. 진원명으로서는 떠올리고 싶지 않은 가정이다.

전생에 경험한 가문의 참사가 다름 아닌 형으로부터 연루된 것일지도 모른다는 것이다.

형은 과거의 비무행에서도 지금과 비슷한 경로로 적들과 만났고, 그들과의 인연이 악연으로 번져 결국 그들이 진원명의 장원을 습격하게 된 것인지도 모른다.

물론 지금 진원명은 자신의 주변에 어떤 일이 일어난 것인지 제대로 파악하지 못한 상태이고, 이러한 추측들 역시 너무 넘겨짚은 것인지도 모른다.

진원명은 오히려 그렇게 믿고 싶어했다.

그러기 위해서는 우선 지금 자신이 처한 상황을 정확하게 파악해야만 할 것이다.

진원명의 생각은 거기서 잠시 중단되어야 했다. 어디선가 발소리가 들려왔기 때문이다.

그리고 첫 번째 발소리를 따라잡는 또 하나의 다급한 발소리가 들려왔다. 이내 들려오던 두 개의 발소리가 멈추고 대신 목소리가 들려온다.

"지금 어디를 가시려는 겁니까?"

여인의 목소리다. 왠지 귀에 익은 목소리였다.

"몰라서 묻는 것은 아닐 텐데. 하고 싶은 말이 무엇이냐?"

남자의 목소리였다.

그저 남자의 목소리라 표현하기에는 무리가 있을 만큼 그 남자의 목소리는 뭔가 특이했다.

듣는 것만으로 기분이 좋아질 정도로 맑고 청량한 목소리. 진원명은 그 목소리를 듣고 그렇게 느꼈다.

잠시 뜸을 들이던 여인이 다시 말한다.

"주군, 그자는 위험한 인물입니다. 굳이 주군께서 직접 찾아볼 필요가 있겠습니까?"

"후훗, 그러고 보니 네가 그자에게 당해 죽을 뻔했다는 얘기를 들었다."

여인은 대답하지 않는다.

남자의 말에 잠시 기억을 되살리던 진원명은 그녀의 목소리가 자신과 싸운 복면인의 목소리와 같다는 사실을 떠올렸다.

"충격인 모양이로구나. 사실 나도 그랬다. 나는 네가 천하무적인 줄로만 알고 있었다."

"주군은 저를 놀리시는군요. 전 당장 천 호법이나 문 호법, 설 당주의 무공에도 미치지 못합니다."

"하지만 곧 따라잡겠지. 그들이 아무짝에도 쓸모없는 나를 보아 우리와 손을 잡았겠느냐? 다 네 아버지와 네 재주를 탐내는 마음에 그랬던 것이지."

"그, 그렇지 않습니다!"

"허허, 지금 내 충격이 어느 정도인지 아마 넌 짐작도 하지 못할 것이다. 사실 난 아무에게도 말하지 않은 장기적인 계획을 가지고 있었단다. 그런데 내 일을 시작도 해보기 전에 네가 일을 그르치고 마는구나."

아쉬운 듯 말하는 남자의 목소리가 묘하게 사람의 마음을 움직이는 힘이 있는 듯하다.

"소, 송구합니다, 주군."

남자의 말에 여인이 당황한 듯 대답한다. 남자가 한숨을 푹 내쉬더니 말을 이었다.

"앞으로 십 년 정도만 지난다면 세상에 누가 네 적수가 되겠느냐. 그때가 되면 내 너를 앞세워 황궁(皇宮)을 점령할 생각이었다. 한데 네가 어제 그 소년에게 패했다고 하니 내 계획에 벌써부터 차질이 보이기 시작하는 듯하구나."

잠시 침묵하던 여인이 낮게 대답한다.

"…십 년이 아니라 백 년이 지나도 불가능할 것입니다."

"그렇게 되면 우리 함께 황궁에 나란히 뼈를 묻어야 할 터이니 그게 싫거든 더욱 열심히 정진하도록 하여라. 하하하!"

사내의 웃음이 맑게 울려 퍼진다.

"주군께서 스스로 옥체를 이토록 함부로 하시니 제가 아무리 애를 써서 정진한다 하여도 어쩔 수가 없을 것입니다."

여인이 조금 부루퉁한 음성으로 대답한다.

"후훗. 내가 네 노력을 어찌 모르겠느냐. 하지만 솔직히 말해보거라. 네가 나를 말리는 이유는 네가 지금 내가 찾으려는 자와 마주치는 것이 부담되기 때문이 아니더냐?"

보이지는 않았으나 분위기로 보아 왠지 여인의 움찔하는 모습이 상상되었다. 사내가 이어서 묻는다.

"내가 그토록 못 미더운 것이냐? 저런 큰 부상을 입은 자 한 명을 당해내지 못할 만큼?"

보이지는 않았으나 분위기로 보아 왠지 여인의 고개를 끄덕이는 모습이 상상되었다. 사내가 허허 하고 웃자 여인이 말한다.

"그런 이유도 있지만, 저자의 무공이……."

여인이 말끝을 흐리자 사내가 나지막한 목소리로 그 뒤를 잇는다.

"네가 무공을 착각했을 것이라 생각하지 않는다. 네가 본 그대로 아마 저자가 수련한 무공이 마공임은 틀림없겠지. 하지만 이제 그 이야기는 아무에게도 꺼내지 않는 것이 좋을 듯하구나."

잠시 후 여인이 묻는다.

"그들을 의심하기 때문인 것입니까?"

"아니, 그들을 의심하지 않기 때문이다."

"그게 무슨 말씀이십니까?"

"확실치 않은 일로 내분을 일으킬 필요는 없지 않겠느냐."

"하지만 그들이 의도적으로 키워낸 인물인지도 모릅니다."

"그건 두고 보면 알겠지. 하지만 난 유민 형이 우리에게 아무 말도 하지 않고 그런 일을 벌였으리라곤 생각하지 않는다. 게다가 유민 형은 나는 몰라도 너에게라면 어떤 비밀도 없는 사람이 아니더냐?"

"절대로 그렇지 않습니다!"

여인이 단호한 목소리로 부정했다. 그리고 잠시 시간을 두고 다시 이어서 말한다.

"게다가 그가 아니더라도 그의… 동생이라면……."

"강민이라면 그럴 수도 있지. 하지만 강민이라면 애써 키워낸 자가 쉽게 우리에게 정체를 드러내도록 할 만큼 허술하게 일 처리를 하지는 않았을 것이다."

잠시 말을 멈춘 사내가 다시 이어서 말했다.

"뭐, 정 모르겠다면 지금 누워 있는 당사자에게 직접 물어보면 되겠지. 그러하니 나는 오늘 이곳에서 그가 깨어나길 기다릴 것이다. 너는 이만 물러가거라."

다시 발소리가 울려 퍼지고, 여인의 다급한 음성이 들려온다.

"저, 저도 같이 들어가서 그자가 깨어나길 기다리겠습니다."

"너는 요 며칠간 잠시도 쉴 시간이 없지 않았느냐? 이제 겨우 여유가 생겼으니 조금쯤은 쉬어두도록 해라."

"하지만 그자는 자신을 도우려 했던 저마저도 해치려 했던 자입니다. 그런 자와 주군을 함께 둘 수는 없습니다."

"후훗, 네 무미건조한 복장이 적들과 비슷했으니 오해할 만도 하지. 그러기에 평소에 좀 꾸미라 하지 않았느냐."

"그런 문제가 아니지 않습니까? 저자는… 너무나도 위험합니다."

여인의 간청에 사내의 목소리도 사뭇 진지해졌다.

"네가 무엇을 말하려는지 알고 있다. 나도 최대한 조심할 것이다. 그러니 내 실수에 대한 책임마저 너 자신에게 지우려 하지 말아라. 그렇지 않아도 네 충고를 듣지 않고 맡긴 일에 네가 큰 위험을 겪게 되어 면목이 없고 미안한데, 고작 이런 작은 일까지 너에게 맡겨서야 내가 앞으로 어찌 네 앞에 고개를 들겠느냐."

사내의 이런 간곡한 말에 여인이 당황한 목소리로 대답한다.

"저, 저는 어떤 명령이라도 주군께서 명령하는 대로 따를 뿐입니다. 그것에 대해 주군께서 제게 미안해하실 이유가 결코 없습니다."

"하지만 내 명령 때문에 네가 위험한 일을 당했으니 그것이 불만스럽지 않을 리가 없겠지. 네가 앞으로 내 지시를 믿지 못하고 항명한다 해도 나로서는 할 말이 없는 노릇이라 생각한다."

사내의 말에 여인이 단호한 목소리로 말한다.

"항명이란 결코 있을 수 없습니다! 게다가 저는 주군의 어떤 명령이라도 불만을 가지지 않습니다!"

"흠, 그게 정말이냐?"

"물론입니다."

"하지만 내 명령으로 또 네가 위험해지기라도 한다면……."

사내의 말이 채 끝나기도 전에 여인이 그 말을 자른다.

"어떤 경우라도 제 마음은 변하지 않을 것입니다."

여인의 대답이 끝나자 사내가 가볍게 웃었다.

"그래, 알겠다. 그럼 네 말을 믿도록 하지. 그러고 보니 내 지금 당장 너에게 명령할 것이 있었다."

"명을 받들겠습니다!"

"지금 당장 네 방으로 가라. 그리고 내일까지 푹 쉬어라. 식사는 하인을 시켜 보내줄 테니 내일까지는 절대 방 바깥으로 나와선 안 된다. 이것이 내 명령이다. 알겠느냐?"

여인은 당황했다.

"아, 아니, 그 명령은……."

"하아, 결국은 내 명령이 불만인 게로구나."

사내가 침울한 어조로 말한다. 여인이 잠시 머뭇거리다가 결국 대답한다.

"…명을… 받들겠습니다."

그 어조는 '나, 불만있어!' 라고 하는 듯했다.

잠시 후 멀어지는 발소리와 다가오는 발소리가 함께 들려온다.

진원명은 고민했다.

이자들은 자신이 마공을 수련했다는 사실을 알고 있었다. 그리고 저들이 말하는 것으로 보아 '그들' 이라는 자들과 자신이 수련한 마공을 연관 지어 의심하는 듯 보였는데, 아무래도 '그들' 은 백련교와 관계가 있는 무리가 아닌가 생각되었다.

하지만 아직 불분명한 것들이 많았다.

마침 지금 다가오는 사내는 자신과 대화하기를 원하는 듯하다. 일단 저들이 자신들을 구해준 것은 분명해 보인다. 이제 그 이유와 저들의 정체를 알아내야 한다.

진원명은 그렇게 생각하며 마음에 긴장을 담았다.

신탐미(神探美) 2

"어? 깨어나신 모양이군요. 몸은 좀 어떻습니까?"

부드러운 목소리. 흐릿한 시야로 한 인영이 다가오는 모습이 보인다.

"괜찮습니다. 눈이 잘 보이지 않는 것만 빼면."

진원명의 대답에 사내가 잠시 진원명을 내려다보더니 말했다.

"흠, 잠시 실례하겠습니다."

사내의 손길이 진원명의 눈을 어루만진다. 진원명이 움찔했으나 이어 눈앞이 밝아지는 느낌이 든다.

"아마도 슬픈 꿈을 꾸신 모양입니다. 눈물 자국이 아직까지 남아 있군요."

슬픈 꿈? 방금 전 난 슬픈 꿈을 꾸었던 것인가?

진원명이 고개를 갸웃거리며 생각하고 있을 때 사내가 말을 이었다.

"제 이름은 무민(無民)이라 합니다. 소협의 이름은 소협의 형님께 들어 이미 알고 있습니다."

진원명의 밝아진 눈이 무민이라 자신을 소개한 자를 향한다. 그리고 잠시 말을 잇지 못했다.

무민이라 자신을 소개한 사내는 옛 반악(潘岳)의 용모가 이러했을까 싶을 정도의 미남이었다.

날카로운 듯 부드럽고, 연약한 듯 강해 보이는 인상. 그 무언가 모순된 듯하면서 조화로운 모습을 보고 잠시 멍해져 있던 진원명이 이내 살짝 고개를 저으며 입을 열었다.

"태어나서 남자의 얼굴을 이토록 아름답다 생각해 본 것은 처음입니다."

진원명의 솔직한 감상이었다. 무민이 쓰게 웃는다.

"고맙다는 말은 않겠습니다."

진원명이 무민의 얼굴을 잠시 바라보다 다시 고개를 저으며 말했다.

"그나저나 이곳은 도대체 어디입니까? 그리고 내 일행은 모두 어디에 있습니까? 그들은 무사합니까?"

무민이 대답했다.

"여긴 무한에서 얼마 떨어지지 않은 작은 마을에 있는 제 거처입니다. 황피(黃陂)라고 하지요."

잠시 여유를 두고 무민이 말을 잇는다.

"그리고 진 소협의 일행은… 일단 모두 무사합니다. 그리고 지금 모두 개봉을 향해 떠났습니다."

"개봉으로요?"

"음, 무엇부터 어떻게 설명해야 할지 난감하군요."

잠시 고민하던 무민이 입을 열었다.

"단도직입적으로 말하도록 하지요. 진 소협의 일행에 주여환 소협이라는 분이 계시지요? 그분이 지난번의 습격에서 적에게 사로잡혔습니다."

진원명이 표정을 굳힌다.

"그게 무슨 말입니까? 아니, 그보다 우리 일행을 습격한 그들은 도대체 누굽니까?"

"그들은 동창(東廠)이라 부릅니다."

"설마 그들이 황실의 무인들이었다는 말이오?"

진원명의 눈이 크게 떠진다.

강호에 동창이라는 이름이 주는 두려움은 대단하다. 황실의 무인 탄압을 직접 시행했던 이들이 바로 금의위와 동창이기 때문이다.

"그렇습니다."

"하면 방금 전에 말한 내용은 무엇이오? 우리 일행이 모두 무사하다 하지 않았소? 또 그들은 무엇 때문에 우릴 습격했던 것이오?"

진원명의 어조가 조금 거칠어졌으나 무민은 신경 쓰지 않는 듯했다.

"이제부터 모두 설명해 드리도록 하겠습니다. 그러니 흥분은 가라앉히십시오. 주여환 소협은 일단 무사합니다. 동창에 심어둔 첩자에게서 얻은 정보이니 정확할 것입니다. 그리고 저희에게는 인질이 있습니다. 지난번 습격에 진 소협께서 제압하신 두 명의 복면인입니다. 그중 한 명이 강남에서 제법 위세있는 집안 출신이니 주 소협과 인질 교환을 요청한다면 적도 거기에 응할 것입니다. 주 소협이 사로잡혀 끌려간 곳이 개봉이니 나머지 일행 분들과 인질들, 그리고 저희 쪽 일행은 먼저 개봉으로 올라간 상태입니다."

무민은 잠시 숨을 고르고 말을 이었다.

"그들이 여러분을 습격한 것은 저희의 책임입니다. 정말 미안하다는 말씀밖에는 드릴 수 없을 듯합니다."

"그 서신 때문이오?"

진원명이 묻자 무민은 조금 놀란 듯한 표정을 지었다.

"알고 계셨습니까?"

진원명이 얼굴을 일그러뜨렸다.

떠본 것에 불과했지만 무민의 지금 모습에서 자신의 추측이 사실이었음을 알 수 있었다.

"문종도 그자는 누구요?"

"그는 저희 동맹 세력의 일원입니다."

"동맹 세력? 그 동맹 세력이라 함은 백련교를 말하는 것이오?"

진원명의 물음에 무민이 잠시 입을 다물었다가 다시 말한다.

"…아까 깨어 있는 것을 보았을 때 의심하긴 했습니다. 제가 한 얘기를 들으셨습니까?"

"백련교가 맞소?"

"그렇습니다."

"그렇다면 백련교와 동맹을 맺었다는 당신의 세력은 무엇이오?"

진원명은 묻고는 새삼 긴장했다.

지금 자신이 듣게 될 대답이 무엇인지 뒤늦게 깨달았기 때문이다.

그것은 바로 미래의 자신이 십사 년 동안이나 찾아 헤맨 적의 정체다. 그것이 지금 이 자리에서 밝혀지려 하고 있다.

이윽고 무민의 입이 열렸다.

"…그것은 말씀드릴 수 없습니다."

진원명이 눈살을 찌푸렸다.

"무엇 때문이오?"

"이미 당신이 너무 많은 것을 알아버렸기 때문입니다. 아마 그것은 당신이 원하던 바는 아닐 것입니다. 하지만 지금 당신이 알고 있는 사실만으로도 당신은 우리에게 큰 위협이 됩니다. 더 이상 많은 사실을 알게 된다면 당신은 당신의 의도와 무관하게 우리의 적이 될 것입니다. 그렇게 되면 저는 어쩔 수 없이 당신을 해쳐야 하게 될지도 모릅니다."

미래의 형은 우연한 기회에 저들의 정체를 알게 된 것인지도 모른다. 잠시 머릿속에 그런 생각이 스쳐 지나갔다.

잠시 생각에 잠겨 있던 진원명이 묻는다.

"그럼 그 서신의 내용은 무엇이었소?"

"동창이 우리를 노리고 있다는 내용이었습니다."

그 편지에 나오는 '동형(東兄)'이라는 자가 동창을 가리키는 말이었던 것인가?

진원명은 입술을 깨물었다. 백련교는 오래전부터 황실과 앙숙이었던 세력이니 동창이 그들과 접선한 자신들을 노리려 한 것은 어찌 보면 당연한 일이라 할 수 있을 것이다.

"동창에 반하는 것은 황실에 반하는 것과 같다고 들었소. 우리에게 분명 후환이 있을 것인데 이것에 대해서는 어쩔 것이오?"

"그 부분에 대해서는 저희가 조치할 것입니다. 주 소협을 구하고 진 소협과 일행 분들에게 최대한 누를 끼치지 않도록 이미 계획을 세워두었습니다."

무민의 말에 진원명은 잠시 입을 다물었다.

이자는 너무나도 예의가 바르다.

무림에서는 힘이 곧 정의이다. 그들 정도의 힘이 있으면 자신들 정도는 이대로 없애 버리거나 그냥 무시하고 사라져 버릴 수도 있을 테고, 오히려 그렇게 하는 것이 정상이다.

하지만 이들은 그렇게 하지 않고 오히려 자청해서 자신들을 돕고 있다.

그렇다면 이들이 자신들을 굳이 나서서 도와주려 하는 의도는 무엇일까?

아직 그것에 대해 정확히 알 수는 없지만 적어도 저들이 자신들에 대한 미안함과 호의만으로 이러는 것이 아니란 생각이 들었다.

저들은 전생에 자신의 장원을 불태우고 일가 모두를 살해한 자들이다. 혹은 그 동료이거나.

진원명이 잠시 말이 없자 무민이 말한다.

"그럼 이제 제가 질문을 하나 드려도 되겠습니까?"

"무엇이오?"

"진 소협이 익힌 무공의 유래에 대해 말해주실 수 있습니까?"

진원명은 잠시 고민했다.

"내가 익힌 무공이 마공인 것은 사실이지만, 그것을 익히게 된 과정은 백련교와는 전혀 무관하다오. 그 점에 관해서는 당신이 염려하지 않아도 될 것이오."

무민이 지금껏 성의껏 대답했던 것에 비하면 너무 무성의한 대답이다.

　하지만 무민은 잠시 별다른 표정 없이 진원명의 얼굴을 지그시 바라보았을 뿐 이내 고개를 끄덕였다.

　"진 소협의 말을 믿겠습니다. 그리고 혹시나 해서 드리는 말씀이지만 방금 진 소협께서 제게 들은 사실을 결코 다른 사람들에게 말하지 마십시오. 특히 백련교라는 말이나 제가 가르쳐 주지 않은 자들의 이름을 혹시 본의 아니게 엿들었다 하여도 그것을 남들 앞에서 말하지는 마십시오. 당신의 일행뿐만 아니라 제 쪽의 일행에게도 말해서는 안 됩니다. 당신의 다른 일행 분들은 그저 우리를 동창에게 쫓기는 무인들이라고만 알고 있을 뿐입니다. 제가 속한 동맹체에서 제 힘은 그리 큰 편이 아니니 제 동료들이 그것을 듣고 비밀을 지키기 위해 진 소협을 해치려고 한다 하여도 저는 도와줄 수가 없습니다. 반드시 명심하도록 하십시오."

　"알겠소."

　진원명의 대답에 무민이 살짝 굳어졌던 표정을 다시 펴고 빙긋 미소 지으며 묻는다.

　"혹시 더 궁금한 것이 있으십니까?"

　그의 정체를 의심하는 마음이 없었다면 그것만으로 호감을 느꼈을 만한 매력적인 미소였다.

　진원명은 내심 고개를 저으며 대답했다.

"우리는 언제 개봉으로 출발하는 것입니까?"

진원명의 물음에 무민이 난처한 미소를 짓는다.

"우선 진 소협의 몸이 다 나아야만 하겠죠. 진 소협은 하루 반나절 동안 의식을 잃고 계셨습니다. 의원이 말하길, 진 소협의 원래 건강이 좋지 않은 편이라 남들보다 오래 안정을 취해야 할 것이라 하더군요."

진원명이 한숨을 내쉰다.

지금의 몸 상태로는 일행을 따라간다 해도 짐밖에 되지 않을 것이다. 다른 일행에게 적어도 부담은 되지 않을 만큼 몸을 회복하는 것이 우선이다.

그 기간은 짧으면 짧을수록 좋을 것이다. 이제부터 아마 자신은 해야 할 일이 무척 많아질 것이기 때문이다.

진원명이 생각에 잠겨 있자 무민이 말한다.

"그럼 전 이만 물러가겠습니다. 대신 소협을 시중들 아이를 하나 보낼 테니 필요한 것이 있다면 그 아이에게 부탁하면 될 것입니다."

무민은 떠났다.

진원명은 누운 채 잠시 지금의 상황을 정리해 보려다 이내 혼란에 빠졌다.

모든 게 뒤죽박죽이고 명확한 것이 없었다. 도대체 누가 적이고 누가 아군인지조차 알 수 없었다.

단 한 가지 사실만이 명확해졌다.

지금 당장은 진원명과 나머지 일행의 힘만으로 주여환을 구출해 낼 수 없는 상황이니 어쩔 수 없이 이자들의 힘을 빌리지 않을 수 없게 되었다는 것이다.

될 수 있다면 이런 자들과는 관련을 맺지 않는 게 좋겠지만, 일이 이렇게 된 이상은 이자들과 함께 행동하며 최대한 이자들의 정체를 알아내 두는 편이 훗날을 위해서라도 좋을 것이다.

진원명은 되도록 긍정적으로 생각하려 했다.

이제 적어도 자신은 자신의 적이 어떤 존재인지, 어떻게 자신의 가문과 인연을 가지게 되었는지에 대해 작은 실마리라도 잡게 되지 않았는가?

이것은 전생에서 십사 년이라는 세월을 허비했어도 얻지 못한 성과인 것이다.

게다가 어제 자신이 깨달은 마공의 새로운 운용은 앞으로 자신이 무공을 회복하는 데 큰 도움이 될 것이다.

진원명이 앞으로의 일에 대해 고민하고 있을 때 밖에서 발소리가 들려왔다. 그 발소리가 자신이 누워 있는 방문 앞에서 멈추더니 이어서 여자 아이의 목소리가 들려온다.

"들어가도 되겠습니까?"

"들어오시오."

진원명은 가볍게 놀랐다.

문이 열리고 들어온 여자 아이의 얼굴이 낯익었기 때문이다. 그 아이는 진원정이 서신을 전해주기 위해 들른 저택에서 보았던 여자 아이였다.

"오늘부터 공자님의 시중을 들게 되었습니다."

그렇게 말하며 살짝 고개를 숙이는 여자 아이의 모습을 바라보며 진원명이 가볍게 미소 지어 보였다.

하지만 그 미소는 그 아이의 다음 한마디에 흔적도 없이 사라졌다.

"수연이라고 합니다. 잘 부탁드리겠습니다."

第五章 재현(再現)

"세상은 그대로였다. 내가 그 흐름에 포함되었다는 사실은 세상에 어떠한 영향도 끼치지 않는다. 그것은 강물의 흐름을 막아보려는 조약돌의 덧없는 시도에 불과했다."

독행(獨行) 1

이틀간 계속 비가 왔다고 했다.

창밖으로 빗소리가 가늘게 들려오는 듯도 하였지만 진원명이 기거하고 있는 방에서는 그 모습이 보이지 않는다.

수연은 무료한 듯 보였으나 특별히 자신에게 먼저 말을 꺼내지는 않았다. 어린 나이인 데도 말과 행동을 가리는 모습이 교육을 잘 받은 귀한 집의 영애가 아닌가 하는 생각을 들게 만든다.

진원명은 조용한 가운데 계속해서 진기를 다스리려고 노력했다.

조금이라도 일찍 회복하는 것. 지금 진원명은 그것만을 생각하고 있었다.

수연이 잠시 방 밖으로 나가더니 청색의 장포 한 벌을 들고 와서 수를 놓기 시작한다.

진원명은 신경 쓰지 않고 계속 진기를 다스렸다.

부상을 입고 처음 진기를 운용했을 때 진원명은 황당함을 느꼈었다. 진기의 흐름에서 이전 같은 답답함이 느껴지지 않았기 때문이다.

자세한 내막은 알 수 없었지만 얼마 전 자신의 무모한 움직임이 오히려 득이 되어 몸 곳곳의 막혀 있던 혈맥이 어느 정도 뚫리게 된 것이 아닌가 하는 생각이 들었다.

진원명의 혈맥이 굳은 것은 진원명의 병약한 체질에서 기인한다. 혈맥을 뚫기 위한 진기를 버텨낼 수 있는 몸 상태가 아니기에 그 회복은 조심스러워야 했다.

진원명은 매일의 운공으로 조금씩 자신의 막힌 혈맥을 타통시켜 나가고 있었다. 답답할 정도로 그 회복은 느렸지만 그 이상은 자신의 약해진 혈맥이 견뎌내기 힘들 것이라 여겼다.

하지만 지금의 이러한 기연을 얻고 나자 진원명은 왠지 그동안의 조심스러웠던 자신이 바보같이 느껴졌다.

눈살을 찌푸리던 진원명이 다시 고개를 저으며 정신을 집중했다.

곧이어 이제껏 흐르지 않던 부위로 진기의 흐름이 이어지며 몸이 점차 편안해져 가는 것이 느껴진다.

지금의 자신은 자신의 약한 신체 부분을 알고 그것을 진기의 유도를 통해 다스릴 수 있게 되었지만, 전생의 자신은 이틀 정도 과하게 무예를 수련하면 근 일주일을 앓아눕곤 했었다.

　당시의 선천적인 병약함은 그의 모든 행동을 얽매었다.

　어머니는 자신을 아끼셨지만, 아버지는 형을 편애하셨다.

　형은 무예에 대해 잘 모르던 자신이 보기에도 멋져 보였다.

　그 모습을 닮기 위해 자신은 얼마나 많은 노력을 기울였던가? 하지만 그러한 노력의 결과는 항상 자신의 유약함을 재확인하게 되는 길로 흘렀다.

　그럼에도 진원명은 형을 부러워하지 않았다. 그 부러움이 질투가 되어 결국 자신이 형을 싫어하게 될지도 모른다는 사실이 두려웠기 때문이다.

　그 대신 진원명은 게으르고 놀기 좋아하는 막내가 되었다.

　형이 뛰어난 것은 조건이 자신보다 좋기 때문이 아니다. 그저 자신이 노력하지 않았기 때문이다.

　진원명은 그렇게 생각하려 했다.

　그리고 아민은 그런 자신을 이해해 주었다.

　"도련님의 병약함은 도련님의 일부입니다. 그리고 큰 도련님의 뛰어남 역시 큰 도련님의 일부분이지요. 그것을 인정하지 않는 것은 도련님의 마음이 육체만큼이나 나약하기 때문입니다. 하지만 저는 그런 도련님을 책망하고 싶지 않습니다. 왜냐하면 저는 도련님의 그런 나약한 마음에서 형에 대한 깊은 애정을 느낄 수 있으니까요."

그때 그 말을 하던 아민의 눈에서는 마치 동생을 바라보는 누나와 같은 따뜻함이 흘렀었다.

생각해 보면 그후로도 아민은 자주 그런 눈으로 자신을 바라보곤 했다.

나이는 한 살 더 많았지만 곱게만 자라 세상을 모르던 진원명이라 아민의 입장에서 보았을 때 진정 동생처럼 느꼈을지도 모르는 일이다.

잠시 멍하게 옛 생각에 잠겨 있던 진원명이 문득 주변을 돌아보았다.

방 왼편 구석에서 작은 몸집의 소녀가 자신의 몸보다 큰 장포를 펼쳐 둔 채 수를 놓고 있다.

진원명이 물었다.

"무엇을 하고 있느냐?"

수연이 화들짝 놀라며 진원명을 돌아본다.

왜 처음에 눈치 채지 못했던 것인가?

그 얼굴에서 진원명은 확실히 과거 자신의 아내 수연의 모습을 발견할 수 있었다. 그리고 수연의 모습 속에는 더욱 오래된 과거의 기억 속 아민의 모습이 자리 잡고 있었다.

멍하게 자신을 바라보는 진원명을 본 수연은 얼굴을 붉히더니 들고 있던 장포를 등 뒤로 감추었다.

"수를 놓는 듯하던데, 내가 보아도 되겠느냐?"

"아, 아직 시작한 지 얼마 안 되어 남에게 보일 만하지 않습니다."

진원명이 빙긋 웃었다.

수연에게 저토록 귀여운 어린 시절이 있었던 것인가?

자신이 기억하는 수연의 얼굴은 항상 어둡게 그늘이 드리워져 있었다.

"계속해서 나와 함께 있으려니 심심하지 않느냐?"

진원명이 묻자 수연은 고개를 저었다.

"심심하지 않습니다."

"굳이 내 곁에 계속 있어줄 필요는 없단다. 답답하면 나가서 조금 놀다 와도 무방하다. 단, 하루 세 끼 식사만 제대로 챙겨준다면 말이다."

진원명이 빙긋 웃으며 말한다. 그 말을 들은 수연이 눈을 동그랗게 뜨며 진원명을 바라보았다.

"…전 그냥 여기 있는 것이 편합니다."

"그럼 편하게 있으려무나. 너무 부담 가질 필요 없으니."

수연이 고개를 끄덕이며 방긋 미소 지었다. 살짝 들어가는 보조개가 귀엽게 느껴진다.

진원명은 그 모습을 보며 묘한 괴리감을 느꼈다. 그러고 보니…….

"난 네가 웃는 모습을 본 적이… 한 번도 없었구나."

수연이 의아하다는 듯 바라본다.

자신은 아민을 죽였다. 수연은 아마 그 복수를 위해 자신과 혼인했을 것이다.

원수의 아내가 되어 산다는 것은, 가슴속의 원한을 숨긴 채 원수와 살을 맞대야 하는 것은 수연에게 웃음을 앗아갈 만한 충분한 이유가 되었으리라.

진원명은 그렇게 생각하며 쓸쓸한 미소를 지었다.

하지만 이상한 것은 그 웃음이 왠지 자신에게 낯설지 않다는 것이었다.

아민을 닮았기 때문인가?

하지만 아민에게는 저런 보조개가 없었다. 아민의 웃음은 지금 수연에게서 보였던 천진하고 해맑아 보이는 웃음과는 조금 달랐다. 아민의 웃음은 보는 이로 하여금 은은하고 따뜻한 느낌을 들게 만드는 웃음이었다.

잠시 고민하던 진원명은 이내 생각을 정리했다.

내가 뭔가 착각한 모양이지.

진원명은 그렇게 생각하며 다시 마음을 가다듬고 진기를 불러일으켰다.

비는 그 뒤로 하루를 더 내렸고, 사흘을 쉰 뒤 다시 이틀을 더 내렸다.

그렇게 진원명이 요양한 지 일주일이 지나자 진원명의 상세는 이제 부축 없이도 가벼운 산책 정도는 할 수 있을 정도로 회복되었다.

"생각보다 회복이 빠르군요. 방금 왔다 간 의원도 무척이나 놀란 표정이었습니다."

무민이 찾아왔다. 무민은 처음 자신이 깨어난 날 이후 이제껏 한 번도 얼굴을 비치지 않았었다.

"주 형의 일은 어떻게 되었습니까? 연락이 아직 없습니까?"

진원명이 누워 있던 몸을 일으켜 침상에 걸터앉으며 물었다. 무민이 멋쩍게 웃으며 대답한다.

"그렇지 않아도 그 일 때문에 온 것입니다."

진원명이 눈빛으로 말을 재촉한다. 무민이 말을 이었다.

"아무래도 우리도 개봉으로 가봐야 할 것 같습니다."

"아직 주 형을 구해내지 못한 것입니까?"

"음, 결론부터 말하자면 그렇습니다."

"그게 무슨 소립니까? 인질을 잡고 있다 하지 않았습니까? 적들이 혹 인질 교환에 응하지 않은 것입니까?"

무민이 고개를 끄덕인다.

"적들은 지금, 그러니까 교환할 인질이 없다고 발뺌하고 있습니다."

"그게 무슨 소리요?"

"우리가 붙잡은 포로 중 오호라 불리는 자가 강남의 유력한 상가의 차남입니다. 그들이 황실에 미치는 영향력이 적지 않으니 우리가 인질 교환을 요구한다면 동창으로서는 그 요구를 결코 거절할 수 없게 됩니다. 나중에 오호를 구할 수 있었음에도 구하지 못했다는 사실로 문책받을 것이 분명하기 때문이죠. 그렇기 때문에 동창은 지금 아예 자신들이 주 소협을 사로잡은 사실이 없다고 말하고 있습니다. 저희야 그들에게 심어둔 첩자를 통해 그들의 말이 거짓이라는 사실을 알고 있지만 그것을 입증할 방법이 없으니 그것이 문제입니다."

진원명이 눈살을 찌푸렸다.

"그럼 뭔가 다른 방법이 있습니까?"

"그 방법 때문에 온 것입니다. 먼저 개봉으로 간 자들이 주소협을 구출할 다른 계획을 세우기는 했으나 그 계획을 수행할 인원이 충분치 못합니다. 제가 몇몇 부하들을 이끌고 가보아야 할 것 같은데, 진 소협을 이곳에 혼자 남겨두고 갈 수가 없군요. 진 소협에게는 조금 무리한 부탁이 될지도 모르지만 저희와 함께 개봉까지 동행해 주실 수 있겠습니까? 의원의 말로는 진 소협의 상처로 원행을 떠나는 것은 조금 어려울 것이라고 하였습니다만 방법이 없군요."

무민이 그렇게 말하며 얼굴에 미안한 기색을 비치자 진원명이 곧장 몸을 일으키며 말한다.

"그야 물론 동행할 것입니다. 몸은 꽤 많이 회복했으니 걱정하지 않으셔도 됩니다."

진원명이 자신의 말을 증명하듯 몸을 이리저리 움직이는
모습을 보이자 무민이 활짝 웃으며 말했다.

"다행입니다. 밖에 이미 마차를 준비시켜 두었거든요."

무민이 어색하게 웃으며 말한다.

"아무래도… 역시 여행은 무리였나 보군요."

"아니, 괜찮습니다. 그저 마차 안이 조금 더운 듯하군요."

그렇게 이야기하는 진원명의 몸은 땀에 흠뻑 젖어 있었다.

무민은 바로 옆자리에 앉아 있으면서도 전혀 더위를 느끼
지 않고 있었기에 진원명의 말에 고개를 살짝 내저었다.

그냥 적당한 곳에 내려 요양하도록 하는 편이 좋을까?

"그런데 궁금한 것이 있습니다."

진원명이 힘겨운 기색으로 입을 연다.

"말씀하십시오."

"무민 소협의 부하들은 우리와 따로 개봉으로 이동하는 것
입니까?"

무민이 잠시 생각에 잠긴다.

"제 부하들은 지금 이 마차를 타고 가는 인원이 전부입니
다."

진원명이 잠시 상처의 고통을 잊었다.

그 마차를 탄 인원은 마차 안의 그들 두 명과 마부석에 앉

아 삿갓으로 얼굴을 가리고 있는 두 명뿐이었기 때문이다.

"그, 그게 무슨 소립니까? 내가 머물던 장원에는 제법 많은 무인이 머무는 듯했습니다. 당신이 그들의 책임자였던 것이 아닙니까?

진원명의 얼굴이 일그러진다.

자신이 뭔가 착각했던 것인가?

무민의 외모나 행동거지만을 보고 그를 어린 나이임에도 불구하고 당연히 높은 위치에 있는 사람일 것이라고 생각해 버렸다.

고작 세 명의 인원으로 무슨 도움을 준다는 것인가?

무민이 고개를 저으며 입을 연다.

"진 소협이 본 그들은 제 수하가 맞습니다. 하지만 일부러 데려오지 않았습니다."

진원명이 고개를 가로젓는다. 요 며칠 헛다리만 짚는 느낌이다.

"알아들을 수 있게 설명해 주십시오."

"음, 이건 저희 세력의 치부라 할 수 있지만 사실대로 이야기하도록 하죠. 제가 속한 세력은 저를 대표로 내세우고 있지만 사실상 그 힘은 저희 세력의 원로들에게 집중되어 있지요. 원로들은 제가 당신들을 구해낸 것을 탐탁지 않게 생각했다. 그런 상황에 지금 동창에 잡혀간 주 소협을 구출한다는 말을 했다가는 원로들의 등쌀에 아예 저마저 움직이지 못하게 되어버릴 수가 있습니다. 그러니 이처럼 소수의 인원만을 이끌고 도망치듯 떠나온 것이지요. 진 소협을 억지로 데려와야 했던 것도 같은 이유에서입니다. 저희가 말없이 떠나 버린 것을 알면 그들이 남은 진 소협에게 무례를 범할지도 모르기 때문이죠. 개봉에 먼저 가 있는 저희 동맹 세력 역시 사정은 마찬가지입니다. 그쪽 역시 반대파들 때문에 동원한 인원은 많지 않습니다. 하지만 지금 이 마차를 모는 두 명이나 개봉에서 기다리고 있을 사람들은 모두 상당한 실력이 있으니 큰 염려는 하지 않으셔도 될 것입니다."

진원명은 불안했다. 아무리 그래도……

"상대는 동창이지 않습니까? 그들 개개인의 실력은 강호의 일류고수와 맞먹는다고 들었습니다."

"저도 그래서 걱정을 하였습니다. 하지만 그래서 일부러 소수 정예가 필요한 계획을 준비했다고 합니다. 지금 개봉에 있는 한유민이라는 사람의 꾀가 제법 쓸 만하니 한번 믿어봐도 좋을 듯합니다."

진원명의 불안한 마음과 무관하게 마차는 계속해서 달렸다.

빠르게 마차를 몰다 보니 마차의 흔들림이 제법 심한 편이었다. 그 때문에 그날 저녁 다음 마을에 도착해 마차에서 내렸을 때, 진원명의 얼굴은 마치 시체의 그것처럼 창백하게 질려 있었다.

진원명이 객점으로 들어가자 무민이 남은 수하들을 불렀다.

"아무래도 내일부터는 마차를 좀 조심히 몰아야 할 것 같구나. 상처가 고통스러운 듯한데도 신음성 하나 내지 않는 모습을 보고 있으려니 곁에 있는 내가 더 불안하다."

다음날 아침, 일행이 다시 길을 출발하기 위해 마차를 탔을 때 마차 안에는 짚단과 천으로 만든 푹신해 보이는 침상이 하나 마련되어 있었다.

"하하하, 너희들이 항상 나를 앞서가는구나. 누가 이런 생각을 해냈느냐?"

무민이 기뻐하자 수하들 중 키가 큰 자가 키가 작은 자를 가리킨다.

"신경 써주시니 정말 감사합니다."

진원명이 고개를 숙였지만 키 작은 수하는 별 대꾸 없이 마부석으로 걸어가 버렸다.

진원명이 의아해하다가 깨달았다. 저 작은 체구는 지난번 자신과 싸웠던 그 복면여인과 비슷하지 않은가?

"하핫, 진 공자, 어서 들어가시지요. 저 역시 오늘부터는 좀 편안한 마음으로 여행할 수 있을 듯합니다."

무민의 말대로 이어지는 여정은 전날과 비교해 확실히 편안해졌다.

진원명의 상세는 날이 갈수록 조금씩 좋아져 갔고, 무민은 곁에서 당금 강호의 이런저런 괴사(怪事)나 여러 무인들의 무용담(武勇談)을 늘어놓았는데, 전문적인 이야기꾼들 못지않게 그 입담이 좋아서 진원명은 여행 중 전혀 무료함을 느끼지 못하였다.

개봉을 향한 지 엿새째 되는 날 아침, 마차를 타고 이동을 시작한 뒤 무민이 말하였다.

"그러고 보니 어제부로 제 머릿속에 무용담 하나가 늘었습니다."

"무용담이요?"

진원명이 묻자 무민이 가볍게 웃으며 고개를 끄덕인다.

"어제저녁 개봉에서 온 서신을 받아보았습니다. 서신에 의하면 하남성에 이미 모르는 자가 없다고 하더군요. 강서일룡 진원정의 이름을 말입니다."

독행(獨行) 2

진원명은 마치 얼음 굴에 떨어진 듯한 한기를 느꼈다.

"강서일룡이라 하셨습니까?"

"네, 그렇습니다. 진원정 소협은 요 며칠간 소림사의 속가 제자인 철비수(鐵比手) 설진무와 남해검파 출신의 이단명, 그리고 화산일맥이라 불리는 운검(雲劍) 정청화와 연달아 비무하여 모두 이겼다 합니다. 운검 정청화가 비무 후에 진원정 소협에게 별호를 지어줬는데, 그 별호가 바로 강서일룡이라고 하더군요. 하남 무인들은 요즘 모이기만 하면 진원정 소협의 이야기뿐이라고 합니다."

무민은 신이 난 듯 이야기를 해나가는데 듣고 있는 진원명의 표정은 왠지 어두워 보인다.

무민이 말을 멈추고 물었다.

"몸이 좋지 않으십니까?"

"아, 아닙니다. 그저 생각할 게 조금 있어서……."

강서일룡이라는 별호는 과거의 형이 얻었던 별호와 동일했다.

자신의 개입과 함께 많은 것이 전생과 달라졌는 데도 결국 그 별호만큼은 전생 그대로 정해졌다는 것이 진원명을 불안하게 했다.

"진 소협? 아무래도 몸이 많이 좋지 않은 듯 보입니다만……."

"형은 왜 이런 상황에서 비무행을 나선 것입니까?"

무민의 말에 대답하지 않고 진원명이 묻는다. 무민이 씩 웃으며 대답했다.

"그게 바로 계획 때문이라더군요. 지금 주여환 소협이 갇혀 있는 곳은 영객상(領客商)이라 하는 개봉의 제법 규모있는 상회(商會)입니다. 동창이 주여환 소협을 붙잡고 있다는 사실을 숨기기 위해 마련한 임시 거처인 셈이죠. 지금 그곳은 동창의 무인들이 주야로 거의 황궁 수준의 경비를 서고 있다고 합니다. 저희가 그곳을 정면으로 돌파하기에는 인원도 부족할뿐더러 피해가 만만치 않을 테니, 대안으로 생각해 낸 방법이 바로 지금 진원정 소협의 비무행을 이용하는 것이지요."

"비무행을 이용한다고요?"

"네, 그렇습니다. 진원정 소협은 애초에 비무행을 계획하고 있었다고 하더군요. 영객상에 상단무사로 있는 천지검(天地劍) 이윤무라는 자가 그 지방에서는 제법 유명한 고수라고 합니다. 진원정 소협과 이윤무와의 비무를 통해 영객상의 내부로 침입하는 것이 우리의 계획입니다."

"그런 계속된 비무행을 관에서 그냥 보고만 있단 말입니까?"

"관의 허가를 얻었다 합니다. 뭐, 그 가운데에서 제법 뇌물이 오가긴 했겠습니다만."

무민의 설명을 들으며 진원명은 고개를 끄덕였다.

과거와 분명 다른 이유의 비무행이다. 그리고 진원정이 전생과 같은 별호를 얻은 것은 단순한 우연의 일치일 뿐이다.

진원명은 그렇게 생각하며 방금 들었던 불안한 감정을 떨쳐 버리기 위해 고개를 가로저었다.

"조금 쉬었다가 출발하는 편이 좋을까요?"

진원명의 심각한 표정을 본 무민이 조심스럽게 묻는다. 진원명이 대답했다.

"아닙니다. 상처는 거의 다 아물었습니다. 주 형 구출에 동참해도 좋을 만큼 말입니다."

"…그건 좀 무리가 있지 않을까 싶습니다만."

무민이 당황하며 대답하자 진원명은 그저 말없이 웃어 보였다.

사흘 뒤 마차는 개봉에 도착했다.

무민은 마차에서 내리자마자 급하게 어딘가로 이동하기 시작했다. 뒤따르는 진원명이 묻는다.

"어디를 이리 급히 가는 것입니까?"

"하핫, 재미난 구경거리가 있답니다. 빨리 가지 않으면 끝나 버릴 지도 모르니 당연히 서둘러야지요."

무민은 대답하며 더욱 걸음을 서둘렀다.

얼마 후 일행은 제법 큼지막한 저택의 대문 앞에 도착했다.

대문 앞에는 이미 제법 많은 사람들이 모여 있었다.

사람들이 문지기와 실랑이를 벌이는 모습이 얼핏 보아도 들여보내 달라는 사람들의 요구를 문지기가 거절하고 있는 것 같았다.

"구경거리가 벌어지는 곳이 이 저택 안이라면 아무래도 조금 늦은 것처럼 보이는군요."

진원명이 말하자 무민이 고개를 가로젓는다.

"아직 늦지 않았습니다. 금방 다녀올 테니 진 소협은 여기서 잠시만 기다려 주십시오."

무민은 그렇게 말하며 가볍게 몸을 날렸다.

순식간에 무민의 신형이 담벼락 곁에 심어진 나무를 박차고 저택 안으로 사라져 간다.

진원명이 미처 생각지 못한 일에 당황하여 그 모습을 그저 바라만 보고 있었을 때, 뒤따라온 무민의 수하 두 명 역시 재빠르게 담벼락을 뛰어넘어 저택으로 들어가 버렸다.

진원명이 당황하여 주위를 살폈지만 다행히 문지기들과 주변 사람들은 실랑이에 바빠 눈치 채지 못한 것 같았다.

"으음, 어쩐다?"

잠시 그 자리에 서서 고민하던 진원명은 이내 한숨을 내쉬며 담벼락을 향해 몸을 날렸다.

탓!

담벼락을 넘는 순간 주위를 살폈기에 진원명은 주변에 인적이 없다는 사실을 알 수 있었다.

무민은 어느 쪽으로 간 것일까?

진원명이 고민하고 있을 때, 머리 위에서 목소리가 들려온다.

"진 소협, 기다리시지 않고 왜 따라오셨습니까?"

무민의 목소리였다.

이거 화를 내야 하는 것인가?

잠시 진원명이 고민하고 있자 무민이 재촉했다.

"따라오기로 결심하셨다면 어서 올라오십시오. 이미 시작한 것 같습니다."

무민의 기척이 멀어져 간다.

진원명은 재빨리 지붕 위로 뛰어올라 갔다. 진원명의 눈에 지붕 반대편에 사이좋게 엎드려 있는 세 사람의 모습이 보인다.

영락없는 양상군자(梁上君子)들의 모습이다. 진원명이 그 모습에 어처구니없어하며 그들에게 다가간다.

"몸은 괜찮으십니까?"

무민이 묻는다. 다친 허리가 살짝 욱신거리고 있었으나 진원명은 고개를 가로저었다.

"이제 몸은 다 나은 듯합니다. 그보다 무슨 구경이기에 이처럼 지붕 위에 올라와서까지 지켜보아야 하는 것입니까?"

"이미 시작되었으니 진 소협도 같이 보시지요."

진원명이 얼굴을 살짝 찡그리며 몸을 엎드려 무민의 옆으로 기어갔다.

지붕 아래로 고개를 살짝 내밀자 수많은 사람들의 모습이 눈에 들어온다. 그리고 그 사람들 가운데에서 두 명의 신형이 바쁘게 움직이는 모습이 보인다.

"비무를 하는 모양이군요."

진원명이 그렇게 말하며 비무를 벌이는 두 명의 인원에게 시선을 집중했다.

도를 쓰는 자와 검을 쓰는 자의 대결이다.

팽팽하군. 비무를 바라보는 순간 진원명이 내린 감상이었다. 아마 앞으로 약 삼십여 초는 넘겨야 승패의 윤곽이 잡힐 것이리라. 진원명은 그렇게 생각했다.

"대단한 실력이지 않습니까?"

무민이 묻는다. 진원명이 한숨을 내쉰다.

"그렇긴 합니다만, 우리가 지금 이렇게 숨어서 남의 비무나 지켜보고 있을 만한 상황이 아니지 않습니까?"

"하핫, 우리와 무관하다니요. 두 명의 비무를 좀 더 자세히 살펴보십시오."

진원명이 고개를 살짝 갸웃거리며 다시 비무자들에게로 시선을 돌렸다.

검과 도의 대결. 확실히 두 명의 실력은 상당했다. 하지만 이자들이 우리와 무슨 관계가 있다는 것인가?

잠시 대결을 지켜보던 진원명은 잠시 후 뭔가 이상한 느낌을 받았다.

"음, 왠지 모르게 도를 휘두르는 자의 도법이 눈에 익군요."

진원명의 말에 무민이 키득키득 웃는다.

"동생의 눈으로 보아도 알아보지 못할 정도의 역용술(易容術)이라니 참으로 대단하다 하지 않을 수 없군요."

"설마 저 사람이 내 형이란 말입니까?"

진원명이 다시 한 번 도를 휘두르는 자를 살펴보았다. 확실히 비슷한 체구에 우리 진가장의 도법을 쓰고 있다. 하지만 얼굴이 완전히 다른 사람이다. 게다가,

"너무, 너무 다릅니다. 도법에서 느껴지는 느낌이 전혀 다

릅니다."

무민이 의아한 표정으로 처다본다.

도법을 알아보지 못한 것은 형이 사용하는 도법에서 항상 풍기는 여유로움과 호의가 느껴지지 않았기 때문이다.

지금 도를 휘두르는 사람에게서 느껴지는 감정은 그저 명백한 적의와 상대방을 결단코 쓰러뜨리고자 하는 강한 의지뿐이었다.

무민이 말했다.

"지금 비무하는 두 사람 중 검을 든 자는 금화표국의 대표 두 천진악이라 합니다. 그리고 그와 상대하는 도를 든 사람이 바로 진원정 소협이시지요."

무민이 거짓을 말할 이유가 없으니 분명 지금 싸우는 이는 형이 맞을 것이다. 하지만 그 사실을 알게 된 후에도 도를 쓰는 자에게서 느껴지는 묘한 이질감은 사라지지 않는다.

잠시 후 무민이 다시 입을 열었다.

"호오, 뭔가 대결의 양상이 바뀌기 시작하는군요."

무민은 즐거운 듯하다.

진원명은 다시 대결로 시선을 향했다. 진원정의 도가 전보다 활발하게 움직이고 있는 모습이 보였다.

전에도 느꼈지만 진원정은 상대방의 수법을 파악하는 능력이 실로 대단하다.

"이거 순식간에 추가 기울어 버리는군요."

진원정의 가볍게 흐르는 일 검 일 검이 적의 검로를 차단해 나가기 시작한다. 이렇게 하나하나 검로를 지워 나가게 된다면 적은 곧 검을 휘두를 공간을 얻지 못하게 될 것이다.

얼마 지나지 않아 지켜보는 이들 사이에서 탄성이 터져 나온다.

지금의 양상은 누가 보더라도 진원정에게 확실히 승기가 기우는 모습이었다.

당황하는 적을 눈앞에 두고 진원명은 전처럼 손에 사정을 두지 않는다.

대결은 길게 가지 않았다.

"우와아!"

탄성이 함성으로 변했다.

한순간 적의 휘두르는 검을 피해 낮게 휘두른 진원정의 다리가 적의 무릎을 부러뜨렸다.

끝났다.

진원명은 고개를 저으며 자리에서 일어났다.

완벽하게 예상했던 공격에 맞춘 의도적인 발차기. 확실히 형은 강해졌다.

얼마 전까지 자신은 형에게서 타인을 이기고자 하는 의지가 보이지 않는 것을 항상 불만으로 삼았었다. 그러한 부분만 추가된다면 형은 분명 크게 성장할 것이라 자신은 내심 기대하고 있기도 했다.

하지만 지금 형의 변한 모습을 보면서도 진원명은 즐거움을 느끼지 못했다.

저런 냉정하고 날카로운 모습은 뭔가 형답지 못했다.

무민이 의아한 듯 묻는다.

"어디를 가십니까?"

"밖에서 기다리겠습니다."

"비무도 끝났으니 같이 나갑시다."

무민과 두 명의 수하가 오히려 앞장섰다.

가볍게 다시 담을 넘고 아무 일 없던 것처럼 사람들 틈에 끼어든다. 이처럼 쉽게 남의 집 담을 넘을 생각을 하는 모습을 보면 이들이 아무리 자신에게 예의가 바르다 하여도 역시 이들은 사파(邪派)가 분명하다.

진원명은 그 모습을 보며 그렇게 생각했다.

잠시 후 대문이 열리고 사람들이 쏟아져 나오기 시작한다. 여기저기서 비무의 결과를 묻는 질문이 쏟아진다.

"강서일룡이오! 강서일룡 진원정 대협이 승리하였소!"

대문 안에서 나오는 이들의 대답에 대문 밖에 모여 있던 사람들에게서 뒤늦게 함성이 터져 나온다. 곧이어 어딘가에서 시작된 강서일룡 진원정을 연호하는 외침이 대문 앞을 순식간에 가득 메운다.

곁에 서 있던 무민도 열심히 강서일룡을 외치고 있었다.

자신을 제외한 그 장소에 있는 모두가 즐거워 보였다.

자신의 형을 연호하며 즐거워하는 사람들을 보면서 진원명은 그 순간 그 장소에서 묘한 거리감을 느꼈다.

그때, 누군가 자신을 툭툭 건드린다.

뒤돌아본 진원명의 눈에 낯선 사내가 빙긋 웃고 있는 모습이 보인다.

"누구십니까?"

사내가 키득키득 웃는다.

"진 동생, 헤어진 지 얼마나 되었다고 나를 못 알아보는 것인가?"

"이 형이십니까?"

진원명이 놀라서 물었다.

"하하핫! 이제 알아보겠나? 진 동생의 몸이 많이 좋아진 듯 보이니 다행이군. 진 형이 참 많이 걱정했었다네."

진원명이 이주문의 말에 헛웃음을 터뜨렸다. 도저히 이주문이라 생각하기 어려울 정도로 얼굴이 달라 보인다.

"저기 진 형이 나오고 있군."

몇몇 사람들에게 둘러싸인 채로 진원정이 걸어나오는 모습이 보인다.

진원명은 역시 그 얼굴을 제대로 알아보지 못했다. 진원명은 그가 진원정이라는 사실을 방금 보았던 비무에서 입었던 복장을 통해 알 수 있었다.

"정말 대단한 역용술이군요."

진원명이 새삼 감탄했다.

사방에서 진원정을 연호하는 목소리가 더 높아지는 가운데 진원명은 누군가 자신의 옷자락을 잡아끄는 것을 느꼈다. 무민이었다.

"자리를 옮기도록 합시다."

말하는 무민의 곁에는 방금 만났던 이주문을 비롯한 몇몇의 낯선 인물들이 서 있었다.

진원명은 고개를 살짝 끄덕이며 무민의 뒤를 따랐다.

일행이 이동한 곳은 마을 외곽의 조금 허름해 보이는 민가였다.

일행은 전부 열 명이었는데 그렇지 않아도 좁은 방에 모두 들어서니 움직일 공간이 없을 정도였다.

무민이 말한다.

"으음, 거처가 너무 좁군요. 좀 넓은 곳을 알아보지 그랬습니까?"

"관에 퍼부은 뇌물을 감당하려면 이곳도 과분하오."

대답한 것은 약간 무뚝뚝해 보이는 사내였다. 무민이 껄껄 웃는다.

"하핫, 말투를 들으니 알겠소. 그쪽이 한 형이었구려. 오래간만인데, 잘 지내셨소?"

"염려해 준 덕분에 잘 지내지 못하였소."

"하하핫, 난 한 형의 그 말투가 그리워서 잠을 제대로 이루지 못했다오."

그 말을 들은 한 형이라 불린 자가 무민으로부터 멀어지려 했기에 좁은 방 안에서 한동안 소란이 일었다.

"아참, 진 소협께 소개드리지요. 이쪽은 한유민 형입니다. 제 절친한 친구이지요. 저쪽에 앉아 있는 인원을 책임지고 있는 사람이고, 보시다시피 역용술이 대단하여 저처럼 가까운 사람마저도 원래 얼굴을 기억하기 어려울 정도랍니다. 그리고 한 형, 이쪽은 바로 진원정 소협의 동생인 진원명 소협이시오."

무민이 절친한 친구라는 말을 했을 때부터 맹렬히 고개를 가로젓고 있던 한유민이 말했다.

"한유민이라 하오."

"…아, 반갑습니다. 진원명입니다."

"아, 그리고 한 형, 저는 이제부터 무민이라 부르십시오."

그렇게 말하는 무민을 한유민이 멀뚱하게 쳐다보다 말했다.

"바꾸시오."

"이름을 말입니까? 한 형은 유민이고 저는 무민이니 잘 어울리고 좋지 않습니까?"

"그 때문에 불쾌하오."

불쾌하다고 말하지만 어조에서 불쾌한 감정이 느껴지지는 않는다.

한유민의 목소리는 냉정한 어조도 호의적인 어조도 아닌 그저 평이한, 감정이 담기지 않은 듯한 목소리였다.

"이런, 생각해서 지은 이름인데 너무하시오. 난 결코 바꿀 생각이 없으니 싫으면 한 형이 바꾸시오."

"난 내 성을 바꿀지언정 마지막 민(民) 자는 바꿀 생각이 없소."

무민이 무언가 알겠다는 듯 살짝 고개를 끄덕인다.

"호오, 그런 것이오? 그리고 보니 요즘 내 수하들의 기강이 문란한 듯한데, 모두 자기 이름을 버리도록 하고 일호, 이호, 삼호, 이렇게 부르도록 할까 생각 중이오."

무민의 말에 한유민이 잠시 고민하다 말했다.

"아무래도 우리의 동맹이 이제 끝날 때가 됐나 보오."

"하핫. 한 형, 농담이오, 농담."

"난 농담이 아니오."

한유민과 무민의 설전을 다들 어처구니없어하는 표정으로 바라보고 있을 때, 무민의 뒤에서 뭔가 음산한 분위기의 목소리가 울려 퍼진다.

"…주군, 한 대협, 지금 우리가 이런 일로 말싸움하고 있을 때가 아닌 듯합니다만."

무민과 한유민이 그 음성에 움찔하는 것이 느껴진다. 그리고 곧장 한유민이 말을 바꾼다.

"무 형이라 부르겠소. 대략적인 계획은 이미 전달했으니 세부적인 계획만 설명하면 될 것이라 생각하오."

"그, 그렇소. 저 역시 수하들에게 한 형의 계획은 모두 전달하였으니 세부적인 부분만 조절하면 될 것이오."

무민 역시 말까지 더듬으며 한유민의 말을 받는다.

진원명은 감탄하며 목소리의 주인공을 바라보았다.

자신과 대결했던 그 작은 체구의 복면여인이다. 지금은 삿갓으로 얼굴을 가린 채 무민의 뒤에 서 있다. 이 좁은 방 안에서 저러고 있는데 답답하지도 않은 것인가?

진원명이 복면여인을 바라보며 의아해하고 있을 때 곁에서는 이미 한유민의 설명이 시작되고 있었다.

생사(生死) 1

이른 아침 잠깐 내렸던 비 때문에 공기는 가볍게 습기를 머금고 있었고, 인적이 드문 대로에는 엷은 안개가 드리워져 몽환적인 분위기를 연출하고 있었다.

"오늘은 날씨도 우리편인 듯하군요."

진원명의 좌측에 서 있던 무민이 진원명을 바라보며 씩 웃는다.

진원명은 고개를 돌려 버리고 싶은 것을 겨우 참았다.

어제의 설전이 중간에 끊기기는 했지만 그 앙금이 사라진 것은 아닌 듯, 한유민이 분장시켜 준 무민의 얼굴은 쳐다보기가 싫어질 정도로 추악했다.

아까부터 지나치는 사람마다 무민의 얼굴을 보며 슬금슬금 피하는 것이 느껴졌지만 정작 무민 스스로는 그 사실을 모르는 듯했다.

설마 내 얼굴도 저 지경인 것은 아니겠지?

진원명은 가벼운 불안감을 느끼며 자신의 우측을 바라본다.

얼마 전 자신과 싸웠던 복면여인의 모습이 보였다. 삿갓을 벗은 그녀는 자신의 생각보다 훨씬 나이가 어린 것처럼 보인다.

하지만 지금 저 어려 보이는 모습 역시 분장으로 인한 것인지도 모르지.

진원명이 그렇게 생각하고 있을 때 진원명이 바라보던 여인이 진원명의 시선을 알아챈 듯 고개를 돌려 진원명을 쳐다본다.

곧 살짝 눈을 찌푸리고는 '홍' 하며 고개를 돌려 버렸지만 진원명은 내심 안심했다.

자신을 대하는 그녀의 이런 태도는 분명 변장한 무민을 대하면서 보이는, 아예 쳐다보는 것조차 두려워하는 듯한 모습과는 큰 차이가 있었다.

무민이 말한다.

"저기 오고 있군요."

돌아본 진원명의 눈에 옅은 안개 사이로 걸어오는 수많은 사람들의 모습이 보인다.

진원정의 비무행을 구경하기 위해 따르는 자들이다. 사람들의 맨 앞에 서 있는 인물은 분명 어제 보았던 역용한 진원정이다.

세 명은 그 사람들이 자신들의 곁을 지나쳐 갈 때 슬며시 그들 사이로 스며들었다.

세 명은 서로 멀리 떨어지지 않게 주의하며 인파를 따라 이동하기 시작했다.

무민과 진원명, 그리고 복면여인이 이번 계획에서 같은 '조(組)'로 묶여 있었다.

그리고 그들이 속한 조는 계획상 가장 할 일이 없는 '조'이기도 하다.

"이번 계획에는 네 개의 조가 필요합니다. 실제적인 돌파와 구출을 맡아야 하는 일조와 이조, 그리고 뒤늦게 나타나 대문 앞을 소란스럽게 만들어줄 삼조, 마지막으로 중간에서 변통 사항이나 예상치 못한 일에 대비해야 하는 사조입니다."

한유민의 목소리가 떠오른다.

진원명은 한유민이 말한 사조에 속했다. 진원명은 부상자라는 이유에서였고, 무민은 한유민이 억지로 포함시켰기 때문이었으며, 복면의 여인은 자청해서 무민을 따라왔기 때문이다.

아마 다른 조도 역시 각각 뭉쳐서 이 군중 속 어딘가에 포함되어 있을 것이다. 너무 많은 이들이 함께 움직이는 경우 주목받을 염려가 있다는 한유민의 우려 때문에 일행은 각 조별로 모두 따로 움직이고 있었다.

진원명은 걸으면서 주변을 둘러보았다. 함께 이동하는 모든 사람들의 얼굴에는 흥분과 기대감이 떠올라 있었다.

진원명은 그 모습을 보며 나직하게 한숨을 내쉬었다.

이들은 진원정이 무엇을 원하는지, 누구와 어떤 생각으로 비무에 임할 것인지 알지 못한다. 그저 이들이 원하는 것은 맹목적인 강함, 즉 그들이 동경할 수 있는 대상일 뿐이다.

진원명은 그것이 먼 과거에 자신 불사귀를 바라보았던 사람들의 시선과도 얼핏 닮아 있다고 느꼈다.

기대하는 바가 다르다. 시선이 향하는 방향이 다르다.

이러한 명성이, 그리고 이러한 승리가 애초에 형이 계획했던 비무행의 목표일 리 없었다.

형은 이 비무행에서 과연 형이 처음 집을 나섰을 때 계획했을 어떠한 의미와 목표라도 찾아낼 수 있을까?

잠시 생각에 잠겨 걷던 진원명의 눈앞에 영객상의 현판이 보이기 시작했다.

사람들이 수군거리기 시작한다.

'영객상이라면 이번 상대는 천지검 이윤무겠군.'

'그런데 상대가 천지검이라면 연배가 다르지 않나? 상대가 되지 못할 것 같은데.'

'그래도 강서일룡이라면 또 모르지. 여태 상대해 온 인물만 해도 어디 만만한 상대가 있었나?'

영객상의 대문을 지키던 문지기가 수많은 군중들의 모습에 압도된 듯 질린 표정으로 걸어나와 묻는다.

"도, 도대체 이렇게 많은 분들께서 무슨 일로 영객상을 찾으신 것입니까?"

진원정이 몇 걸음 앞으로 나서서 가볍게 포권을 취하며 외친다.

"천지검 이윤무 대협께 후배 진원정이 비무를 청하기 위해 이렇게 찾아왔습니다!"

진원정의 낭랑한 목소리가 울려 퍼지고, 그에 동조하듯 수많은 사람들의 외침이 터져 나오기 시작한다.

"천지검께 비무를 신청합니다!"

"강서일룡이 천지검께 비무를 신청합니다!"

문지기가 그 기세에 움찔하며 뒷걸음질치더니 '잠시만 기다리십시오' 라고 말하고는 대문 안으로 뛰어들어 간다.

사람들의 외침은 그 이후로도 한동안 멈추지 않고 이어졌다. 사람들의 외침은 안으로 들어갔던 문지기가 청색의 장포를 입은 중년인과 함께 걸어나온 뒤에서야 겨우 멈추었다.

"저자가 혹시 천지검인가?"

"에이, 설마. 너무 허약해 보이잖아."

사람들이 작게 웅성거리는 소리를 듣고 중년인이 살짝 얼굴을 붉히며 헛기침을 하더니 외친다.

"저는 영객상의 총관을 맡고 있는 이희상(李熙上)이라고 합니다! 이렇게 찾아주신 분들에게 죄송하지만, 지금 천지검 이 대협은 사흘 전 원행에서 돌아오셔서 몸 상태가 그리 좋지 못합니다! 사정이 그러하니 비무는 며칠 뒤 시간과 장소를 확실히 정해서 하는 게 좋을 듯합니다!"

이희상이라는 자가 말하는 동안 진원정이 곁에 있는 사람에게 나직하게 귓속말을 건네는 모습이 보인다.

관복을 입고 있는 모습을 보니 이번 비무를 참관(參觀)하기 위해 파견된 관인(官人)임이 틀림없다.

중년인의 말이 끝나자 곧바로 그 관인이 앞으로 나선다.

"나는 이번 비무를 감독하기 위해 관에서 파견된 송철산(松鐵山)이라 하오. 내 진원정 대협과 며칠을 함께 지내보아 아는데 진원정 대협은 갈 길이 바쁜 몸이라오. 진 대협에게 천지검 이윤무와의 대결은 그저 통과의례일 뿐 그 이상의 의미를 두고 있지 않소. 더군다나 진원정 대협 역시 요 며칠 연이은 비무로 몸 상태가 좋지 못하니 서로 이 대결이 불공평하다 할 여지는 없을 것이오. 이래도 승부를 뒤로 미루고자 한다면 난 천지검이 진 대협에게 꼬리를 말고 물러난 것으로 여기고 비무의 결과를 그렇게 공표하겠소."

송철산이라 자신을 소개한 관인의 말에 주변에 서 있는 사람들이 모두 환호했다.

"관인의 말이 맞소. 천지검이 비무를 미루는 것은 강서일룡이 갈 길이 바쁨을 알고 얼렁뚱땅 넘어가려는 수작이 아니고 무엇이오!"

"강서일룡 역시 먼 길을 찾아왔는데 겨우 원행에서 돌아온 것을 핑계로 만나주지 않겠다는 것이 말이나 되는 소리요?"

"이런 관인들마저 알고 있는 이치를 영객상에서는 모르는 것이오?"

사람들의 외침 사이사이에 간간이 섞여 나오는 관인 비하성 발언에 송철산의 눈살이 살짝 찌푸려지긴 했지만 송철산은 그 이상은 신경 쓰지 않고 이희상을 바라보았다.

"어떻게 할 것이오? 대답하지 않으면 기권 의사로 간주하겠소."

이희상이 사람들의 거친 반응에 당황하며 대답하였다.

"그, 그럼 앞으로 두 시진 정도 뒤에 남쪽에 있는 청화루 앞의 공터에서 비무를 하는 것은 어떻겠습니까?"

그 말을 들은 진원정이 송철산에게 뭔가 말을 전달하는 듯 보이더니 다시 송철산이 나서서 외친다.

"영객상 내부에 무척 넓은 연무장이 있다고 들었소. 군이 멀리 갈 필요 없이 그곳을 이용하는 것이 좋지 않겠소? 준비할 시간은 넉넉히 주도록 하겠소이다."

"그, 그것이……."

이희상이 머뭇거리자 다시 사람들 사이에서 이희상의 애매한 태도를 비난하는 외침이 터져 나온다.

"뭐, 연무장에 숨겨둔 보물이라도 있소? 굳이 멀리서 비무를 해야 할 이유가 무엇이오?!"

"강서일룡이 두려우면 두렵다고 솔직히 말하시오!"

"요 며칠 영객상에 검은 옷을 입은 수상한 무인이 드나든다는 소문이 있던데 혹시 그 때문인 것이 아니오?"

"그들에게 영객상주가 꽤나 굽실거리는 것을 누군가 보았다는 소문이 있던데 그게 정말인가 보오!"

순간 이희상의 얼굴이 사색이 된다.

진원명이 살짝 미소 지었다. 방금 전의 외침은 아마 이번 습격을 준비 중인 아군 중 누군가의 외침일 것이다.

이희상이 급히 말한다.

"자, 잠시만 기다리시오. 천지검 이 대협의 의향을 묻고 오도록 하겠소이다."

이희상이 들어간 뒤, 얼마 기다리지 않아 이희상이 다시 나와 말한다.

"영객상의 연무장에서 비무를 치르도록 하겠소. 모두 들어오시오."

사람들이 환호성을 지르며 대문 안으로 들어간다.

진원명이 사람들을 따라 들어가며 생각했다.

한유민의 예측이 들어맞은 셈인가? 무인들뿐 아니라 많은 일반인들마저도 동창이라는 이름을 그다지 좋게 보고 있지 않는 것이 현실이다. 만약 동창을 숨겨두고 있다는 사실이 밝혀진다면 영객상은 그동안의 명성에 큰 타격을 입을 것이 분명했다.

때문에 지금 사람들에게 쓸데없는 관심을 끄는 일은 찔리는 부분이 많은 영객상의 입장에서는 절대 지양해야 할 일이다.

동창 역시 사정은 비슷하다.

그들도 공식적인 명령에 의해 이곳에 머무는 것은 아니기 때문에 그러한 사실이 알려지는 것은 문제의 소지가 될 가능성이 있었다.

아마도 이희상은 방금 전 들어가서 장원을 지키던 동창의 무사들을 모두 사람들의 눈에 띄지 않도록 건물 내부로 들여보냈을 것이다.

이제 장원 내부에 이 많은 사람들이 있는 동안만은 동창의 무사들은 함부로 움직이기 힘들 것이 분명했다.

이미 영객상 내부의 지리는 어제의 회의에서 숙지한 상태였다. 연무장은 거의 영객상의 중앙에 해당하는 위치였고, 주여환이 갇혀 있는 곳은 연무장에서 어느 정도 거리가 있다.

아마 지금쯤 일조와 이조는 군중에서 몰래 떨어져 나와 각기 다른 길을 따라 그곳으로 접근하고 있을 것이다.

연무장에 모인 사람들의 숫자가 너무 많아 아예 근처의 나무 위나 담장 위에 올라가 구경하는 사람들도 있었다. 아마 늦게 온 자들은 전처럼 문 앞에서 들어오지 못하도록 차단할 것이 분명하다.

약 한 식경 정도의 시간이 지났을까?

아직 천지검은 모습을 비치지 않고 있었고, 대신 정문 쪽에서 누군가가 시끄럽게 떠드는 소리가 들려온다.

'삼조가 활동을 개시했군.'

진원명이 그렇게 생각하며 가볍게 고개를 끄덕였다. 잠시후 연무장 주변을 지키던 몇몇 상단무사들이 정문을 향해 뛰어가는 모습이 보인다.

천지검이 모습을 드러낸 것은 그로부터도 일 다경이 지난 뒤였다.

"요즘 명성이 자자한 강서일룡을 만나 뵙게 되어 영광입니다."

천지검 이윤무는 상당히 온화한 인상의 중년인이다.

늦게 나타나기는 했으나 말하는 것에 거만함이 보이지 않는 것이 보는 이로 하여금 자연스럽게 호감을 갖게 한다.

"오늘 후배가 부득이하게 무례를 범했습니다. 선배님께서 넓은 아량으로 이해해 주시기 바랍니다."

진원정이 포권을 취하자 이윤무가 빙긋 웃는다.

"강서일룡 같은 인물이 오늘 이 이 모를 찾아준 것만으로 이 모의 체면을 세워준 것이라고 할 수 있을 듯합니다. 오늘의 비무 결과가 어떻게 나든 그것이 서로에게 좋게 남았으면 하는 바람입니다."

말을 마친 이윤무가 곧바로 검을 뽑아 든다.

검을 뽑아 드는 순간 이윤무의 기도가 바뀌었는데, 그 느낌이 장중하고도 넓어 천지검이라는 별호가 왜 생겨났는지를 알게 해주었다.

"실례하겠습니다!'

진원정 역시 칼을 뽑아 들며 그렇게 외쳤다.

주변 사람들의 웅성거림이 순식간에 사라진다. 천지검의 장중한 기도와 진원정의 날카로운 기도의 맞부딪침을 느낀 것이리라.

잠시 두 사람은 그 자리에서 서로를 바라보며 대치하였다.

잠시의 시간이 지난 뒤, 지켜보는 사람들의 얼굴에 긴장이 좀 더 짙어지고 이윤무가 진원정을 바라보며 가볍게 고개를 끄덕였을 때, 곧바로 진원정의 신형이 이윤무를 향해 튕겨지듯 날아들었다.

진원명과 무민, 그리고 무민의 수하인 여인은 연무장 가장 바깥쪽에 위치해 있었다. 만약의 일이 생겼을 때 사람들 한가운데에 있다면 당연히 움직이는 데 불편할 것이기 때문이다.

인파에 가려서 비무의 모습이 잘 보이지 않긴 했지만 얼핏 얼핏 보이는 것만으로도 진원정이 속공을 통해 이윤무를 몰아붙이고 있음을 알 수 있었다.

진원정은 이윤무의 잘 알려진 무위에 비교해 본다면 이윤무보다 한 수 아래임이 분명했다. 때문에 저러한 속공을 통해 최대한 시간을 벌기 위해 노력하는 것이다.

오늘의 진원정은 승리를 목표로 하고 있지 않았다.

오늘 진원정의 목표는 주여환을 구해낼 만큼의 시간을 버는 것이었다.

"뭔가 이상합니다."

무민의 목소리가 왠지 심각하게 들렸기에 진원명이 뒤를 돌아보았다.

"뭐가 이상하다는 것입니까?"

무민이 잠시 고개를 숙이고 생각에 잠긴 듯하더니 이내 말을 잇는다.

"음, 방금 이곳에 있어서는 안 될 자를 본 것 같습니다."

진원명이 그 말의 의미를 물으려고 할 때, 그보다 먼저 옆에 있던 무민의 수하인 복면여인이―지금은 복면을 하지 않았지만―입을 열었다.

"공격조로부터의 신호입니다."

목소리에서 가벼운 긴장이 느껴진다. 무민이 고개를 끄덕이며 신음을 토한다.

"아무래도 문제가 생긴 듯합니다. 우리가 움직여야 할 것 같군요."

무민이 뒤편 건물 쪽으로 이동하며 말했다.

곁에 있으면서도 아무것도 느끼지 못했기에 진원명은 도대체 어떤 방법으로 공격조에서 신호를 전달한 것인지 궁금했으나 그것을 묻기에는 무민과 복면여인이 상당히 다급해 보인다.

가볍게 주위를 살피며 이동하는 무민의 움직임에서 아무런 기척도 느껴지지 않는다.

뒤따르는 복면여인은 한 번 겨루어보아 그 무공의 수위를 알고 있었지만, 무민마저도 이 정도의 실력을 가지고 있을 줄은 상상하지 못했다.

본신 내공이 모자란 탓에 셋 중 경공으로만 따지자면 진원명이 가장 처진다고 할 수 있었다.

덕분에 사람들 뒤를 빠져나가면서 되도록 기척을 내지 않기 위해 진땀을 흘리던 진원명은 연무장을 벗어난 뒤 다행히 아무도 자신들의 이탈을 눈치 채지 못했다는 것에 안도의 한숨을 내쉬었다.

앞장서서 어제 회의에서 본 지도대로 길을 따라가던 무민이 어느 순간 몸을 바닥에 엎드리듯 낮춘다. 뒤따르던 두 명역시 몸을 낮춘 채 무민의 곁으로 따라붙었다.

멀리 흑의를 입은 사내들에게 포위된 채 대치하고 있는 일단의 무리가 보인다. 이어서 무민의 낮은 목소리가 울려 퍼졌다.

　"일조와 이조가 동창에게 포위당했습니다."

생사(生死) 2

"낭패로군요."

진원명이 눈살을 찌푸렸다.

"일단 좀 더 접근해서 기회를 찾도록 하지요."

그렇게 말하며 무민이 위치를 옮긴다. 그들 왼쪽에 있는 정원을 통해 좀 더 무리에게 접근할 생각인 듯했다.

정원에 있는 나무나 수풀은 길게 드리운 그늘을 통해 분명 적으로부터 그들의 몸을 숨겨줄 가능성이 높지만, 그런 만큼 그런 지형지물을 밟거나 부러뜨리는 소리로 그들을 드러낼 가능성 역시 적지 않다.

진원명은 그런 실수를 하지 않기 위해 온 정신을 주변에 집중하며 무민의 뒤를 따라 이동했다.

대치하고 있는 사람들의 얼굴이 대충 식별될 만큼의 거리가 되자 무민이 손을 뻗어 더 이상의 접근을 막는다. 변장을 남보다 심하게 했는지라 확실치는 않았지만 무민의 표정은 뭔가 심상치 않은 분위기를 풍기고 있었다.

"고목귀(枯木鬼)와 철수귀(鐵手鬼). 저들이 있다는 얘기는 전혀 듣지 못했는데……."

진원명이 고개를 갸웃거렸다.

"처음 듣는 이름입니다."

"동창의 다섯 귀신[五鬼] 중 두 명이 이곳에 있소. 그들 하나하나는 모두 천하제일을 논할 수 있을 고수들이오."

그제야 진원명이 무민의 말에 긴장하며 그들을 살폈다.

얼핏 보아 특별히 고수처럼 보이는 자들은 없었으나 오히려 절정의 고수들은 그 기도(氣度)가 잘 드러나지 않는 법이다.

대치한 사람들을 하나하나 살피던 진원명은 문득 포위된 이들 중 복장이 다른 한 명이 누군가의 등에 업혀 있는 모습을 보았다.

"그래도 다행히 주 소협은 구출한 듯하군요."

곁에 있던 무민이 중얼거린다.

봉두난발이라 잘 알아보기 힘들었지만 업혀 있는 이는 분명 주여환일 것이다. 그리고 그 주여환을 업은 채 동창과 대치해 있는 저 익숙한 체구의 여인은 아마도 은비연이리라.

생각해 보면 저들은 분명 오래전 자신과 마주했을 때도 저처럼 서로를 지켜주기 위해 노력했었다.

진원명이 작게 고개를 끄덕였다.

"지금이 바로 그때의 빚을 갚을 때인가 보군요."

진원명의 중얼거림에 무민이 잠시 의아하다는 듯 돌아보았지만 곧 다시 시선을 앞으로 돌린다. 한유민의 목소리가 들려왔기 때문이다.

"이해할 수 없소. 어째서 당신들이 지금 이곳에 있는 것이오?"

대답한 것은 갈라지는 듯한 목소리의 비쩍 마른 중년인이었다.

"그건 너희들이 알 필요가 없다. 너희들은 지금 단지 두 가지의 선택만을 할 수 있을 뿐이다. 순순히 항복하고 목숨을 부지하는 것과 무모하게 저항하여 이곳에 모두 뼈를 묻는 것. 자, 둘 중 어느 쪽을 택하겠느냐?"

"지금 말한 자가 바로 고목귀요."

무민이 낮게 설명했다.

"선택의 폭이 너무 좁소. 보기를 좀 더 주시오."

한유민이 뚱한 목소리로 투덜대었다.

"후훗, 겁대가리 없는 녀석. 좋다, 보기 중 하나가 바뀌었구나. 네 녀석은 항복한다 하더라도 내 손에 다리 한 짝 정도는 부러질 각오를 해야 할 것이다."

한유민이 고개를 젓는다.

"맘에 안 드오, 맘에 안 드오. 당신이 보기를 주지 않으니 내가 직접 세 번째 보기를 만들도록 하겠소."

"이 녀석이! 다리 한 쪽으로는 정신을 차리지 못할 것 같구나!"

고목귀가 분노한 목소리로 말하였으나 한유민은 여전히 태연한 목소리로 말을 이었다.

"새로운 보기는 순순히 항복하지 않고 고함을 지르는 것이오. '여기 좀 와보시오! 여기 백주에 칼 든 강도가 나타났소!' 하고 말이오."

한유민의 강도가 나타났다는 외침이 제법 컸기에 순간 동창의 인원들이 모두 흠칫 놀란다.

"이, 이 빌어먹을 자식! 죽고 싶으냐!"

"죽기 싫어서 이러는 것이 아니겠소? 그러니 이젠 내가 당신들에게 보기를 주겠소. 순순히 우리들을 놓아주고 물러나시겠소, 아니면 저기 저편에 있는 수많은 군중에게 강도로 몰려 몰매를 맞으시겠소?"

"너, 너, 이 녀석!"

한유민에게 달려드려는 고목귀를 누군가 붙잡는다.

"고목신(枯木神) 물러서서 잠시 화를 식히시오."

"하지만 철수신(鐵手神)! 저, 저 개자식이……!"

고목귀를 붙잡은 자는 제법 우람해 보이는 덩치를 지닌 중년인이다.

이번에도 무민이 진원명에게 설명한다.

"저자가 바로 철수귀요."

철수귀가 고목귀를 힘으로 끌어당기며 말한다.

"고목신, 이제부터는 내가 말하도록 하겠소."

고목귀가 화를 억누르는 듯한 표정으로 고개를 끄덕이며 물러났다.

고목귀를 대신해 앞으로 나선 철수귀의 느릿하면서 힘있는 목소리가 울려 퍼진다.

"지금 너희들의 힘으로 우리를 당해낼 수 있으리란 생각은 하지 않고 있을 것이다. 너희가 주장하는 요구는 결코 들어줄 수 없는 것이다. 너희들이 소리를 질러 사람들을 부른다면 우리는 단지 상황이 조금 난처해질 뿐이지만, 너희들은 우리들에게 대부분 목숨을 잃게 될 것이다. 그리고 우리의 입장에서는 너희들을 모두 놓아주느니 차라리 조금 난처한 처지가 되는 길을 택할 것이다. 하지만 나는 이곳에서 그런 사태가 일어나는 것을 원하지 않는다. 그러니 서로 한 걸음씩 양보하는 것이 어떻겠느냐? 서로 오늘의 일을 없었던 셈치는 것이다. 너희가 구출한 그자를 포기하고 다시 우리에게 넘겨준다면, 우리는 너희가 도망갈 수 있게 길을 열어주도록 하겠다."

진원명이 입술을 깨물었다.

만약 철수귀의 말대로 이번 기회를 살리지 못한 채 이대로 물러나게 된다면 앞으로 주여환을 구하는 것이 훨씬 더 어려워질 게 분명하다.

하지만 지금의 상황은 확실히 좋지 않았다. 한유민이 자신의 부하들을 희생해서까지 주여환을 구하려고 할 이유가 없지 않는가?

그때 한유민이 말했다.

"당신의 생각은 내 생각과 조금 다른 것 같소."

"그게 무슨 말이냐?"

"아마 당신들이 이곳에 머물렀다는 사실이 밝혀지게 된다면 그것이 조금 난처한 처지로 끝나게 되지는 않을 것이라는 얘기요."

철수귀가 한유민의 말에 살짝 눈살을 찌푸렸지만 한유민은 계속 말을 이어 나갔다.

"이미 당신들의 상부에서 우리가 사로잡은 상민호(尙敏虎)라는 자와의 인질 교환을 위해 우리가 제시한 인질을 찾으라는 지시가 내려와 있을 것이오. 아참, 모를까 봐 하는 말인데, 상민호라는 자는 당신들 사이에서는 천오호(天五號)라 불리는 인물이오. 그자의 아버지가 현 사례태감(司禮太監)의 숙부가 되는 사람이니 애초 그자와 인질 교환을 요구했던 인물을 당신들이 구금하고 있었다는 사실이 알려지게 된다면 고목귀나 철수귀 당신들이라 해도 지금의 위치를 고수하기는 쉽지 않을 것이고, 당신들 이외의 이 자리에 있는 모든 자는 황명(皇命)을 어긴 죄로 본인은 물론 그 집안마저 멸문의 화를 피하기 어려울 것이오."

포위망을 이룬 동창 무사들로부터 가벼운 동요가 느껴져 온다. 한유민의 말이 이어진다.

"사정이 그러하니 가장 좋은 방법은 저자를 그냥 우리가 데리고 나가도록 내버려 두는 것이 될 것이오. 그럼 증거가 사라지게 되는 셈이니 추후에 어느 누가 문책하더라도 아무 문제가 없게 되는 것이지요. 하지만 만약 우리가 저들을 두고 간 뒤 만약 이 일이 새어나가게 된다면 그때까지 이곳에 남아 있을 무사들이 그 책임을 지게 될 것이오. 그때가 되면 아마 고목귀나 철수귀 두 분은 이곳에 계시지 않겠지만 다른 분들은 그렇지 못할 것이라 생각되는구려."

한유민의 말이 이어지는 동안 무민이 낮게 말한다.

"한 형에게서 신호가 왔습니다. 아마 우리가 이 근처에 있을 것을 예상한 듯합니다. 신호에 맞추어 튀어나와 적들의 뒤를 치라고 하는군요."

진원명이 고개를 끄덕일 때, 고목귀의 호통이 터져 나온다.

"이 후레자식이 어디서 헛소리를!"

"헛소리가 아님은 당신 자신이 가장 잘 알고 있을 것이오."

동창의 무인들에게서 불안한 기색이 흘러나오고 있음을 느낀 철수귀가 고목귀에게 낮게 말한다.

"고목신, 진정하시오."

한유민이 고개를 갸웃하며 말한다.

"그리고 보니 고목귀의 무공이 오귀 중 최하라 다른 사귀의 말에는 꼼짝도 못한다는 소리를 들었소. 이제 보니 그 말이 진실이었구려."

"이, 이 쳐죽일 녀석! 내 오늘 네 심장을 씹어 먹어주마!"

"이런, 고목신! 멈추시오!"

"한 형이 신호했습니다!"

"뒤쪽에 사람이 있소!"

고목귀가 한유민에게 달려드는 것과 한유민이 손을 흔들며 물러나는 것, 그리고 철수귀가 고목귀를 만류하는 것, 그리고 숨어 있는 무민 패거리가 수풀에서 뛰쳐나온 것, 마지막으로 한유민이 크게 소리 지른 일은 시간 간격 거의 없이 동시에 일어났다.

그리고 그중 상대적으로 마지막에 일어난 사건을 통해 동창의 모든 무인들은 그 시선을 수풀에서 뛰쳐나온 세 명에게 두고 있었다.

이제 기습의 의미가 없었다.

뒤에서 달려들려고 하던 세 명은 그 자세 그대로 굳어버린 듯 우두커니 서 있었다.

"한 형……."

무민이 망연자실한 목소리로 중얼거릴 때 한유민이 이어

서 말했다.

"아아, 아쉽게도 목격자가 생겨 버렸구려. 만약 저들이 이 대로 도망간다면 이제 당신들 모두의 목숨이 위태로워지게 생겼소이다."

동창의 무사들의 칼끝이 자신도 모르게 모두 무민 패거리 쪽으로 돌아갔다.

"한 형, 두고 봅시다."

무민이 나지막하게 중얼거리자마자 진원명이 이어서 외친다.

"튑시다!"

"쫓아라!"

"와아!"

"아니, 멈춰라! 이런 젠장!"

무민 패거리가 도망가는 것과 고목귀가 다급하게 추격 명령을 내리는 것, 그리고 대부분의 무사들이 그 명령을 따르는 바람에 생긴 공백을 통해 포위당한 적들이 도망가는 것과 마지막으로 철수귀가 동창의 무사들을 멈춰 세우며 성급한 추격 명령을 내린 고목귀의 얼굴을 매섭게 노려보는 것 역시 동시에 일어났다.

그중 마지막의 사건을 통해 누구의 말을 들어야 하는 것인지 감을 잡은 동창의 무사들은 제자리로 돌아와 사방으로 흩어져 도망가는 적을 잡기 위해 움직이기 시작했다.

그때 한유민이 외친다.

"이런이런! 목격자가 도망갔구려! 아까도 말했듯이 목격자가 있더라도 증거가 당신들 손에 없다면 당신들에게 아무도 죄를 묻지 못할 것이오! 이 점 잘 기억하시오!"

그 말이 끝나는 순간 그곳 공터에서는 동창의 무인들에게만 갑자기 시간이 느리게 흐르는 기현상이 발생하기 시작했다.

"네 이놈들! 오늘 만약 저들을 놓치게 된다면 내 친히 네놈들의 목을 모두 분질러 주겠다!"

"하지만 삼족을 멸하지는 못하겠지요."

고목귀의 고함에 잠시 빨라졌던 시간은 이어지는 한유민의 목소리에 다시 느려진다.

"내 네놈만은 용서치 않겠다!"

고목귀가 고함을 지르며 한유민을 향해 달려든다.

신형이 마치 길게 늘어지듯 한유민을 향해 뻗어갔는데, 한유민은 침착하게 곁에 있는 동창 무사의 뒤로 이동한다.

"바보 같은 자식! 어서 비켜라!"

고목귀가 앞을 가로막는 동창 무사를 들어 옆으로 던져 버리는 순간, 한유민은 곁에 있던 다른 동창 무사의 뒤로 이동했다.

괴성을 지르며 달려드는 고목귀가 다시 한유민의 앞을 가로막은 무사를 뒤로 던져 버린다.

근처의 동창 무사들이 고목귀를 피해 흩어지고 그 혼잡한 사이에 고목귀가 한유민의 신형을 놓치고 두리번거리는 순간 고목귀의 아래쪽에서 날카로운 빛줄기가 솟아오른다.

채앵!

하지만 이미 고목귀의 손에는 두 자루의 작은 칼[小刀]이 들려 있었다.

"조그만 녀석이 어디서 잔재주만 배워왔구나."

기습이 실패한 순간 이미 한유민은 거리를 벌리고 있었다.

이미 포위망은 완전히 뚫려 있었다.

"그자를 반드시 사로잡아야 하오!"

뒤편에서 철수귀가 뛰어오는 모습이 보인다.

예전에 분명 들은 바가 있었다.

철수귀와 고목귀가 항시 붙어 다니는 이유는 한쪽은 너무 과하게 성급하고 한쪽은 너무 과하게 신중하기 때문이라는 소문을 말이다.

"아마 그래서 이번엔 서로 호흡이 안 맞으신 듯하오. 두 분, 다음에 뵐 때는 뭔가 발전이 있으시길 빌겠소."

말이 끝남과 함께 한유민의 발밑에서 연막이 터져 오른다.

그 모습을 본 철수귀와 고목귀가 곧장 몸을 날려서 한유민을 잡아갔다. 두 절정고수의 움직임은 마치 빛살과도 같이 빠르다.

쇄액!

그리고 두 절정고수는 멈추는 것 역시 빠르다.

신형이 멈추는 순간 두 자루의 비도(飛刀)가 각자의 가슴 앞을 스쳐 지나가는 것을 본 두 고수는 가슴이 서늘해지는 것을 느꼈다. 비도의 기척을 느낀 것이 아닌 소리를 들었기에 멈췄던 것이다.

만약 조금만 반응이 늦었더라면 둘 모두 가슴에 구멍이 뚫렸으리라.

멀어지는 적의 기척을 느끼며 서 있던 고목귀가 이를 악물더니 주위를 둘러보며 살기 어린 음성으로 소리친다.

"명심해라! 오늘 저 녀석들을 붙잡지 못한다면 내 일일이 너희들의 삼족을 찾아 모두 목을 베어줄 것이다!"

느린 시간 속을 부유(浮游)하던 동창의 무사들이 그제야 정상적인 시간 속으로 돌아와 황급히 연막을 넘어 몸을 날리기 시작했다.

생사(生死) 3

영객상의 담장을 넘어 도망가는 두 개의 그림자가 보인다. 그 그림자 중 하나는 등에 사람을 업고 있었다. 그들이 담장을 넘자마자 뒤쪽에서 누군가의 목소리가 들려온다.

"한 형, 멈추시오!"

"은 누님, 기다리세요!"

도망치던 두 그림자는 한유민과 은비연이었고, 그들을 부른 이들은 무민와 진원명이었다.

무민 일행은 방금 전 멀리 도망치지 않고 기다리다가 한유민이 포위망을 뚫고 도망치자 그들을 쫓아온 것이었다.

포위당한 이들은 모두들 각기 다른 방향으로 도망갔다.

무민과 복면여인은 한유민을 따라가려 했고, 진원명은 은비연을 따라가려 했는데, 마침 그들은 함께 같은 방향으로 도망가고 있었다.

한유민은 목소리를 무시한 채 계속 달렸지만 은비연이 진원명의 목소리를 듣고 잠시 멈춰 서자 혼자 삼 장 정도 앞서 나가다가 따라서 멈춘다.

"한 형, 설마 우리를 이용할 줄은 몰랐소."

무민이 다가오면서 투덜거린다.

"상황이 급하니 머뭇거릴 여유가 없소. 빨리 도망가야 하오."

전혀 급박하게 느껴지지 않는 한유민의 재촉을 무시하며 무민이 묻는다.

"일조와 이조는 모두가 각기 다른 방향으로 도망가던데, 오히려 그중 한 명이라도 적들에게 붙잡힌다면 접선지에서 문제가 생길 소지가 있지 않겠소?"

"경공만 보고 뽑은 인물들이오. 그렇기 때문에 문제요."

한유민의 대답에 무민이 고개를 갸웃거린다.

"뭐가 문제란 말이오?"

"나는 예전부터 경공에는 영 소질이 없었소."

"…어서 달립시다."

무민이 황급히 말하고 일행은 다시 도망가기 시작했다.

경공에 소질이 없다는 한유민은 잘 따라왔으나 주여환을

업고 있는 은비연이 자꾸 뒤처졌기에 얼마 후에는 무민이 주여환을 바꾸어 업고 달렸다.

"헉! 헉! 어디까지 가야 하는 것이오?"

마을을 나와 산길을 따라 한참 동안 내달린 뒤 무민이 말한다.

"아직 멀었으니 아무 말 말고 따라오시오."

"한 형! 헉! 헉! 이제 한 형이 조금만 바꾸어 업는 것이 어떻겠소? 헉! 헉! 힘이 들어 뛸 수가 없소!"

"쯧쯧, 남자가 체력이 그렇게 약해서 어디에 써먹겠소. 아까 말했듯 난 경공이 형편없으니 한 사람을 업고 달리기는 무리라오. 참고 그냥 달리시오."

뒤도 돌아보지 않고 그렇게 말하는 한유민의 모습은 일행 중 가장 여유가 넘쳐 보였다.

무민이 한유민의 말에 허탈한 웃음을 지어 보일 때, 뒤따라오던 복면여인이 말한다.

"주군, 대신 제가 업도록 하겠……."

"바꿔 업읍시다. 이리 주시오."

여인의 말이 채 끝나기도 전에 눈앞에 들이밀어진 한유민의 등을 보며 무민은 어이없다는 듯 고개를 가로저었다.

한유민이 주여환을 업은 뒤로 일행의 속도는 한결 빨라졌다.

한유민은 자신의 말과는 다르게 주여환을 업고도 일행의

걸음에 전혀 뒤처지지 않고 잘 따라오고 있었다.

그렇게 반 시진을 계속해 달리던 중 무민이 결국 참지 못하고 말했다.

"헉! 헉! 내 한 형의 무공을 익히 아는데 아무래도 한 형의 경공은, 한 형의 무공보다 못해도 두세 수는 앞서고 있는 듯하오."

"하아! 하아! 말할 힘이 있거든 아껴뒀다 뛰는 데 쓰도록 하시오."

"허억! 허억! 그, 그런데 쫓아오는 무리가 보이지도 않는데 꼭 이렇게 필사적으로 도망가야 합니까?"

뒤따라오던 진원명이 말한다.

일행 중 진원명이 가장 지쳐 보였다.

무민이 대답한다.

"헉! 헉! 동창은 다 무섭지만 그중 가장 무서운 것이 바로 추적술(追跡術)입니다. 습격한 이들이 모두 뿔뿔이 흩어지긴 했어도 아마 어느 한쪽의 흔적을 붙잡고 이미 추적을 시작했을 것입니다. 그게 누가 될지는 모르지만 일단은 되도록 멀리 도망치고 봐야겠지요."

"하아! 하아! 아마 그들은 우리의 흔적을 쫓아오고 있을 것이오."

"헉! 헉! 한 형이 그것을 어찌 아시오?"

"하아! 하아! 다른 인원은 다들 혼자 도망쳤을 터인데 우리는 유독 여섯 명이나 되는 인원이 한꺼번에 이동하고 있소. 또한 사람을 업은 자의 흔적은 홀몸으로 뛰는 흔적과 확실히 구별이 되게 마련이오. 그리고 동창의 그 귀신들은 내가 여기 주 소협을 업은 은 소저의 뒤를 쫓는 모습을 보았을 것이오. 하아! 하아! 더 이유가 필요하오?"

"허억! 허억! 하지만 여기 주 형은 다친 몸이라 쉬면서 치료하지 않는다면 오래 버티지 못할 것입니다."

"하아! 하아! 이미 주 소협의 상태에 대해서는 첩자를 통해 모두 파악하고 있었소. 내 생각이 있으니 일단 이 앞에 보이는 언덕 위로 올라가서 얘기하도록 합시다."

무민과 진원명은 한유민이 가리킨 언덕의 까마득함에 고개를 저었고, 한유민은 오히려 주여환을 업고도 나머지 일행을 앞질러서 나아가기 시작했다.

한 식경 뒤 일행은 언덕 위에 도착했다.

한유민은 곧바로 주여환을 내려놓은 채 땅바닥에 주저앉아 가쁜 숨을 몰아쉬었고, 나머지 일행 역시 한유민의 그런 모습을 본 후 제각기 땅바닥에 주저앉아 거친 호흡을 내뿜었다.

무민이 숨을 고르며 곁을 돌아본다. 진원명이 아까부터 지친 듯 보여 걱정되었기 때문이다.

돌아본 진원명은 손을 흔들며 앞을 가리키고 있었다.

"허어어억! 허어어억! 허어어억!"

뭔가 하고 싶은 말이 있는 모양인데 숨이 차서 말이 나오지 않는 듯하다.

진원명의 손이 가리키는 곳에는 정신을 잃은 주여환이 누워 있다.

"하아! 하아! 진 소협은 주 소협을 어떻게 할 것인지 묻고 싶은 것입니까?"

무민의 말에 진원명이 고개를 끄덕인다.

무민이 한유민에게 대답을 기대하는 눈길을 보내자, 잠시 숨을 고르던 한유민이 몸을 일으키며 말한다.

"하아! 하아! 주 소협의 상세는 크게 심한 편은 아니지만, 가볍다고 하기에도 무리가 있소. 적어도 우리가 동창을 피해 계속 도주하는 동안을 견뎌낼 체력은 남아 있지 않을 것이 분명하오. 아마 억지로 데리고 도망간다면 그것은 우리 손으로 주 소협을 해치는 꼴이 될 것이오. 게다가 부상자 한 사람 데리고 가야 하는 입장이라는 것 역시 우리들로서는 큰 부담이지요."

"헉! 헉! 한 형, 그럼 어쩌겠다는 소리요?"

무민이 진원명의 시선을 다시 통역하자, 한유민의 무표정한 시선이 진원명을 향한다.

"하아! 하아! 데려갈 수 없다면 그냥 두고 가는 수밖에요."

한유민의 냉랭한 대답에 은비연과 진원명의 손이 자연스럽게 자신들의 무기를 향했다.

*   *   *

"개자식들, 이러려고 구해간 것인가?"

고목귀가 땅바닥에 침을 뱉으며 말한다.

"흑일호(黑一號), 흔적은 어떠한가?"

시신의 흔적을 살피며 묻는 이는 철수귀였다.

흑일호라 불린 사내가 대답한다.

"아마 그들은 이곳에서 잠시 쉬었다가 다시 이동한 듯합니다. 방향은 꾸준히 서쪽을 유지하는 것으로 보아 아마 정주나 그 근방 어딘가를 향하는 것이 아닌가 싶습니다."

철수귀가 몸을 일으킨다.

"쉬었다가라……. 아마 걸리적거리는 이자를 해치우기 위해 잠시 멈춘 것이겠지."

그렇게 말하며 내려다본 자리에는 방금 적에 의해 구출된 자의 차가운 시신이 누워 있었다.

동창에 의해 모진 고문을 받으면서도 끝내 아무 대답도 하지 않은 결과가 고작 이것이다. 이자는 그들에 대한 의리를 끝까지 지켰지만 그들은 이자를 믿지 못했다.

철수귀는 내심 죽어 있는 자의 어리석은 충성에 애도를 표하며 쓰게 웃었다.

그나저나 시체의 가슴이 완전히 함몰되어 있는 모습이 엄청난 장력에 얻어맞았음이 분명했다.

이것은 아까 보았던 그 재수없는 청년의 실력인 것인가?

철수귀가 고개를 저었다.

사실이라면 청년은 생각 이상의 고수임이 분명하다.

이런 위력적인 장력을 때리면서 별다른 외상을 주지 않는다는 것은 그자가 피륙에 상처없이 내부의 뼈와 장기만을 가려 부술 수 있을 정도로 장력의 세심한 조절이 가능하다는 의미였기 때문이다.

"철수신, 어서 쫓아갑시다."

서두르는 듯한 고목귀의 말에 이내 생각에서 깨어난 철수귀가 고개를 끄덕이며 고목귀의 뒤를 따랐다.

*   *   *

"역시 한 형의 판단은 항상 탁월하오."

무민의 말에 한유민이 겸손하게 고개를 저으며 말한다.

"나도 그렇게 생각하오."

"하하하핫! 그곳에 남아서 그 귀신들이 무어라 말하는지 보았어야 하는 건데 정말 아쉽기 그지없소."

일행이 쉬고 있는 곳은 외딴 산속에 있는 오두막이었다. 아마 사냥꾼들이 쉬어가기 위해 만들어놓은 곳이리라.

한유민은 언덕 아래의 개울가를 타고 내려왔다. 개울가에서는 흔적이 잘 남지 않는 데다 그 물길이 여러 갈래로 갈라졌기에 분명 쫓기는 입장에서는 최적의 도주로였다.

한유민은 이 길이 적어도 세 시진 정도 적과 거리를 벌려줄 것이라고 말했다. 그리고 이런 식으로 닷새 정도를 계속 도망가다 보면 적들을 완전히 따돌리게 될 것도.

일행은 그 말을 믿었다.

"이곳에서 쉴 수 있는 시간은 딱 한 시진이오. 아까도 말했지만 말할 힘은 아껴뒀다 달리는 데 쓰도록 하시오."

한유민의 핀잔에도 불구하고 무민은 여전히 기분 좋은 표정으로 난로 곁에 앉아 젖은 옷을 말리고 있었다.

진원명은 문득 곁을 돌아보았다. 은비연이 근심 어린 표정으로 앉아 있다.

그 마음을 짐작할 수 있을 것 같았기에 진원명이 말한다.

"은 누님, 너무 걱정 마시고 좀 쉬세요. 우리가 힘을 내어 멀리 도망갈수록 주 형은 더 안전해질 것입니다."

은비연이 진원명을 향해 고개를 돌리더니 이내 빙긋 웃어 보인다.

"응, 동생 말이 맞아. 힘을 내서 조금이라도 더 멀리 도망가야지."

"흠, 아마 지금쯤 주 형은 안전한 곳에서 편히 쉬고 있겠죠? 아니, 이 형이 이번 일로 놀려댈 것이 두려워서 잠을 못 이루고 있을지도 모르겠군요. 하핫! 한 소협의 계획이 이처럼

재현(再現) 103

모두 맞아 들어가고 있으니 이제는 우리가 안전하게 도망쳐서 주 형을 찾아가야지요."

진원명이 그렇게 말하며 한유민을 돌아보았다.

항상 무뚝뚝하고 퉁명스러운 태도를 일관하고 있지만 가장 주변을 살피고 항상 일어날 수 있을 변수를 생각하며 움직이는 자다. 게다가 상황에 대한 대처가 빠르고 일 처리에 빈틈이 보이지 않으니 만약이라도 이런 자와 적이 되어야 하는 상황은 절대로 피해야 할 것이다.

처음 적에 의해 포위당했을 때부터 주여환의 처우에 이르기까지 한유민은 시종일관 적과 아군을 모조리 속여넘기지 않았던가?

약 두 시진 정도 전 그 언덕에서도 진원명은 한유민의 말을 듣고 무기를 뽑을 뻔했다.

"하아! 하아! 진 소협, 은 소저, 두 분이 생각하는 의미가 아니니 진정하시오."

"허어어억! 그럼… 허어어억! 무슨… 허어어억!"

"헉! 헉! 진 소협은 방금 한 형의 말이 무슨 의미인 것인지 물어보는 듯하오."

"하아! 하아! 진 소협은 아무래도 힘들 것 같으니 무민 형이 도와주시오."

"헉! 헉! 무엇을 말이오?"

"하아! 하아! 이것을 좀 들어 올려야 할 것 같소."

한유민이 가리킨 것은 길이가 족히 이 장은 되어 보이는 큰 바위였다.

"헉! 헉! 그, 그것은 초패왕(楚霸王) 항우(項羽)가 살아 돌아온다 하여도 불가능할 것으로 보이오만……."

"하아! 하아! 농담이 아니니 어서 와서 좀 도우시오."

한유민이 그리 말하며 바위의 한쪽 귀퉁이를 잡고 들어 올리는 것을 보고서야 무민은 상황을 깨달았다.

"헉! 헉! 바위가 아니었구려."

무민이 반대편을 잡고 들어 올리자 마치 뒤집어진 바가지 모양의 속이 텅 빈 바위가 번쩍 들린다.

"헉! 헉! 저기 누워 있는 사람은 누구요?"

"하아! 하아! 직접 보시구려."

무민이 바위 속의 빈 공간에 누워 있는 남자에게 다가간다.

"헉! 하하! 헉! 하하하하! 이, 이건 주 소협이 아닙니까?"

무민이 웃는 모습을 본 나머지 일행이 그곳으로 다가왔다. 주여환의 얼굴을 쏙 빼닮은 시체가 그곳에 누워 있었다.

"허억! 허억! 이것은… 미리 준비해 둔 것입니까?"

그사이에 숨을 고른 진원명이 묻는다. 한유민이 고개를 끄덕이며 말한다.

"하아! 하아! 주 소협과 나이와 체구가 비슷한 갓 죽은 시체를 찾느라 무척 고생했다오."

"헉! 하하! 헉! 하하하! 이, 이 얼굴은 보나마나 한 형의 실력일 테고, 이 장력은 아마 천 호법의 작품일 것이오. 그리고 시체가 여태 썩지 않은 것은 민 당주의 약을 이용한 것이 분명하구려. 그렇지 않소?"

한유민이 대답없이 고개를 끄덕이는 것을 보고 진원명이 다시 묻는다.

"허억! 허억! 그렇다면… 아까 한 소협의 말은?"

"하아! 하아! 이 시체를 눈에 잘 보이는 곳에 놓아두고 대신 주 소협을 저 바위 속에 숨겨둔 채 우리는 계속 가던 길로 도망갈 것이오. 고문당한 상처의 위치마저 첩자가 넘겨준 그림을 통해 똑같이 복원했으니 아마 들킬 일은 없을 것이오. 아마 적은 우리가 도망치는 것에 바빠 아군을 죽이고 간 것으로 여기겠지요. 그리고 오늘 저녁이 되면 개봉에 있는 내 수하들이 이곳으로 와 바위 밑에 있는 진짜 주 소협을 찾아 의원에게 데리고 갈 것이오."

진원명이 기억을 떠올리고 있을 때 한유민의 목소리가 들려온다.

"진 소협의 말은 틀렸소."

"무슨 말이 틀렸다는 것입니까?"

진원명이 의아한 표정으로 묻자 한유민이 대답한다.

"내 계획이 모두 맞아들어 갔다는 말, 그 말이 틀렸소."

"이귀(二鬼)를 말하는 것이오?"

무민이 묻자 한유민이 고개를 끄덕이며 대답한다.

"맞소. 그들 고목귀와 철수귀가 이곳에 있다는, 혹은 이곳을 찾을 계획이 있다는 정보는 전혀 없었소. 만약 그들이 등장하지 않았다면 우리가 이렇게 어려운 도주로를 택할 이유가 없었을 것이오."

"흠, 그렇구려. 그리고 보니 나도 이상한 것을 보았소. 아까 진원정 소협과 천지검의 비무 중 그곳에 있어서는 안 될 인물이 있는 것을 말이오."

"그게 누구요?"

"한 형의 동생 한강민이오."

무민의 대답을 듣는 순간 한유민의 시종일관 무표정했던 얼굴이 살짝 찌푸려진다.

"아무래도 곧바로 출발해야 할 것 같소."

한유민이 곧바로 자리에서 일어나며 말한다.

"한 형, 무슨 일이기에 그러시오?"

"빨리 준비하시오. 아마 진정 강민이가 일을 꾸몄다면 단순히 이귀만을 부르는 것으로 끝내지 않았을 것이오. 내가 알기로 나타난 이귀 외에도 오귀 중 또 한 명이 이곳에서 멀지 않은 곳에 위치해 있소. 그가 만약 끼어들었다면 이런 식의 도주행은 의미가 없소."

한유민의 등쌀에 일행은 황급히 오두막을 나섰다.

그리고 일행은 오두막 앞에 서 있는 가느다란 눈의 중년인을 보았다.

중년인이 일행을 보고 키득키득 웃더니 말한다.

"멀리 가진 못했군."

그 모습을 본 무민이 이를 갈며 한유민이 우려했던 그 중년인의 이름을 내뱉었다.

"무영귀(無影鬼)!"

금강(金剛) 1

막 해가 저물기 시작할 무렵의 붉음이 덧씌워진 무영귀의 얼굴은 귀기가 어려 보인다.

일행은 모두 조용히 무기를 빼 들었다.

한유민이 나직하게 말한다.

"저자의 경공은 천하제일(天下第一)이오. 빠른 움직임에 주의하고 절대 뒤를 내주지 마시오."

그 말을 들은 무영귀의 가느다란 눈이 더 가느다랗게 찢어진다.

"큭큭, 이거 칭찬에 고마워해야 하는 것인가?"

진원명은 내심 안심하고 있었다.

이자는 겨우 혼자였다. 아무리 이자의 무공이 강하다 하더라도 자신과 복면여인 두 명이 협공한다면 최소한 비김수는 유지할 자신이 있었다.

게다가 등 뒤에는 은비연이 있다.

진원명의 시선이 뒤로 향하자 은비연이 살짝 고개를 끄덕여 준다.

믿음직스러웠다.

자신을 도울 아군이 그의 등 뒤에 존재한다는 것이, 등 뒤를 지켜줄 그 아군을 믿으며 싸울 수 있다는 것이 이토록 든든한 느낌인 것인지 미처 몰랐다.

게다가 그러한 대상이 과거에 적으로 상대했던 은비연이 될 것이라고는 상상도 하지 못했다.

적어도 자신의 경험에 의하면 은비연의 비도는 제아무리 고수라 하여도 만만하게 상대할 수 있는 수법이 아니다.

긴박한 상황임에도 불구하고 진원명의 얼굴에 자연스럽게 미소가 떠오른 것은 그러한 연유 때문이었다.

무영귀는 고개를 기울인 채 잠시 일행의 모습을 둘러보았다.

그 시선이 서서히 일행을 따라가다 무민을 향했다. 순간 무영귀가 놀란 표정으로 몸을 뒤로 젖힌다.

"네 그 귀신같은 면상은 도대체 무엇이냐? 만약 야밤에 봤다면 크게 놀랄 뻔했구나. 쯧쯧, 이놈 참, 그 얼굴로 세상 살기 힘들었겠다."

무민이 본인을 말하는 것인지 모른 채 잠시 주변을 두리번 거린다. 일행은 그 모습을 짐짓 외면했다.

다시 일행을 둘러보던 무영귀가 이번엔 진원명을 바라보며 다시 눈살을 찌푸렸다.

"어라? 너는 그 무기가 도대체 무엇이냐?"

진원명이 들고 있는 무기는 싸리나무로 만들어진 회초리였다.

잠시 무영귀가 눈살을 찌푸리며 그 싸리나무 회초리를 바라보더니 이내 혀를 찬다.

"쯧쯧, 이런 애송이들을 상대해야 하다니 영 내 마음이 내키지 않는구나."

"무 소협, 한 소협, 다른 적이 오기 전에 재빠르게 끝내도록 합시다."

무영귀의 태도는 자신들을 얕보고 있는 것처럼 보였다. 오히려 다행이라고 생각한 진원명이 낮게 말하며 회초리에 마공을 운용하기 시작한다.

한유민이 만류한다.

"섣부르게 나서지 마시오. 저자의 무공은……."

"음, 그럼 마음이 내키지 않으니 최대한 재빠르게 해치워 버리기로 하지."

한유민의 말이 끝나기도 전에 무영귀가 움직였다. 아니, 사라졌다.

쇄액!

"무 형, 아래!"

채앵!

"한 형, 뒤!"

채앵!

"여인, 머리 위!"

채앵!

진원명이 미처 움직일 여유조차 없었다.

무영귀는 한바탕 공세를 끝내고 마치 아무 일 없었다는 듯 처음의 그 자리에 돌아왔다.

처음과 다른 점은 그 표정이 잔뜩 찌푸려져 있는 것뿐이다.

"너, 내 움직임을 읽은 것인가?"

무영귀가 진원명을 가리키며 물었다.

방금 무영귀의 암습에서 일행이 무사했던 것은 진원명이 무영귀의 공격을 모두 일행에게 예고했기 때문이다.

"이, 이 움직임은 도대체……?"

하지만 진원명은 무영귀의 움직임을 보지 못했다.

무영귀의 신법은 마치 몸과 다리가 따로 움직이는 듯 상대 방 시선의 초점을 흐리며 교묘하게 사각으로 움직이는 수법 이었다. 진원명은 단지 뛰어난 기감을 통해 무영귀의 움직임 을 느꼈을 뿐이다.

무민이 옆에서 대신 대답한다.

"무영신보(無影神步)라 하는 무영귀의 독문 신법이오. 무영신보의 움직임을 파악해 내다니… 정말 놀랍소, 진 소협."

"그래그래! 어디 이 움직임도 한번 막아보려무나!"

무영귀가 자존심이 상한 듯 진원명을 노려보며 외친다.

무영귀의 신형이 진원명을 향하는 듯하더니 이내 흐릿해지면서 시야에서 사라진다. 진원명은 쳐다보지도 않고 곧장 회초리로 옆구리를 막았다.

텁!

"뭐, 뭐야!"

무영귀의 당황한 목소리가 터져 나오고, 진원명은 그제야 자신의 옆구리를 돌아보았다.

무영귀의 무기는 이 척 정도 되어 보이는 작은 검이었다. 그 검이 지금 진원명의 회초리에 붙어서 떨어지지 않고 있었다.

"내공을 흡수하는 것인가?"

그렇게 외친 무영귀는 검에 실린 내공의 방향을 반대로 돌려 간신히 진원명의 회초리에 붙어 있던 검을 떨어뜨릴 수 있었다.

하지만 그 순간 진원명의 회초리가 무영귀의 복부를 찔러온다.

무영귀의 신형이 황급히 뒤로 물러나며 간신히 그 일격을 피했다. 진원명이 그 신형을 따라붙으며 다시 회초리를 휘둘러 적의 허리를 베어갔다.

무영귀가 채 피할 틈을 주지 않는 일격이다. 무영귀는 몸을 뒤로 빼며 검을 빙글 돌려서 진원명의 회초리에 맞부딪쳐 갔다.

터업!

다시 무영귀의 신형이 휘청거리며 진원명의 회초리에 끌려간다.

"이런, 빌어먹을!"

간신히 검을 떼어낸 순간 무영귀가 본 것은 자신의 목으로 날아드는 진원명의 회초리였다.

촤악!

날카로운 바람 소리와 함께 무영귀의 끊어진 머리카락이 하늘로 나부낀다. 아마 피하는 것이 조금만 늦었다면 머리카락 대신 머리를 잃었을 것이다.

무영귀는 두피에서 느껴지는 통증도 잊고 낮게 몸을 숙인 그대로 재빨리 보법을 밟아 진원명의 측면으로 움직였다.

진원명의 시야를 완벽하게 피하는 움직임이었지만 진원명은 이미 알고 있다는 듯 무영귀가 이동한 것과 반대 방향으로 회전하며 무영귀를 향해 회초리를 휘둘러 왔다.

쩌엉!

회초리와 검이 부딪쳤다고 믿기 어려운 소리가 터져 나온다. 두 번이나 진원명의 마공에 휘둘린 경험이 있는지라 이번의 공격에는 무영귀가 전력을 다했던 이유다.

그 충격에 그렇지 않아도 지난 대결에서 다쳤던 진원명의 오른손이 찢어져 나가며 선혈이 튄다.

진원명이 손아귀의 고통에 눈살을 찌푸렸다.

적을 얕보았다.

방금 전처럼 자신의 회초리에 흐르고 있는 마공의 흐름으로 유도해 내기에는 방금 전 상대방의 공격에 실린 진기가 너무도 컸다.

진원명이 잠시 멈칫한 틈을 노려 무영귀의 공세가 시작되었다.

날카로운 찌르기가 세 가지의 변화를 내포한 채 날아든다.

그 각각의 변화들이 진원명의 운신을 제약하고 있었기에 진원명은 피하려는 시도를 포기한 채 회초리를 들어 적의 공격을 막아갔다.

쨍!

이번에는 적의 힘을 흘리기 위한 운용이 깃든 방어였으나 이미 상처가 벌어진 진원명의 손이 버텨내기에는 버거울 정도의 일격이었다.

상처가 더 벌어졌음을 느끼며 뒤로 물러나는 진원명을 향해 무영귀의 다음 공격이 들어오고 있었다.

진원명이 미리 회초리를 뻗어 적의 공격을 중간에 차단하려 했지만, 그 순간 무영귀의 신형이 가볍게 뒤로 물러서며 검이 빙글 회전해 회초리를 때린다.

쨍!

진원명은 순간 무기를 놓칠 뻔했다.

피가 줄줄 흐르는 손으로 떨리는 회초리를 간신히 붙잡으며 물러서는 진원명을 쫓아 무영귀가 다시 달려든다. 진원명에게는 더 이상 무영귀의 공격을 막을 수 있는 여력이 없다.

촤악!

"뭐, 뭐냐, 이건?"

무영귀의 오른팔에 길게 혈선이 그려진다.

자신의 위치에서는 보이지 않았지만 그녀가 자신을 보고 있을 것이라 여긴 진원명이 가볍게 미소 지으며 고개를 숙였다.

무영귀의 오른팔을 베고 지나간 것은 바로 은비연의 비도였다.

은비연의 비도로 인한 무영귀의 빈틈을 타 진원명이 물러설 때 그 자리를 메우듯 복면여인이 진원명을 지나쳐 무영귀에게로 달려든다.

쇄액!

여인의 검이 그리는 궤적은 아름다웠다.

진원명은 옷을 찢어 다친 손을 싸매다가 자신도 모르게 그 모습을 넋을 잃고 바라보았다.

궤적은 선(線)이었다.

거침이 없고 끊임이 없는 한 줄기의 선, 그런 선의 모습이 진원명을 매료시키고 있다.

무인에게 검은 자신을 표현하는 수단이라고 이 형이 말했던가?

그렇다면 아마도 지금 저곳에서 검술을 펼치고 있는 저 작은 여인은 분명 저 선처럼 유연하면서도 확고한 자신을 가지고 있을 것이다.

쇄액!

무영귀의 모습은 마치 여인이 그리는 검의 궤적에 온통 둘러싸인 듯 보이고 있었다.

궤적이 끊임없이 무영귀의 주위를 돌며 무영귀가 움직일 수 있는 여지들을 차단해 나가고 있다. 조금만 시간이 지난다면 무영귀는 그 궤적들에 휩싸여 제자리에 선 채 어떤 움직임도 행할 수 없는 상태가 되고 말리라.

째앵!

선이 멈췄다. 진원명은 큰 아쉬움을 느꼈다.

상대방의 내공과 힘이 너무나도 막강했기 때문이다. 지난번 자신과 대결했을 때 그녀가 그리는 검의 궤적은 비록 축소되긴 했어도 멈춘 적은 없었다.

곧바로 여인의 드러난 빈틈을 향해 무영귀가 검을 날려올 때 다시 은비연의 비도가 난다.

"빌어먹을!"

무영귀가 간신히 상체를 비틀어서 피해낸다.

정말 소름 끼치는 공격이다. 아무런 기척도 흔적도 없는 비도가 언제 어느 곳으로 날아올지 모른다. 이 비도 때문에 마음 놓고 공격을 할 수가 없지 않은가?

무영귀가 위축감을 느끼며 몸을 바로 하는 순간 잠시 물러났던 소녀가 검을 휘둘러 온다.

이 소녀가 사용하는 검술은 만만치 않았다. 처음 보는 검술이지만 대단한 완성도를 가진 검술이다. 어째서 이 정도의 검술이 여태 무림에 알려지지 않았던 것인가?

쇄액!

무영귀가 뻗어낸 검을 살짝 빗겨가며 적의 검이 자신의 가슴을 찔러온다.

상대방의 검이 상대적으로 안쪽을 점하고 있었기에 무영귀는 어쩔 수 없이 몸을 반대로 돌리며 물러서야 했다.

무영귀가 이어지는 적의 검을 피해 다시 옆으로 몸을 회전시키며 입술을 깨물었다.

게다가 이 정도 실력의 검술을 사용하는 이런 작은 소녀가 있다는 것 역시 자신은 들어본 적이 없었다.

아무리 대단한 검술이라 하여도 그 검술을 사용하는 것만으로 자신이 이처럼 애를 먹을 이유가 없다. 이것은 분명 이 소녀의 검술에 대한 이해가 절정에 달했기 때문이다.

방금 전 회초리를 휘두르던 소년이나 지금 저 뒤편에서 비도를 날리는 여인도 마찬가지다.

저 정도의 무공을 지닌 자들을, 그것도 이름도 알려지지 않은 젊은 고수를, 이처럼 한꺼번에 세 명이나 만나게 되는 재수없는 상황이 있을 수 있단 말인가?

저들의 수준을 미리 알았다면 처음부터 자신의 경공을 사용해 최대한 도망 다니며 하나씩 상대했을 것이다. 하지만 지금의 자신은 몸을 빼는 것조차 자기 마음대로 하기 힘든 처지이다.

소녀의 검이 그리는 궤적들을 간신히 피해가며, 그리고 언제 날아들지 모르는 비도에 촉각을 곤두세우며 간신히 버텨나가던 무영귀가 순간 나직이 욕설을 내뱉었다.

"이런 우라질!"

저편에서 상처를 싸매고 왼손으로 회초리를 옮겨 쥔 채 다가오는 소년의 모습을 보았기 때문이다.

무민과 한유민은 무영귀의 퇴로를 가로막는 위치에 서 있었다. 무영귀의 뛰어난 경공을 대비해 미리 그 도주로를 봉쇄하는 위치였다.

하지만 아무리 보아도 그들이 나설 기회가 없을 듯했기 때문에 두 사람은 제법 여유있는 표정으로 그 대결을 지켜보고 있었다.

누가 설마 저토록 어린 두 명의 소년, 소녀가 무영귀를 압도하는 모습을 상상이나 할 수 있겠는가?

은비연은 이제 더 이상 비도를 날리지 않고 있었다. 소년과 소녀의 협공이 실로 완벽했기 때문이다.

오랜 세월 손을 맞춰온 듯한 모습. 소녀가 길을 만들면 소년이 그 길을 통해 나아가고, 소년의 나아감이 끝나는 순간 물이 흐르듯 소녀의 검이 흐르며 그 빈틈을 지워 없앤다.

마치 왼팔이 자연스럽게 오른팔을 거들 듯 두 사람의 흐름에서는 어떠한 불협(不協)도 느껴지지 않았다.

누가 보더라도 무영귀는 앞으로 일각을 채 버티기 어려워 보였다.

"정말 잘 어울리는구나!"

바라보던 무민이 자신도 모르게 감탄사를 내뱉었다.

"전혀 그렇지 않소."

즉각 한유민의 반박이 들려온다.

무민은 격전 중임을 잊은 채 키득키득 웃었다. 한유민의 무감정한 어조에서 어렴풋이 느껴지는 부루퉁한 느낌 때문이었다.

한유민이 잠시 불만 어린 눈길로 웃고 있는 무민을 돌아보다 다시 시선을 대결로 향한다.

쇄액!

완벽한 압도였다.

무영귀는 지금 어떻게 해서든 몸을 뺄 기회만을 노리고 있는 것처럼 보인다. 하지만 두 사람의 무기는 무영귀에게 그 짧은 기회를 전혀 주지 않고 있었다. 이미 무영귀는 한계다.

촤악!

무영귀의 왼팔에서 선혈이 튄다. 복부로 들어오는 회초리를 피하기 위한 어쩔 수 없는 희생이었다.

하지만 문제는 그 희생을 통해 상황을 호전시킬 수 없다는 것에 있다. 이어지는 적의 공격은 무영귀에게 방금 전보다 더 큰 희생을 요구하고 있었다.

촤악!

이번에는 왼쪽 어깨였다. 무영귀는 자신의 왼팔에서 감각이 사라져 가는 것을 느꼈다.

죽음. 무영귀는 가까스로 이어지는 회초리를 피해내며 눈앞까지 다가온 그 피할 수 없는 마지막 순간이 드리우는 그림자를 보았다.

자신이 무림에 출두한 지 근 삼십여 년. 독보적인 무공과 동창이라는 세력을 등에 업고 그는 세상을 눈 아래에 두어왔다.

하지만 그동안 누려온 권력과 부는 또한 수많은 적을 만들어냈고, 무영귀는 그러한 적에 의해 자신이 죽게 되는 경우는 분명 스스로 항상 각오해 왔다고 여겼다.

슈욱!

소년의 회초리가 공기를 가르는 소리가 매섭다.

무영귀는 시종일관 소년의 공격을 피하기 위해 소녀의 검에 몸을 내주고 있었다.

저 회초리가 도대체 무슨 기물(奇物)인지 알 수 없지만 그 내부에서는 엄청난 힘이 느껴지고 있었다.

회초리를 피하며 소녀의 검을 마주쳐 검을 휘두르지만 소녀의 검이 기묘하게 무영귀의 검을 지나쳐 가며 무영귀의 가슴으로 떨어져 내린다.

소녀의 검은 소년과 반대로 엄청난 변화를 가진다. 무영귀가 몸을 비트는 순간 소녀의 검은 그의 복부를 베고 지나갔다.

촤악!

분명 죽음은 항시 각오해 왔다.

하지만 이런 곳에서 이토록 까마득하게 어린 적에게 맞이하는 최후는 상상하지 못했다.

이런 어이없는 결말은 바로 내 죄악에 대한 응보(應報)인 것인가?

무영귀는 허탈하게 웃었다. 그 웃음 속에 피가 섞여 흐르고 있다.

"무영신! 무사하오?!"

그때 뒤편에서 고목귀의 외침이 들려온다.

자신이 추적하며 남겨둔 흔적이 있다 하여도 생각보다 무척 빨리 쫓아온 듯하다. 하지만 결과적으로는 늦었다.

소녀의 검이 자신의 목을 향해 뻗어오고 있었기 때문이다.

"고목신! 앞에 있는 두 명을 인질로 잡으시오!"

고목귀보다 한참 먼 거리에서 철수귀의 목소리가 들려온다. 그리고 눈앞의 검이 사라졌다.

털썩!

무영귀가 땅에 넘어진 채 망연자실 고개를 들어 올린다.

눈앞에는 회초리를 든 소년만이 남아 있었다. 그 소년은 자신의 뒤편을 바라보고 있는 중이었다.

소년이 한눈팔고 있지만 무영귀는 아무런 행동도 할 수 없었다. 자신에게는 이제 손가락 하나 까딱할 힘도 남아 있지 않은 듯했다.

이내 소년은 눈살을 찌푸리더니 무영귀를 잠깐 내려다보고는 그대로 무영귀의 옆을 지나쳐 달려가 버린다.

소년을 바라보고 있던 무영귀는 자연스럽게 그 소년의 움직임을 따라 자신의 뒤를 돌아보았다.

곧바로 큰 키에 말라붙은 피부. 세상 어디에 두더라도 금방 눈에 띌 듯한 고목귀의 모습이 눈에 들어온다.

고목귀는 지금 두 명의 사내와 싸우는 중이었다. 아니, 싸운다기보다는 압도적으로 몰아붙이고 있는 중이었다.

곧 자신의 목을 베어버릴 뻔했던 소녀가 그 싸움에 뛰어들고, 이어서 방금 자신을 지나쳐 간 소년이 싸움에 뛰어드는 모습이 보인다.

무영귀는 깨달았다.

저들이 자신을 죽이지 않은 것은 고목귀와 싸우는 두 사내를 돕기 위함이었다는 것을.

무영귀는 자리에 앉은 채 그들이 싸우는 모습을 잠시 멍하게 바라보았다.

"하… 하하……."

웃음이 나왔다.

"하하… 하하하하하……."

저런 어린 소녀에게 죽을 뻔했다는 사실이 우스웠고, 오귀 중 평소 그 바보스러움 때문에 은근히 무시해 왔던 고목귀에 의해 구해졌다는 것이 우스웠다. 자신이 남겨진 소년에게 죽임당하지 않을 정도로 무시당했다는 사실이 우스웠고, 무엇보다도 그러한 생애 처음으로 당해보는 굴욕에도 불구하고 단지 살아남았다는 사실에 기뻐하고 있는 자신이 견디기 어려울 정도로 우스워서 그는 터져 나오는 웃음을 도저히 멈출 수가 없었다.

"하하하… 하하하하하하……."

웃음 속에서 선혈이 튀어나오고 눈에서 눈물이 흐르도록 그 웃음은 멈추질 않았다.

고개를 흔들며 땅을 두드리며 무영귀는 계속해서 웃고 또 웃었다.

그리고 그 끝나지 않을 것 같던 웃음소리가 멈춘 것은 무영 귀의 가슴에서 한 자루 작은 비도가 솟아오르고 난 뒤가 되어 서였다.

금강(金剛) 2

고목귀는 가슴에 비도가 박힌 채 쓰러지는 무영귀의 모습을 보았다.

"이, 이 빌어먹을 놈들이!"

고목귀의 단도가 매섭게 휘둘러지고, 마침 곁에 있던 무민의 칼이 그 단도에 튕겨져 나간다.

"주군, 피하십시오!"

복면여인이 그렇게 외치며 고목귀를 향해 검을 휘둘러 간다.

"나머지 한 명이 오기 전에 이자를 어떻게든 끝내야 한다!"

떨리는 손목을 붙잡으며 무민이 외친다.

아직까지 철수귀는 제법 먼 거리에 위치해 있었다.

"한 소협, 적의 뒤를 잡으시오!"

무민의 수하의 공격에 맞추어 진원명이 크게 외치며 적의 측면을 찔러 나갔다.

고목귀가 두 소년, 소녀의 공격을 막는 틈을 타 한유민이 고목귀의 퇴로를 막아서고, 잠시 물러섰던 무민이 공격에 합류하자 이내 고목귀는 전 방위에서 포위 공격을 받는 형국이 되었다.

"이 개자식들이!"

외치면서 고목귀는 끊임없이 소도를 이용해 사방에서 들어오는 공격을 막아나갔는데, 그 속도가 마치 네 명의 사람이 동시에 칼을 휘두르는 듯 눈부시게 빠르다.

따다다다당!

경쾌한 소리가 울려 퍼지며 고목귀가 계속해서 사방으로 소도를 휘두른다. 분명 빠르기는 하지만 대신 공격 하나하나에 실려 있는 힘은 크지 않았다.

그러한 빈틈을 놓칠 진원명이 아니었다.

터업!

고목귀의 신형이 휘청하고 기운다. 순간 진원명의 회초리와 부딪친 소도에 실려 있던 힘이 밖으로 쭉 빠져나가는 듯했기 때문이다.

그리고 나머지 세 사람이 그 빈틈을 노리고 고목귀에게 달려든다.

스르륵!

그 순간 발휘된 고목귀의 임기응변은 눈부셨다.

떨어지지 않는 검에 당황하지 않고 오히려 곧바로 진원명에게 최대한 밀착하며 반대편 손에 있는 소도로 진원명의 허리를 노렸기 때문이다.

하지만 진원명 역시 경험만으로 따지자면 누구에게도 뒤지지 않는다.

진원명이 가볍게 오른편으로 물러나며 검을 왼편으로 뻗어내자 진원명을 향해 뻗어나가던 고목귀의 소도가 고목귀 자신의 몸에 의해 막힌다.

고목귀가 재빠르게 반대로 돌며 다시 소도를 뻗으려 해보지만 진원명의 검이 먼저 반대 방향으로 돌자 그 시도 역시 무산되었다.

그 틈에 나머지 세 사람의 무기가 고목귀의 몸에 명중한다.

따다당!

칼과 사람의 몸이 부딪쳤다고 하기에는 무리가 있을 것 같은 소리가 터져 나왔다.

"이, 이런, 왜 칼이 들어가지 않는 것이오?"

무민이 당황하여 소리치자 한유민이 대답한다.

"흐음, 고목귀가 금강불괴라는 것을 헛소문이라 여겼는데 사실이었구려. 아마 철포삼(鐵布衫) 유의 무공을 극성으로 수련한 것이 분명하오."

"그런 심각한 말을 그렇게 아무렇지도 않다는 듯한 목소리로 말하지 말란 말이오!"

무민이 울상을 하며 소리치는 순간 고목귀가 겨우 진원명의 회초리에 붙은 소도를 떼어냈다.

"죽어라!"

곧바로 고목귀의 소도가 진원명을 향해 날아든다.

진원명이 가볍게 뒤로 물러나며 고목귀의 소도를 향해 회초리를 휘둘렀는데 그 회초리는 소도 대신 허공을 때렸다.

고목귀가 공격을 거두며 반대 방향에 위치한 무민을 향해 달려들었기 때문이다.

상대하는 자들 모두의 예측을 뛰어넘는 재빠른 선회였지만 무민은 당황하지 않고 검을 뻗어 고목귀의 왼쪽 가슴을 노렸다.

따앙!

"…이런 무공은 좀 너무하는구려."

무민이 난감하다는 듯 중얼거렸다.

고목귀의 가슴을 찌른 무민의 검은 고목귀의 살을 꿰뚫지 못하고 옆으로 미끄러졌다.

칼이 들어가지 않을 정도로 단단한 몸이라 하더라도 고통은 느껴지는 듯 무민의 눈앞까지 다가온 고목귀의 얼굴은 크게 일그러져 있었다.

하지만 그 입만은 웃고 있다.

그것은 고목귀의 소도가 이미 무민의 목 바로 앞까지 다다라 있는 것과 무관하지 않을 듯하다. 무민의 수하의 놀란 외침이 터져 나왔다.

"주군!"

채앵—

고목귀의 검이 무민의 목 바로 옆을 스치고 지나갔다.

"어떤 자식이!"

고목귀가 분노한 표정으로 돌아본다.

자신을 노려보는 은비연의 눈동자가 보인다. 고목귀는 방금 자신의 손에 비도를 던져 마지막 순간 소도의 방향을 빗나가도록 했던 자가 바로 그녀라는 사실을 알 수 있었다.

그리고 그녀는 바로 무영귀의 마지막 숨통을 끊어버린 자이기도 하다.

고목귀가 이를 갈며 그녀에게 달려가려 할 때 뒤편에서 철수귀의 목소리가 들려온다.

"고목신, 내가 왔소!"

곧바로 싸움에 뛰어들지 않고 이렇게 자신에게 먼저 알리는 모습이 확실히 철수귀다웠다.

고목귀는 철수귀의 그 차분함을 동경하여 항상 닮고자 했지만 지금의 상황에서는 그 모습이 더없이 답답하고 한스러웠다. 고목귀가 철수귀를 돌아보며 외쳤다.

"철수신, 늦었소! 이미, 이미 전 형… 무영신이 적에게 당해 목숨을 잃었단 말이오!"

철수귀가 고목귀의 말에 얼굴을 일그러뜨리며 쓰러져 있는 무영귀를 바라본다.

오귀 중 크게 교분을 다진 사이는 아니었지만, 아니, 오히려 오귀 중 가장 싫어했다고도 말할 수 있을 정도의 인물이지만, 어떤 과정을 거쳐 왔든 이십여 년의 세월을 함께하며 쌓아온 정이라는 것은 결코 가볍지 않은 듯했다.

평소 거만할 정도로 자신감 넘치던 그가, 철수귀의 굼뜬 모습을 항시 못마땅해하고 고목귀의 아둔함을 한심해하던 그가, 고작 이런 곳에서 이렇게 처참하게 죽어 있는 모습을 보자 철수귀는 자신의 침착함을 잊을 정도로 눈앞의 적들에게 엄청난 분노와 적의를 느끼기 시작했다.

"오늘 내 너희 모두를 죽여 그 심장을 씹을 것이다!"

철수귀가 분노에 찬 목소리를 내뱉으며 일행을 향해 고개를 돌린다.

그 모습을 본 한유민이 나직하게 말한다.

"어렵겠지만 나와 진 소협이 고목귀를 막고, 남은 모두가 철수귀를 막는 것이 좋을 듯하오. 고목귀의 무공이 오귀 중 최강이라 들었소. 그러니 상대적으로 약한 철수귀를 세 분이 최대한 빨리 제압하고 우리가 고목귀를 상대하는 것을 도와주어야 하오."

과연 상황이 계획대로 쉽게 이루어질지 의문이었지만 다른 의견을 낼 시간이 없었다. 말이 끝났을 때 이미 고목귀와 철수귀는 일행을 덮쳐 오고 있었다.

따당!

휘둘러 오는 무기들을 손으로 쳐내며 철수귀가 빠르게 거리를 좁힌다.

철수귀는 그가 가진 이름 그대로 강철 같은 수공(手功)을 연마한 자였다. 진기가 깃든 무기들을 간단히 맨손으로 쳐내 버리는 저 손에 얻어맞는다면 분명 멍이 드는 것만으로는 끝나지 않을 것이다.

그렇다면 적의 손이 닿지 않는 거리에서 공격해야 하리라.

무민을 향해 철수귀가 치고 들어가자 즉각 무민이 뒤로 빠지고 무민의 수하가 옆에서 튀어나오며 검을 뻗어나간다.

철수귀가 옆으로 신형을 돌려 무민의 수하의 검을 향해 손을 내밀었다. 철수귀의 손을 펼치고 있는 모습이 막기 위한 동작이 아니라 상대방의 무기를 붙잡으려는 동작처럼 보인다.

무민의 수하가 검의 궤적을 이리저리 변화시키며 그 동작에 맞서는 동안 무민 역시 자세를 가다듬고 자신의 수하를 도와 철수귀를 향해 검을 뻗어간다.

따다다당!

철수귀의 신형이 살짝 뒤로 물러선다.

무민과 무민의 수하 둘의 협공은 상당히 체계가 잡혀 있다. 아마 같은 검술을 사용하기 때문이리라.

방금 진원명과 무민의 수하가 보여주었던 감탄이 나올 정도의 절묘한 호흡에 미치지 못하더라도 그 공세의 예리함이 철수귀와 거의 평수를 이룰 정도로 대단했다.

쇄액!

그리고 은비연이 있다.

이번의 대결에서 그녀는 좀 더 적극적으로 공세에 개입하려 들고 있었다.

최대한 빠른 시간 안에 철수귀를 제압하지 못할 경우 상황이 어려워지리라는 것을 느꼈기 때문일 것이다.

분명 그녀의 비도가 연이어 날아들자 철수귀는 순식간에 수세에 몰리기 시작했다.

하지만 잠시 후 적극적으로 철수귀에게 집중했던 점은 오히려 은비연에게 화가 되어 돌아왔다.

한유민의 경공은 눈부셨다.

무영귀의 신법과는 반대되는 개념으로 눈부셨다는 이야기이다.

한유민은 고목귀의 공격을 끊임없이 회피하고 있었다. 마치 뱀을 연상케 하는 유연한 움직임으로 적의 공격을 피해 나가고 있는데, 아무래도 회피술에 최적화된 듯한 신법처럼 보였다.

"이런 미꾸라지 같은 자식!"

진원명은 들려오는 고목귀의 외침을 듣고 내심 생각을 수정했다. 뱀보다는 확실히 미꾸라지에 가깝군.

하지만 생각과 별개로 회초리는 쉬지 않고 고목귀의 허점을 노린다.

고목귀가 왼손의 소도로 그 회초리를 쳐내며 상대를 진원명으로 바꾸어 오른손의 소도를 내뻗었다. 하지만 그 공격해 가는 소도를 들고 있는 손을 향해 즉각 한유민의 검이 날아든다.

한유민의 검은 짧고 폭이 무척 좁은 검이다.

한유민의 검술은 검술이라 말할 여지도 없을 정도의 단순한 찌르기와 베기에 불과했는데, 그 검술이 한유민의 경신술과 잘 어울렸다.

특히 빠르게 거리를 좁히며 예측하기 어려운 방향에서 날려오는 찌르기는 대단히 정확하고 매섭다.

위력은 대단치 않았으나 저처럼 정확한 찌르기가 공격의 허점을 노리고 찔러오니 고목귀의 입장에서는 그냥 무시해 버릴 수가 없었다.

자칫 엉뚱한 한유민의 공세에 말려들어 진원명에 대한 공격의 위력를 유지하지 못한다면 진원명의 회초리를 감당하기 어려워질지도 모르기 때문이다.

무영귀와 마찬가지로 고목귀 역시 진원명의 회초리에서 느껴지는 알 수 없는 기운을 경계하고 있었다. 만약 그 힘이 폭발하게 된다면 자신의 외공 역시 감당하지 못하리라는 생각이 들었다.

고목귀가 어쩔 수 없이 진원명을 향한 공세를 거둔 채 다시 한유민을 노렸고, 한유민은 다시 그 공세를 피해 도망 다니기 시작했다.

진원명이 잠시의 여유를 틈타 주위를 돌아보았다.

한유민이 순간적으로 나눈 인원 배치는 제법 들어맞는 듯했다. 고목귀는 이곳에 발이 묶여 있었고, 철수귀는 저편의 세 명이 충분히 제압할 수 있을 것으로 보인다.

그 짧은 순간에 이와 같은 대결의 양상이 이루어질 것을 예측한 것인가?

진원명이 감탄의 의미로 가볍게 휘파람을 불며 한유민을 공격하는 고목귀의 뒤를 찔러간다.

째앵!

방금 전 무민을 공격할 때와 비슷한 동작으로 한유민을 공격해 가던 고목귀가 급격히 신형을 돌려 진원명에게 달려든다.

하지만 진원명은 이미 눈치 챈 듯 방어세를 취하고 있었고,

진원명이 고목귀의 연이어지는 두 번의 공격을 막아내는 틈을 타 한유민이 재빨리 다가와 진원명을 엄호한다.

"으아아앗!"

공격이 풀리지 않자 분노한 고목귀가 괴성을 지르며 칼을 휘두른다.

순간 맹렬한 기세의 소도가 사방에서 덮쳐 오는 느낌을 받은 한유민과 진원명이 잠시 공세를 거두고 뒤로 물러섰다.

고목귀 역시 적들이 물러서자 공세를 멈추고 뒤로 물러서 거칠어진 숨을 고르며 주위를 둘러보았다.

분명 가볍게 이길 수 있을 정도의 적들이 분명한데도 이런 식으로 서로 교차하며 공격해 들어오니 쉽게 상대하기가 어려웠다.

무영귀의 복수를 해야 하는데 그 대상에게 오히려 끌려다니고 있는 형편이니 표출하지 못한 분노에 가슴이 답답할 지경이다.

지금 보이는 고목귀의 모습은 왠지 모르게 능숙한 사냥꾼의 몰이에 지친 맹수의 모습을 연상시키고 있었다.

그리고 잠시 주위를 둘러보던 고목귀의 눈가가 붉어진다.

"이 빌어먹을 년이……!"

철수귀를 향해 비도를 던지고 있는 은비연의 모습이 보이고 있었다.

그녀의 모습에서 무영귀의 죽음을 떠올린 고목귀가 순간

터져 나오는 분노에 이를 갈며 그녀에게 쇄도해 갔다.

진원명과 한유민이 크게 놀라 고목귀를 향해 달려간다.

"은 소저, 조심하시오!"

"은 누님, 옆을 조심하세요!"

철수귀에 집중하고 있던 터라 주위를 살피지 못했는지 은비연은 고목귀의 습격을 미리 알아채지는 못했다. 하지만 경고를 들은 뒤 이어진 그녀의 대응은 빨랐다.

곧바로 옆으로 몸을 굴리며 고목귀를 향해 두 자루의 비도를 날린다.

그 두 가지 동작이 분리된 것이 아니라 마치 몸을 굴리는 동안 저절로 비도가 날아간 것처럼 보일 정도로 좋았다.

하지만 문제는 그 상대가 고목귀라는 점이었다.

따당!

심장과 미간을 내주면서 그대로 고목귀는 돌격해 오고 있었다.

방금 전의 공격에 미간이 약간 찢어진 듯 선혈이 흐르고 있어 그 모습이 더욱 흉측해 보였다.

"멈춰라!"

후우우우웅!

진원명의 외침과 함께 굉음이 터져 나온다. 그것은 진원명의 회초리에 실린 진기의 방출이었다.

순간 철수귀를 포함해 그와 싸우던 두 명과 한유민의 시선이 모두 진원명을 향할 정도로 큰 소리이다.

하지만 고목귀는 뒤돌아보거나 피하지 않았다. 고목귀의 시야에는 오로지 은비연만이 보이고 있는 듯했다.

퍼엉!

진기의 방출이 고목귀에게 명중했지만 고목귀는 오히려 그 기세를 빌어 크게 앞으로 튀어나가면서 은비연을 향해 소도를 휘둘렀다.

은비연이 비도를 들어 방어하였으나 고목귀는 가볍게 왼손의 소도로 그것을 쳐내고 오른손의 소도로 그녀의 목을 찔렀다.

너무나도 신속한 공격이었다. 은비연의 입장에서는 막을 방법이 없다.

한유민이 뒤에서 달려들었지만 은비연을 구하기에는 늦다. 만약 바로 곁에 있다 하여도 구할 수 있을지 의문이다.

"빌어먹을."

한유민이 나직이 중얼거리며 입술을 깨물었다.

"은 누님!"

"멈춰라!"

한유민의 뒤쪽 가까운 곳에서 진원명의 고함 소리가 터져 나옴과 동시에 뒤쪽 먼 곳에서도 누군가의 고함 소리가 터져 나온다.

한유민이 뒤를 돌아보려는 순간 이번엔 그의 귀에 다시 쉬익 하는 낮은 바람 소리가 들려온다.

그 익숙한 소리에 한유민의 입매가 가볍게 올라갔다.

"설 당주가 왔소!"

채앵!

한유민의 외침과 함께 은비연을 찔러가던 고목귀의 소도가 땅에 떨어졌다.

고목귀가 비어버린 오른손으로 은비연의 목을 잡아가며 왼손에 든 소도로 다시 은비연을 노린다. 그 순간 다시 쉬익 하는 낮은 바람 소리가 울려 퍼진다.

채앵!

고목귀의 나머지 소도 역시 그 목표를 이루지 못하고 땅에 떨어졌다.

비도였다.

은비연의 비도술과 너무도 흡사한 비도가 은비연을 돕고 있다.

그 틈을 타 한유민이 뛰어든다. 고목귀는 역시 한유민을 무시한 채 맨손으로 은비연을 잡아갔다.

퍼억!

촤악!

은비연의 오른쪽 가슴에 고목귀의 장력이 명중하는 소리와 한유민의 검이 역시 고목귀의 오른쪽 어깨를 가르는 소리가 동시에 울려 퍼진다.

은비연의 몸이 옆으로 빙글 회전할 정도의 위력적인 장력이었고, 고목귀의 오른손은 당분간 봉쇄되었다고 보아도 좋을 정도의 깊은 검상이었다.

　하지만 고목귀는 멈추지 않았다.

　날아오는 세 번째 비도를 오른쪽 어깨로 받아내며 고목귀는 결국 은비연의 뒤로 돌아 백회혈(百會穴)을 제압했다.

　진기를 방출한 뒤의 탈력(脫力)을 떨쳐 내고 다시 마공을 운용하며 달려들던 진원명이 그 모습을 보고 얼굴을 일그러뜨렸다. 은비연은 의식을 잃은 듯 보였기 때문이다. 고목귀가 가볍게 힘을 가하기만 하면 은비연의 목숨은 끊어지리라.

　"네 이놈, 멈추어라!"

　설 당주라는 자의 목소리가 제법 가까워졌지만 고목귀의 손을 막기에는 무리였다. 은비연을 내려다보는 고목귀의 눈에 살기가 어린다.

　"멈춰라! 이자를 살리고 싶지 않느냐?"

　그때 뒤편에서 낯선 목소리가 들려오자 고목귀의 살기가 수그러들었다.

　고목귀의 눈에서 떠오른 놀라움을 본 진원명은 그의 시선을 따라 뒤를 돌아본다.

　긴 수염을 기르고 청삼을 입은 건강한 체구의 한 노인이 서 있다. 그리고 그 뒤편에서는 백의를 입은 한 명의 노파가 달려오고 있었다.

한유민이 말한다.

"천 호법도 오셨군요."

천 호법이라 불린 노인이 가볍게 한유민에게 고개를 숙여 보였다.

이어서 뒤따르던 노파가 도착한다. 아마 그 노파가 방금 비도를 던진 설 당주라는 인물일 것이다. 노파가 다급한 표정으로 입을 연다.

"사형, 연아를 구해야 합니다."

"알고 있다. 그래서 지금 흥정을 하고 있지 않느냐."

"무엇으로 흥정을……. 설마 그 시체가?"

"그래, 이자의 숨이 아직 붙어 있더구나."

천 호법이 들고 있던 것은 무영귀의 시체였다. 설마 무영귀가 아직 살아 있다는 것인가?

"전 형, 아니, 무영신이 정말로 살아 있는 것이냐?"

고목귀가 묻는다.

"운이 좋게도 심장을 약간 벗어난 듯하구나. 하지만 이대로 둔다면 아마 피를 많이 흘려서 결국 죽고 말 테지."

천 호법의 말에 고목귀가 황망히 소리친다.

"빌어먹을! 이 여자를 놓아줄 테니 어서 무영신을 데려오너라!"

"고목신, 기다리시오!"

철수귀의 목소리였다.

이미 상황이 이와 같이 변한 뒤 무민과 무민의 수하는 철수귀와 싸우는 것을 잠시 멈춘 상태였다.

고목귀가 눈을 크게 뜬 채 돌아보자 철수귀가 말을 잇는다.

"네 말을 어찌 확인할 수 있겠느냐. 게다가 너희의 수가 불어났으니 이 여자를 보내준다면 그 순간 너희가 한꺼번에 공격해 오지 않는다는 보장도 없지 않느냐?"

"허허, 네가 믿지 않는다면 어쩔 수 없겠지. 그리고 우리의 수가 불어난 만큼 너희의 수 역시 불어났으니 피차 일반이라 할 수 있겠구나. 네 오른쪽 뒤를 돌아보아라."

철수귀가 천 호법의 말에 따라 뒤를 돌아본다. 언덕 저편에 보이는 까만 무리는 분명 동창의 무인들이 분명하다.

'빌어먹을, 저들이 조금만 일찍 도착했어도 지금 이들을 모두 제압할 수 있었지 않은가?'

철수귀가 그렇게 생각하며 이를 갈았다. 동창의 무인들이 전력을 다해 쫓아왔기에 그나마 늦지 않고 도착할 수 있었다는 것을 헤아려 주는 것은 이와 같은 상황에 처해서는 어느 누구라도 어려울 것이다.

"상황이 이러하니 저들이 더 이상 접근하는 것을 멈추게 하고 이 자리에서 인질을 교환하도록 하자꾸나. 저들이 더 이상 접근하면 우리의 도주가 어려워질까 걱정이다. 그리하면 아마 이자를 인질 삼아 도망가야 할 터인데, 이자의 지금 몸 상태로는 그것을 버티기가 어려울 것 같구나."

"거기, 너희들! 거기 그 자리에 멈추어라!"

천 호법의 말에 고목귀가 즉각 엄청나게 큰 목소리로 고함을 지른다.

멈추어라. 멈추어라. 멈추어라.

한참 동안 고목귀의 음성이 메아리가 되어 산속에 울려 퍼졌다.

그 목소리에 동창의 무인들이 멈추는 것을 본 고목귀는 이내 얼굴이 창백해지더니 입으로 피를 토한다.

철수귀가 옆에서 고개를 저었다.

"고목신은 우선 스스로의 몸부터 다스리시오."

고목귀는 처음 진원명의 진기 방출에 얻어맞았을 때부터 상당한 내상을 입은 상태였다. 그러한 내상 때문에 설 당주의 비도에 쉽게 소도를 잃고 한유민의 검에 상처를 입었던 것이다.

한참 피를 토하던 고목귀가 고개를 들며 말을 이었다.

"나는 이제 괜찮소. 그러니 철수신, 계속하시오."

"조금만 요령을 가진다면 천하에 적수가 없을 무공을 지녔거늘."

철수귀가 안타까운 표정으로 고목귀를 돌아보다 이내 천 호법을 향해 고개를 돌렸다.

"당신들 역시 인질 교환을 할 몇 명을 빼고는 멀리 물러서도록 하시오."

천 호법이 고개를 끄덕이며 말한다.

"나와 여기 내 사매가 남겠소."

"거기 청년과 소년을 남기시오."

한유민과 진원명을 가리킨 것이었다. 천 호법이 눈살을 찌푸렸으나 한유민이 고개를 끄덕인다.

"그렇게 하도록 하겠소."

고목귀가 안절부절못하는 동안 한유민과 진원명을 제외한 나머지 일행은 모두 멀리 물러섰다.

"서로 인질을 놓아두고 인질에게서 멀리 떨어진 뒤 인질을 향해 달리는 것이다."

한유민이 고개를 끄덕이고 무영귀를 내려놓는다.

잠시 후 일행과 인질은 서로 사각형의 네 꼭지점을 이룬 모양으로 대치했다.

철수귀가 낮은 목소리로 말한다.

"저들이 천진월 호법과 설소윤 당주라면, 네놈은 새로 백련교의 교주가 되었다는 한유민이겠구나."

진원명이 움찔해서 한유민을 돌아보았다. 한유민이 역시 무뚝뚝한 음성으로 대답한다.

"당신의 그 말은 무영신의 목숨을 포기하고 나를 사로잡겠다는 뜻인 거요?"

고목귀가 놀란 표정으로 자신을 바라보는 것을 느끼며 철수귀가 쓰게 웃는다.

"너를 결코 잊지 않겠다는 뜻이다. 네 옆에 있는 그 소년과 저기 쓰러져 있는 소녀도 역시 마찬가지이다. 앞으로 내 너희에게 동창이 얼마나 집요하고 무서운 집단인지 뼈에 사무치도록 알게 해주마."

철수귀의 말에 한유민이 고개를 저었다.

"오늘 당신들은 이 어린 소년, 소녀들조차 당해내지 못했지 않소? 당신들이 우릴 쫓다 잘못하면 오귀가 삼귀가 될까 두렵소. 그러니 아무쪼록 몸조심하시기 바라오."

한유민의 말에 이를 갈며 철수귀와 고목귀가 무영귀를 향해 달린다.

한유민과 진원명 역시 은비연을 향해 달렸다. 은비연을 들쳐 업고 도망가는 둘의 등 뒤에서 철수귀의 목소리가 울려 퍼진다.

"모두 저들의 뒤를 쫓아라! 만약 저들을 잡지 못한다면 너희 모두 살 생각을 말아야 할 것이다!"

저들 중 고목귀를 제외한다면 그나마 철수귀의 경공이 가장 나으니 무영귀를 마을로 데려가기 위해 철수귀가 직접 움직일 것이 분명했다.

고목귀는 내상이 심한 듯했고, 나머지 동창의 무인들만으로는 그들을 따라잡는 것은 무리일 것이다.

"아무래도 우리는 도망가는 것만으로 이 많은 동창 무사들의 목숨을 취할 수 있겠구려!"

멀리서 낭랑한 한유민의 목수리가 들려오고 이어지는 철수귀의 욕설이 동창 무인들의 발걸음을 재촉했다.

야광(夜光) 1

어느덧 황혼의 붉음마저 사라지고 어두운 달빛과 별빛만
이 유일한 밝음으로 갈 길을 비추는 가운데, 일행은 계속해서
달리고 또 달리고 있었다.

도대체 얼마의 시간을 달려온 것일까? 얼마의 거리를 달려
온 것일까?

진원명은 숨도 쉬기 어려울 정도로 지친 와중에 잠시 고개
를 들어 주위를 둘러보았다.

계속된 산길이었다. 한참 동안 남서쪽으로 전력을 다해 도
망쳐 왔으니 아마 지금 이곳은 평정산(平頂山) 근방 어딘가가
아닌가 생각된다.

어두운 산길은 쫓기는 자의 입장에서도 힘들지만 그 흔적을 쫓아야 하는 자들에게는 더 어려운 조건일 것이 분명했다. 게다가 거침없이 나아가는 천 호법의 모습은 지금 이동하고 있는 길을 제법 잘 알고 있는 듯 보이고 있었다.

이쯤 되면 잠시 쉬었다 가더라도 괜찮지 않을까?

그리고 기다렸다는 듯이 한유민의 목소리가 들려온다.

"헉헉! 잠시 쉬어가도록 합시다."

한유민의 말이 끝나기가 무섭게 일행은 모두 그 자리에 주저앉아 거친 숨을 몰아쉬었다.

진원명은 주저앉는 순간 밀려드는 의식을 잃어버릴 듯한 피로감을 겨우 견뎌내고 간신히 고개를 들어 일행 반대편의 설 당주를 바라보았다.

그녀는 이곳까지 은비연을 업은 채로 달려왔다.

힘들 법도 하지만 그녀는 쉴 생각이 없는 듯 즉각 은비연을 자기 몸 앞에 앉히고 은비연의 내상을 돌보기 시작했다.

잠시 후 설 당주의 머리 위에서 한여름의 아지랑이가 올라오듯 작게 김이 솟아오르기 시작한다. 엄청난 내공을 끌어올리고 있기 때문일 것이다.

은비연은 내상을 입은 채로 의식을 잃은 데다 그 이후로 별다른 치료도 하지 못하고 한참을 달려왔으니 상당히 기혈이 엉켜 있을 것이 분명했다.

원래대로라면 몇 달을 끊임없이 요양해야 할 만한 상세일 것이지만 설 당주는 그 엉켜 있는 기혈을 자신의 내공으로 한 번에 뚫으려 하고 있는 듯 보였다.

차 한 잔을 마실 만한 시간이 지난 뒤 설 당주의 눈매가 살짝 찌푸려지기 시작한다.

이마에 땀방울이 맺히고 손이 살짝 떨리는 모양이 힘에 부친 듯 보인다.

"사매, 도와주겠네."

천 호법이 그렇게 말하며 설 당주의 등에 손을 가져간다.

곧 설 당주의 표정이 평온함을 되찾고 얼마 지나지 않아 은비연의 몸이 크게 튀어 올랐다.

"쿨럭!"

피를 토하는 은비연을 바라보는 설 당주의 표정에 안도하는 기색이 비춰졌기에 긴장하며 바라보고 있던 일행 역시 모두 안도의 의미로 한숨을 내쉬었다.

"하아! 하아! 여기가… 어디?"

은비연이 의식을 차린 듯 고개를 들어 주위를 돌아보았다.

걱정스러운 표정으로 자신을 바라보고 있는 진 동생과 항상 무표정한 한 소협, 그리고 괴물 같은 얼굴을 하고 있어 그 표정을 알 수 없는 무 소협과 염려하는 눈으로 자신을 바라보는 왠지 익숙한 노파의 얼굴이 보인다.

익숙한 얼굴?

지나칠 뻔한 시선을 다시 되돌리며 은비연이 멍한 표정으로 중얼거렸다.

"사부님?"

"…그래, 연아야. 정말 많이 컸구나."

그렇게 대답하며 미소 짓는 설 당주의 얼굴을 바라보며 은비연은 잠시 말을 잇지 못했다.

천강파에 홀로 남겨진 지 수년간 수없이 마음속으로 그려 보았던 그 모습이 지금 그녀의 눈앞에 보이고 있었기 때문이다.

은비연은 넋을 잃은 듯 그 따뜻해 보이는 눈웃음을 바라보다가 다시 입을 열었다.

"사부님!"

갑자기 자신의 품으로 뛰어드는 은비연의 행동에 설 당주는 잠시 놀란 표정이었지만 이내 다시 자애로운 표정으로 돌아와 은비연의 뒷머리를 쓰다듬어 주었다.

은비연은 설 당주의 품속에서 낮게 흐느끼고 있었다.

"사부님, 설마 이게 꿈은 아니겠지요? 왜, 왜 저를 한 번도 찾지 않으셨나요? 제가, 제가 얼마나 사부님을 보고 싶어했는지 아세요?"

설 당주는 그런 은비연의 모습을 안쓰러운 눈빛으로 내려다보았다.

은비연이 갓난아기였을 때부터 그녀를 돌보아온 설 당주

였다.

평생을 무인으로 살아온 설 당주에게 은비연과 같이 어린 아이를 기르고 가르치는 것이 수월했을 리 없다. 은비연이 배 고파 울 때면 그녀에게 먹일 젖을 찾아 야밤에 수십 리 밖의 마을을 오가기도 하였고, 은비연이 앓아누웠을 때에는 수없 이 많은 고수들의 목숨을 빼앗아왔던 그녀 역시 걱정과 두려 움에 밤을 설치기도 하였다.

살아생전 누구에게도 그와 같은 정성을 들인 적이 없었고 누구에게도 그와 같은 애정을 느낀 적 없는 그녀였다.

그 정이 어찌 보통의 다른 모녀들보다 못하다 할 수 있을 까?

이 심지 굳었던 아이가 이처럼 흐느끼는 모습을 보고 있으 니, 이 마음 착한 아이가 그동안 주자성 아래에서 겪어왔을 고초를 생각하니, 그리고 이 어린아이에게 자신이 겪었던 불 행을 그대로 대물림해 주었다는 사실을 떠올리니 자신의 눈 시울이 젖어드는 것을 막을 수 없었다.

"그래, 연아야. 나 역시 네가 무척 보고 싶어했단다."

"사제였던 것인가?"

그 모습을 바라보며 진원명이 나직이 중얼거렸다.

처음 날아드는 비도를 보았을 때부터 이상하다 여기긴 했 다. 그 수법이 은비연과 너무나도 흡사했기 때문이다.

"그러고 보니 사부를 찾기 위함이라고 했었지."

처음 진원명 형제를 따라올 때 은비연은 그렇게 말했었다.

그 말대로 지금 눈앞에 두 사제가 재회를 기뻐하고 있는 모습이 보인다.

그간 그들 사이에 어떠한 사연이 있었던 것인지 모르지만 어쨌든 이제 은비연은 자신의 소원을 이룬 듯하다.

그래도 이런 위기를 겪은 보람이 있다고 해야 하려나?

진원명은 그렇게 생각하며 쓰게 웃었다.

무엇보다 은비연이 무사하다는 것은 참으로 다행스러운 일이었다.

고목귀가 설마 진기의 방출을 얻어맞고도 움직일 줄은 몰랐다.

결과적으로 내상을 입은 듯 보이기는 했지만 그때 방출된 진기가 얼마나 대단한 위력을 지니고 있는지 알고 있는 진원명으로서는 고목귀의 그 경이로운 맷집을 여전히 이해할 수 없었다.

"은 소저가 설 당주의 제자였던 것이오?"

곁에서 무민이 한유민에게 묻는 모습이 보인다.

"나는 몰랐던 사실이오. 아마도 설 당주에게 직접 물어봐야 할 듯하오."

한유민이 대답한다.

무민이 다시 설 당주와 은비연에게로 시선을 돌렸다가 고개를 내젓는다.

"아무래도 지금은 그런 것을 물어볼 분위기가 아닌 듯하오."

"그런 것 같소. 그리고 그보다도 지금은 다른 문제에 신경을 써야 할 때라고 생각하오."

무민의 말에 한유민이 작게 고개를 끄덕이며 대답한다.

대화를 나누는 무민과 한유민의 뒤편에서 진원명은 한유민의 모습을 바라보고 있었다. 은비연에 대한 걱정이 사라지자 곧바로 머릿속에 떠오른 것은 한유민에 대한 경계심이었다.

도주행 중 줄곧 머릿속에서 사라지지 않았던 여러 의혹들이 어느 정도 여유를 갖고 생각할 수 있는 상황이 되자 한꺼번에 터져 나온 것이다.

첫 번째 의혹은 백련교에 관한 것이다.

이제껏 함께 여행해 온 이 젊은 청년은 방금 전 철수귀의 말에 의하면 백련교의 교주임이 분명하다.

그동안 백련교의 의미는 진원명에게 단순히 황실에 의해 탄압당하고 남은 극소수의 잔당 정도로 인식되어 왔다.

하지만 이토록 젊은 교주가 존재하고 이런 노고수들이 그에 복종하고 있다는 것은 백련교가 아직 그 규율과 체계를 잃지 않은 채 이어져 왔다는 것을 의미할 것이다.

한데 그렇다고 한다면 왜 자신은 십육 년의 세월 동안 중원을 떠돌며 백련교라는 이름을 듣거나 백련교가 잔존한다는 작은 단서 하나조차 얻지 못했던 것인가? 그만큼 스스로를 잘 숨겨왔기 때문에?

그리고 또 다른 의혹은 자신의 무공에 관한 것이다.

자신이 사용하는 무공은 백련교의 무공이다. 그리고 일전 자신과 대결했던 여인은 그러한 자신의 무공을 알아보았다.

그녀가 백련교의 무리가 아님에도 그러했는데 백련교의 교주라는 자가 설마 자신의 무공을 몰라봤을까?

무인들은 모두가 자신이 속한 문파의 무공이 유출되는 것을 꺼린다. 백련교 또한 그러한 무인들의 속성에서 자유롭다고 보기 어려울 것이다.

또한 무민은 자신이 백련교나 그 외의 다른 사실을 알았다 하더라도 그 사실을 안다는 것을 남들에게 들켜서는 안 된다고 하였다.

하지만 아까 철수귀의 말로 인해 자신은 한유민이 속한 집단이 백련교라는 사실과 한유민이 백련교의 교주라는 사실마저 덤으로 알게 되었다.

그러한 비밀을 자신이 알게 되고, 또 그것을 자신이 안다는 사실을 한유민이 알게 되었으니 자신은 여러모로 한유민에게 껄끄러운 존재가 될 것임이 분명했다.

철수귀는 스스로 의도하지는 않았겠지만 결과적으로 자신에게 차도살인의 계를 쓴 격이 되고 만 것이다.

그러한 여러 이유 때문에라도 자신은 지금 결코 긴장의 끈을 놓아서는 안 될 것인데 몸의 상태가 그리 좋지 못했다.

오늘 지나치게 무리를 한 탓에 몸속에서 기혈이 들끓고 있었다. 이런 상황에서 한유민에게 암습이라도 당한다면 자신은 아마 제대로 저항도 하지 못한 채 당하고 말리라.

"천 호법의 구원이 참으로 적절했소. 감사드리오."

곁에서 한유민이 천 호법을 향해 가볍게 예를 표한다.

"감당하기 어렵습니다. 좀 더 일찍 도착하지 못한 것이 죄송할 따름입니다."

"그보다 궁금한 것이 있소. 어떻게 내가 위험하다는 사실을 알게 된 것이오?"

천 호법이 가볍게 인상을 찌푸렸다.

"어떻게 말씀드려야 할지 모르겠군요. 음… 그러니까 애초에 저희는 소, 한 공자께서 이런 일을 계획하신다는 사실조차 모르고 있었습니다. 민 당주가 제때 소식을 전해줘서 망정이지, 한 공자께서 위험하다는 사실을 만약 제가 제때 알지 못했다면 아마 한 공자는 큰 봉변을 당하고 말았을 겁니다. 애초에 이런 위험한 일은 수하들을 시켜서 해도 되지 않았습니까? 처음 한 공자께서 시체에 장력을 날려달라는 부탁을 했을 때부터 무언가 이상하다는 사실을 눈치 챘어야 했거늘."

천 호법이 끌끌 하며 혀를 찬다. 한유민이 가볍게 신음을 토한다.

"천 호법, 요점만 말해주시오. 진정 강민이가 일을 벌인 것이오?"

무민의 질문에 천 호법이 놀란 표정을 지어 보인다.

"아니, 그것을 어떻게 아셨습니까?"

"우리가 일을 벌이는 자리에서 무 형이 강민이를 보았다고 하더이다."

"그러고 보니 아까부터 이상하다 여겼는데 저기 괴상망측한 얼굴을 한 무 형이라는 자는 도대체 누굽니까?"

천 호법이 문득 생각난 듯 작은 목소리로 한유민에게 물었으나 무민이 약간 움찔하는 것으로 보아 그 소리가 들린 듯하다.

한유민이 천 호법에게 가볍게 귓속말을 전하고 이어 천 호법이 깜짝 놀란다.

"그러고 보니 익숙한 목소리였다 싶었습니다만, 저런 얼굴을 하고 있으니 설마 그분이라고는 상상도 못했습니다."

"저기 한 형, 혹시 방금 내 얼굴을 두고……."

"천 호법은 말을 할 때 너무 샛길로 새는 것이 문제요. 지금 강민이가 일을 벌였는지에 대해 말하고 있지 않았소?"

무민이 말을 마치기도 전에 한유민이 말을 자르고 다시 천 호법에게 묻는다.

"저, 한 형……."

"아, 그러고 보니 그랬지요. 며칠 전 한강민 공자가 기어이 일을 벌였습니다. 다행히 민 당주가 저희에게 미리 귀띔을 해주어서 망정이지 저희 역시 하마터면 큰일이 날 뻔했지요."

천 호법의 말에 한유민이 고개를 끄덕인다.

"음, 역시 민 당주의 도움이 있었구려. 그럼 얼마나 많이 강민이에게 돌아선 것이오?"

천 호법이 어두운 표정으로 고개를 가로젓는다.

"돌아선 사람들보다 남아 있는 사람을 세는 것이 빠를 것입니다. 원로들과 거의 대부분의 당주들이 한강민 공자에게로 돌아섰습니다. 그나마 사신기(四神旗)가 남아주었다는 것이 다행이었습니다. 사신기가 없었다면 그들이 다소의 피해를 보더라도 우리를 제압하려 들었을 것입니다."

"청화(淸火)는 그들이 제압했겠구려."

"사신기와 남은 무리를 겁화(劫火)로 피난시켰습니다. 그리고 몇몇은 정화(淨火)에서 우리가 오기를 기다리도록 했습니다. 아마 청화 이북은 전부 한강민 공자에게 장악당한 듯합니다."

한유민이 잠시 고민하는 듯하더니 이내 고개를 끄덕인다.

"그들이 원하는 게 무엇인지 알 것 같소. 뭐, 일단은 정화로 내려가서 생각하는 것이 좋겠소. 모두 움직입시다."

일행은 다시 일어서서 길을 갈 채비를 했다.

은비연은 아직 몸을 움직일 수 없는 것인지 다시 설 당주에게 업혔고, 진원명은 시체처럼 파리한 안색으로 간신히 몸을 일으켰다.

진원명의 바로 뒤에 서 있던 복면여인이 진원명의 모습을 바라보며 가볍게 눈살을 찌푸렸지만 별다른 말을 하지는 않았다.

그리고 길을 출발하기 전 무민이 한유민에게 낮은 목소리로 말을 건넸다.

"음… 한 형, 보아하니 교내의 상황이 좋지 않은 듯 보이는구려. 내가 뭐 도울 일이 있다면 주저 말고 말씀해 주시기 바라오. 내 힘 닿는 대로 한 형을 지원하겠소."

한유민은 잠시 아무 말 없이 무민을 바라보았다. 그리고 이내 고개를 끄덕인다.

"…고맙소이다, 무 형."

대답하는 한유민을 향해 무민이 웃어 보인다.

두터운 변장에 가려 잘 드러나 보이지 않았으나 평소 그의 얼굴에 익숙한 한유민은 무민 특유의 시원한 미소를 어렵지 않게 머릿속에 그릴 수 있었다.

"친구 사이에 그런 말은 실례라는 것을 모르시오? 하핫!"

무민의 말에 한유민이 대답없이 고개를 끄덕이며 돌아선다.

감정을 드러내는 것이 어색했기 때문이다.

상황이 어려울 때 비로소 진정한 친구를 알아볼 수 있다고 하던가?

한유민은 자신도 모르게 자꾸 올라가려 하는 자신의 입꼬리를 숨기려 짐짓 헛기침을 하였다.

그리고 이어지는 무민의 말에 한유민은 다시 무표정한 얼굴로 돌아와 빠르게 일행을 앞질러 걷기 시작했다.

"그런데 방금 이야기한 내 얼굴 얘기 말이오."

야광(夜光) 2

"참으로 한심하군."

진원명은 낯선 천장을 바라보며 중얼거렸다.

침대 곁에 앉아 꾸벅꾸벅 졸던 하녀가 진원명의 목소리에 잠시 깨어나 부스스한 눈으로 주위를 둘러보고는 다시 고개를 숙이고 졸기 시작한다.

진원명은 마음이 답답하여 한숨을 내쉬었다.

진원명이 누워 있는 이곳은 한유민이 정화(淨火)라 부르는 곳에 있는 작은 오두막이었다.

정화는 일종의 작은 마을이었는데, 이런 곳에 마을이 있으리라고는 꿈에도 상상하지 못할 만큼 외진 산골에 위치해 있었다.

더구나 한참 동안 숲 속에 나무만 빼곡하게 보이더니 어느 순간 느닷없이 마을이 눈앞에 나타난 것으로 보아 아마 마을 둘레의 나무들이 어떤 진(陣)을 이루고 있는 것이 아닌가 생각되었다.

이곳에 들어온 뒤 한유민은 일행에게 이제 자신들을 대신해 한유민의 수하들이 적들의 추격을 따돌려 줄 것이라 하였다.

무민이 그들에 대해 가벼운 걱정을 표하자 한유민은 이렇게 말했다.

"동창의 추적술(追跡術)이 으뜸이라지만 우리의 도주술(逃走術)은 그보다 더 고명하다오. 그러니 이제는 모두들 안심하고 쉬어도 될 것이오."

그리고 진원명은 그 말 이후에 일어난 일들을 더 이상 기억하지 못했다.

지금 옆에서 졸고 있는 하녀의 말에 의하면 자신은 기절한 채 이곳으로 옮겨져 왔다고 했으니 아마 자신은 그 순간 기절했음이 분명했다.

그리고 하녀는 자신이 의식을 잃은 지 사흘 만에 정신을 차렸다고 말했다.

하루 종일 경공을 펼치며 달린 데다 그 중간에 삼귀와 목숨을 건 싸움마저 있었다. 나머지 일행 역시 쓰러질 것처럼 기진맥진해 보였으니 원래 몸이 좋지 않은 진원명은 그 상황에서 실제로 쓰러진다 해도 전혀 이상할 것이 없었을 것이다.

"그래도 역시 한심하지 않은가."

그렇다 해도 그 사실이 한유민이 언제 자신의 목을 노릴지 모르는 순간에 태평하게 정신을 놓아버릴 수 있을 정도로 자신이 허약하다는 사실에 대한 변명이 될 수는 없다.

그 대가가 목숨인 경우 어떠한 변명도 무의미하다.

부스럭.

졸고 있던 하녀가 방금 전 진원명의 목소리를 들은 듯 다시 고개를 든다.

이번에는 하녀가 고개를 든다. 그 눈에 약간의 짜증스러움이 배어 있는 듯했다.

잠시 주변을 돌아보던 하녀는 다시 고개를 숙인다. 아니, 이번에는 허리를 숙인다.

풀썩!

다행히 진원명의 침상이 하녀의 몸을 받쳐 주었다.

진원명이 재빨리 다리를 옆으로 빼지 않았다면 아마 쓰러지는 하녀의 몸에 깔렸으리라.

대단히 불편해 보이는 자세인데 잘도 자는군.

진원명은 그렇게 생각하며 조심스럽게 몸을 일으켰다.

몸 이곳저곳이 뻐근하고 욱신거리기는 했지만 움직이기 불편할 수준은 아니다.

그나마 오늘 하루의 운공을 통해 기혈을 모두 안정시켰으니 이전 자신의 장원에서 열렸던 비무에서 탈진해 기절한 뒤 근 일주일을 정양해야 했던 것에 비한다면 많은 발전이라 할 수 있는 것일까?

진원명은 욱신거리는 몸을 가볍게 풀어주며 오두막 밖으로 나왔다.

하녀는 더 이상 깨지 않았다.

오두막 밖으로 나오자 어두운 달빛과 시원한 바람이 진원명을 반긴다. 진원명은 크게 심호흡하며 그 시원함을 받아들였다.

"후우! 하아!"

얼마 동안 그렇게 심호흡을 하고 나자, 자신의 허약함 때문에 상해 있던 기분이 조금은 나아지는 듯했다.

진원명은 고개를 살짝 옆으로 기울이며 중얼거렸다.

"이제 어떻게 한다?"

원래 바람이나 쐴까 하고 나왔던 것이다.

이미 그 목적은 이루었다고 할 수 있었지만 진원명은 생각을 정리할 겸 잠시 주변을 산책해 보기로 했다.

잠시 들여다본 오두막 안에 침상 위를 거의 점령한 듯한 하녀의 모습이 보이고 있었던 것이 그 결정을 도왔던 탓도 있다.

오두막 앞으로 십여 호(戶) 정도의 가옥이 보이고 있었다. 진원명은 그 옆을 지나 오두막 뒤에 위치한 죽림(竹林)을 향해 걸었다.

쏴아아!

늘씬하게 하늘로 솟구친 대나무들이 빼곡하게 시야를 뒤덮고 있었다.

가벼이 불어오는 바람에도 대나무들이 서로 맞부딪치며 큰 소리로 화답하고 있다. 들려오는 대나무들의 소리에 의식을 집중하면 대나무 숲을 지나는 바람의 움직임을 느낄 수 있었다.

쏴아아!

잠시 눈을 감고 그 시원한 소리에 귀 기울이며 바람의 흐름을 느끼고 있던 진원명은, 잠시 후 자신의 마음이 한결 차분해지는 것을 느꼈다.

한유민과 무민, 그들과 함께 지내면서 알게 된 여러 가지 사실은 진원명의 입장을 여러모로 변화시키게 될 것이다. 하지만 그 사실을 알게 된 뒤로 진원명은 아직까지 자신의 입장을 정리할 여유를 갖지 못했었다.

진원명은 별생각없이 찾은 지금의 이 장소가 자신의 생각을 정리하는 데 의외로 도움을 줄지도 모르겠다고 여기며 대나무 숲 깊은 곳으로 걸음을 옮기기 시작했다.

쏴아아!

대나무 숲 속으로 들어가자 사방에서 바람에 맞부딪치는 대나무들의 소리가 들려온다.

나는 지금 무엇을 알고 무엇을 모르는 것일까?

진원명은 그 바람 속을 걸으면서 자신이 가지고 있는 이런저런 의문들을 떠올렸다.

지금 자신은 이자들과 제법 많은 관계를 맺게 되었다.

그리고 자신의 추측대로라면 과거에도 형은 이번 여행을 통해 흉수들과 인연을 갖게 된 것으로 보였다.

그렇다면 과거에는 이 인연이 어떤 흐름으로 계속 이어졌기에 자신의 집안이 그들에게 습격을 당하게 되었던 것일까?

진원명은 그것을 여전히 알 수 없었다.

"아니, 아예 짐작조차 할 수 없다고 할 수 있겠지."

진원명이 나직하게 중얼거렸다.

이자들이 자신을 해치고자 했다면, 혹은 자신의 형을 해치고자 했다면 이제껏 꽤 많은 기회가 있었을 것이다.

하지만 오히려 이자들은 그들의 비밀이 밝혀지고, 그들이 위험에 처해가면서도 주여환을 구출해 내고 자신들을 도와줘 왔다.

그렇다면 한 가지 의문점이 떠오른다.

대체 이자들이 무엇 때문에 위험을 무릅쓰면서까지 자신들을 도와줬는가, 이다.

그들이 자신들에게 보이는 과분한 호의를 그들의 말대로

단순한 선의로써 받아들여야 하는 것일까? 그렇지 않다면 자신이 모르는 어떤 이용 가치가 자신들에게 있었던 것일까?

그 질문이 해결되지 않으니 진원명은 당장 무민과 한유민을 어떻게 대해야 좋을지조차 알 수 없었다.

그들이 자신들에게 원하는 것이 있었기 때문이라고 생각한다면 오히려 쉽게 그 대응을 강구할 수 있었을지도 모른다.

분명 백련교는 강호에 적이 많고, 확실하게 그들의 습격을 예상할 수 있다면 그것을 막기 위해 하다못해 동창의 힘을 빌리는 경우도 가능할 것이다.

하지만 최근 들어 진원명은 그들이 베푸는 호의가 거짓이 아닐지도 모른다는 느낌을 받고 있었다.

그것이 진원명을 혼란스럽게 만들었다.

단순히 함께 어려움을 겪었기 때문일 것이다. 그들이 자신들을 위해 위험을 무릅쓰는 모습들을 보았기 때문일 것이다. 그렇기 때문에 그러한 친근하고 고마운 마음들이 진원명 자신의 마음속에서 그들에 대한 신뢰로써 나타나게 되었을 뿐일 것이다.

진원명은 이처럼 이제껏 그들에 대해 쌓여가는 자신의 신뢰를 끊임없이 의심하려고 애써왔다.

하지만 지금 진원명은 이전과는 다른 방향에서 사건을 바라보려 하고 있었다.

그들의 얘기를 들으며 생겨난 새로운 의문 때문이다.

바로 그들이 진정 자신의 가문을 습격한 흉수인 것인가, 이다.

얼마 전 동창을 피해 도망칠 때 주워들은 바로는 한유민의 동생이 자신의 세력을 이끌고 독립해 한유민에게 반기를 든 듯했다. 그리고 예전 무민이 들려준 말에 의한다면 무민 역시 자신의 세력 내에서 반대파들 때문에 큰 힘을 쓰지 못한다 하였다.

그렇다면 과거의 그러한 참사 역시 무민과 한유민이 아닌 그들 집단의 다른 세력에 의해 일어났던 것일 수도 있지 않을까? 게다가 무민과 한유민의 반대 세력은 그들이 자신들을 돕는 것을 탐탁해하지 않았다고 하지 않았던가?

물론 과거의 상황이 지금과 완전히 동일하지 않을 수도 있다.

과거의 형은 자신과 다른 경로로 오히려 그들과 원한을 맺었을 가능성도 있었다.

그리고 지금의 상황이 앞으로 어떻게 변해 나갈지도 자신은 알지 못하고 있다.

하지만 무민과 한유민이 진정 자신들에게 순수한 호의를 가지고 있다는 하나의 경우의 수를 더 염두해 둔다는 것이 중요하다.

만약 방금 자신의 추측이 사실이라면 자신이 무민이나 한유민에게 도움을 청하거나, 무민이나 한유민의 편에 서서 그들의 반대편 세력에 대항하는 경우도 가능할지 모른다.

"하지만 그렇다 해도 문제는 있군."

자신이 알고 있는 비밀들, 그리고 자신이 사용하는 무공들, 한유민이 자신의 그러한 부분을 그냥 내버려 둘 것인가가 문제다. 그런 것은 그들이 가진 호의와 무관하게 다른 사람이 알면 안 되는 것이다.

그 때문에 최악의 경우 모든 일이 잘 마무리된 뒤에도 그들이 진원명 자신만은 신병을 구속하려 들지도 모르는 일인 것이다.

'일이 참 쉽게는 풀리지 않는군.'

진원명이 가볍게 한숨을 내쉬려 할 때 어디선가 작은 이야기 소리가 들려왔다.

"…한 형은… 마무리 지은……."

바람 소리에 가려져 이야기가 제대로 들리지 않았지만 무민의 목소리인 듯했다.

진원명은 자연스럽게 목소리가 들려오는 방향을 향해 걸음을 돌렸다.

"이제… 강민이라 해도… 없을 것이오."

이것은 한유민의 목소리인 것인가?

안 그래도 한유민의 의도에 대해 생각하고 있는 터였다. 직접 만나서 한번 이야기해 본다면 그가 가진 생각이 무엇인지 파악할 수 있을지도 모른다.

잠시 한유민의 목소리에 걸음을 멈추었던 진원명은 차라리 잘되었다고 생각하며 다시 목소리를 향해 걸음을 옮겼다.

"참 말썽이구려. 우리 원로들에게서 연락이 왔는데 한강민 소협이 우리 쪽 원로들에게도 협조를 요청했다고 하오. 자칫 우리 쪽 역시 이참에 두 편으로 쪼개지지 않을까 걱정이오."

두 명이 이야기를 나누는 소리가 조금씩 분명해지는 듯하다.

"강민이 녀석이 소협은 무슨 소협이오? 나이도 무 형보다 어린 데다 이제 적이기까지 하니 그냥 편하게 이름으로 부르시오."

"하하핫, 내가 보기에 한 형은 강민이와 제법 닮은 점이 많다오. 한 형이 강민이를 깎아내리면 그건 한 형 스스로를 깎아내리는 것이나 마찬가지라는 것을 알아야 할 것이오."

"전혀 그렇지 않소. 나는 그 녀석처럼 대책없이 막나가지는 않는다오. 지금 당장 그 녀석이 노리는 것이 무엇인지 무 형은 짐작도 못할 것이오."

한유민의 무뚝뚝한 목소리가 왠지 모르게 화가 난 듯 들린다.

"흠, 도대체 강민이가 노리는 것이 무엇이기에 내가 짐작도 못한다는 것이오? 설마 황제 시해(皇帝弑害)라도 노리는 것이오?"

무민의 말을 들은 한유민이 잠시 침묵하다 이내 대답한다.

"…내가 틀렸구려. 무 형이 그렇게 바로 맞춰 버릴 줄은 몰랐소."

진원명의 걸음이 멈춘다. 대화하던 두 명의 목소리도 멈춘다.

나는 왜 이렇게 우연찮게 많은 비밀들을 알게 되는 것이지?

진원명은 울상을 지으며 그들에게 들키지 않게 이곳을 떠나는 방법을 떠올리려 애썼다.

"…그… 도대체……."

무민이 말을 잇지 못한다.

"미친 거요."

"정신이 나갔구려!"

한유민이 운을 떼우자 무민이 곧바로 그 말을 받아 외친다.

"그, 그것이 가능한 여부는 제쳐 두고, 만약 황제 시해가 성공한 다음은 어떻게 되는 것이오? 황제를 시해한다고 해서 강민이에게 무슨 이익이 있다는 말이오?"

무민의 질문에 한유민이 이번에도 잠시 대답없이 뜸을 들인다.

"…그 이유는 나도 아직 모르오. 하지만 강민이가 이유없이 일을 벌였을 리는 없으니 내 나름대로 짐작이 가는 것은 있소."

"그게 무엇이오?"

"아마 황제가 죽으면 이익을 볼 수 있을 누군가의 사주를 받은 것이 분명할 것이오. 황제를 미워하는 자는 수없이 많겠지만 그중 황제 시해로 가장 확실한 이익을 받을 수 있는 세력을 추려보면 지금 내 머릿속에 대강 세 군데가 떠오르는구려."

"그게 누구요?"

"무 형도 조금 차분하게 생각하면 금방 알 수 있을 것이오. 한왕(漢王)과 조간왕(趙簡王), 그리고 강남(江南)의 세력들이오."

한유민의 설명에 무민이 이해했다는 목소리로 대답한다.

"음, 한 형의 말을 듣고 보니 그렇구려. 내 생각에는 아마 그중 한왕이 가장 유력하지 않을까 하오."

"내 생각에는 한왕이 강남 세력과 연합하는 경우가 강민이에게는 가장 최선이라 여겨지오만 실제로 어떠한지는 모르겠소."

"음, 그렇다면 한 형은 어떻게 할 것이오?"

"아무것도 하지 않을 것이오."

한유민의 대답에 무민이 당황스러운 목소리로 묻는다.

"강민이가 하려는 일을 그냥 내버려 둘 것이라는 말씀이시오?"

"아니, 그 반대라오. 이미 강민이의 세력을 견제할 수 있는 위치를 모두 점거했으니 강민이가 하는 일을 막는 것은 우리가 지금 점거한 위치만 제대로 지키며 빈틈을 보이지 않는 것으로 족하오."

대답하는 한유민의 차분하면서 무표정한 모습이 진원명의 머릿속에 그려진다.

무민이 안심했다는 목소리로 말한다.

"과연 한 형답소. 하지만 이미 돌이키기 어려워진 일이라면 강민이는 어떤 방식을 사용해서든 그것을 이루기 위해 애를 쓸 것이니 한 형의 입장에서는 참으로 난감한 처지이구려."

"그렇게 되었소. 설마 내가 황제를 보호하기 위해 애쓰게 될 줄은 꿈에도 상상하지 못했다오."

나직한 한숨과 함께 잠시 두 사람의 말이 멈춘다.

조심스런 움직이므로 살금살금 그곳을 빠져나가고 있던 진원명의 발걸음 역시 멈췄다. 계속해서 들려오던 바람 소리마저 멈춰서 사방이 쥐 죽은 듯 고요해졌기 때문이다.

진원명이 내심 욕설을 내뱉고 있을 때 무민의 목소리가 이어진다.

"그러고 보니 이번에 들어온 연락에서 재미있는 보고를 들었소. 요 며칠 하남 지방에 새롭게 회자되기 시작한 소년, 소녀 고수에 대한 것이었다오. 단 두 명이서 무영귀를 죽기 직전까지 몰아넣은 그들에게 벌써 하남 무인들은 별호마저 지어주었다 하오. 초목검(草木劍)과 유수검(流水劍). 아마 두 사

람 모두 처음 얻는 별호일 것이오. 어떻소, 제법 잘 어울리는
것 같지 않소?"

진원명의 몸이 움찔했다. 초목검? 유수검?

"잘 어울리는구려."

"호오, 처음으로 얻은 별호에 한 형이 그렇게 시큰둥한 반
응을 보였다는 것을 알면 민아가 섭섭해할 것이오."

"으음, 이건 절대로 시큰둥한 반응이 아니라오."

"하하핫, 그러니 한 형은 그 무감동한 목소리 좀 어떻게 고
쳐 보시오. 그 목소리 때문에 항상 그렇게 잘 변장해 놓아도
모두 쉽게 알아보지 않소?"

"고칠 수 있었다면 진작 고쳤을 것이오."

"뭐, 하긴, 그 무감동한 목소리가 나름대로 한 형의 매력이
기도 하오. 한 형이 느닷없이 감정이 풍부한 성격으로 바뀐다
면 내가 싫어하게 될지도 모르니 조심하시오."

"…오늘부터 폐관 수련을 해서라도 고쳐 보아야겠소."

왠지 심각하게 들리는 한유민의 대답에 무민이 크게 웃었
다.

진원명은 그 틈을 타 다시 살금살금 걸음을 옮겼다.

"음, 유수검은 그렇다 치고, 초목검에 대해 한 형은 어떻게
생각하시오?"

"역시 잘 어울리오."

"후훗, 내가 묻는 게 그 말이 아니지 않소?"

한유민이 잠시 '음' 하며 무언가를 생각하는 듯 뜸을 들인다.

"음, 무 형의 말은 그가 사용하는 백련교의 무공을 말하는 것이오?"

진원명의 걸음이 다시 멈췄다. 그리고 잠시 대화하던 두 사람의 말도 멈췄다.

"…그의 무공은 확실히 백련교의 무공이 맞는 것이오?"

무민이 묻는다.

"그렇소. 그의 무공은 확실한 백련교의 무공이오."

"강민이가 키운 인물일 것이라 생각하오?"

"강민이가 키웠다고 보기에는 그 무공의 완성도가 너무 높소. 아마 상당히 어린 시절부터 무공을 수련해 왔음이 분명하오."

"흠, 예전 백련교의 총단이 무너질 때 많은 무서(武書)가 유출되었다고 들었소. 아마 진 소협의 무공은 그 무서를 통해 익힌 것이 아니겠소?"

"그 부분을 확신하기가 어렵소. 진 소협이 익힌 무공은 치환공(治環功)이라 하는데, 일종의 기공(氣功)이오. 원래 그 무공은 정상적인 방법으로는 수련이 불가능한 것이라오. 흔히 무림인들이 말하는 마공이 바로 그 치환공을 말하는 것이오. 그 무공을 익히려던 많은 무인이 그 무공으로 인해 폐인이 되거나 광인이 되었다는 말을 들어보았을 것이오. 그 무공을 익히기 위해서는 몇 가지 요령이 필요한데, 그 요령들은 모두 그 기공을 자신의 몸 외부의 다른 사물을 이용해 일으키기 위한 것들이오. 진 소협이 사용하는 그 회초리가 발휘하는 위력이 바로 치환공을 회초리 내부에서 발생시킨 결과라오."

무민이 '호오' 하는 감탄사를 발하며 다시 묻는다.

"그럼 그 요령을 혼자서 깨닫는 것은 불가능한 것이오?"

"몸 밖에서 운용한다는 사실을 알게 되는 것이야 어떻게 가능하다고 해도 그것을 실행하는 것이 쉽지 않다오. 제대로 된 요령이 적혀 있는 것도 아니고, 그 무공 자체가 원래 사람의 몸에 맞추어져 있는 기공인데, 그 수련이 너무 어려워 외부의 대상을 이용하여 운용할 수 있게 변형한 것이다 보니 그 기공을 어느 정도 수련하여 익숙해지다 보면 그 기공을 익힌 자 자신도 모르게 그 기공을 자신의 몸 안에 운용하게 되어버리는 경우가 적지 않소. 보통 뛰어난 사부가 곁에서 인도해 주더라도 그 제어가 힘든 법인데 혼자서 수련한다면 거의 불가능하다고 보아야 할 것이오."

"허, 그것 참으로 독특한 무공이구려. 그럼 한 형은 진 소협이 누군가 의도적으로 키워낸 인물이라고 생각하는 것이오? 음, 강민이가 아니라면 문 호법이나 교의 원로들에 의한 것이겠구려."

"원로들에 의해 키워진 인물이라면 아버님이 몰랐을 리 없고, 아버님이 알고 계셨다면 그 사실을 내게 말씀해 주시지 않았을 리 없소."

"이것도 아니고 저것도 아니니, 그렇다면 한 형의 추측은 무엇이오?"

한유민이 잠시 시간을 두고 대답한다.

"진 소협이 아민 소저 못지않은 천재이고, 기적 같은 우연들이 겹쳐서 그 무공을 결국 혼자서 익혀내었다는 것이오."

"하하핫, 뭔가 한 형답지 않은 애매한 추측이구려."

무민이 재미있다는 듯 웃고 있다.

그리고 진원명은 멍한 표정으로 방금 들었던 누군가의 이름을 음미하고 있었다. 방금 한유민이 분명 아민이라고 하지 않았던가?

"다른 것은 몰라도 진 소협이 무공에 있어서 세상에 다시 없을 천재라는 것은 확실하오. 천재가 아니고서야 저 나이에 저런 수준으로 치환공을 익혀낼 수 있을 리가 없다오."

"그렇다면 한 형은 진 소협을 어떻게 할 생각이시오?"

"아무것도 하지 않을 것이오."

"흠, 진 소협은 마공을 익힌 데다 이곳 정화의 위치 역시 알아버렸는데 그냥 내보내 줄 것이오?"

"거기에 더해서 내가 백련교의 교주라는 사실마저 알고 있다오."

"으, 으음, 그랬구려. 그렇다면 더더욱 문제가 아니오?"

무민이 조금 뜨끔한 듯한 목소리로 말하자 한유민이 한숨을 내쉰다.

"무 형이 이런 말을 하는 의도가 바로 내가 그들을 해치기를 원치 않기 때문이 아니오? 이미 그들을 구했고, 나 역시 이제 와서 그들을 해치기에는 그동안의 노력이 아깝소."

"정화는 포기할 생각이시구려."

한유민의 대답은 들리지 않았지만 무민이 다시 말을 잇는다. 보이지는 않았으나 한유민이 고개를 끄덕인 것이 아닌가 생각된다.

"역시 한 형답소. 내가 이런 한 형을 어찌 싫어할 수 있겠소. 하하핫!"

"그런 말로 나의 결심이 흔들리게 만들지 마시오."

"하하핫, 한 형이야말로 진정 내 최고의 친구라오."

"무 형에게 나는 그럴지 몰라도 나에게 무 형은 조금 다른 의미를 가진다오."

"이런, 한 형은 나를 친구로 여기지 않았던 것이오? 그럼 나는 한 형의 무엇이오?"

무민이 무척 서운한 음성으로 묻는다. 그리고 한유민이 여전히 무뚝뚝한 음성으로 대답한다.

"연적."

"콜록!"

부스럭.

한유민의 대답에 무민이 사레 들린 듯 크게 기침을 하였고,

진원명 역시 놀라 발을 헛디뎠다.

진원명이 잠시 식은땀을 흘리며 죽림 저편의 동정을 살폈지만 다행히 들키지는 않은 듯했다.

"서, 설마 그런 대답이 나오리라고는 상상을 못했소. 크, 크흠."

무민이 당황스러운 목소리로 말했지만 한유민은 대답하지 않았다.

"음, 한 형은 그… 민아를 좋아하지 않았소? 그렇다면 한 형의 말은 그게……."

무민이 말을 잇지 못하자 한유민이 곧바로 이어서 말했다.

"아민 소저는 무 형을 좋아한다오."

진원명은 자신의 머릿속이 순간 텅 비는 듯한 느낌을 받았다.

"으, 으흠, 하, 한 형, 그 무슨 말도 안 되는 소리를……."

"충분히 말이 되는 소리요."

"그… 민아는 단지… 단지 내 수하일 뿐이라오."

무민의 대답에 한유민이 한숨을 내쉰다.

"뻔히 보이는 사실을 굳이 부정하려 들지 마시오. 바로 얼마 전 삼귀와의 싸움에서 아민 소저가 온통 무 형의 안위에만 신경 쓰는 것을 무 형도 보지 않았소? 그 외에도 아민 소저가 무 형에게 보이는 이런저런 정성들이 단순한 충성심에서 기인한 것만이 아니라는 것은 곁에서 같이 지내온 무 형 스스로가 더 잘 알고 있을 것이오."

대화가 끊긴다.

진원명은 망연자실한 표정으로 대나무 숲 저편을 바라다보았다.

도대체 지금 한유민의 말이 무슨 소리지?

잠시 후 이번에는 무민이 한숨과 함께 말을 잇는다.

"하지만 어차피 이루어지기 어려운 인연이라오. 민아도 그것은 잘 알고 있을 것이오."

"알고 있지만 어찌할 수 없는 감정도 있는 법이라오. 무 형은 가끔 드는 생각이지만 너무 둔하다오."

한유민의 목소리는 드물게 약간 거칠어진 듯 보였다.

"후우, 그건 아무래도 내 천성인 모양이오."

다시 대화가 끊긴다.

두 사람은, 아니, 두 사람과 그들을 지켜보는 한 사람은 움직임을 멈추고 각자 생각에 잠겼다.

잠시 후 한유민이 말했다.

"음, 밤이 늦은 것 같소. 이제 그만 들어갑시다."

무민이 고개를 끄덕였다.

"한 형은 요 며칠 힘들었을 터이니 편히 쉬시오."

무민의 목소리에 담긴 염려를 한유민 역시 느꼈을 것이다. 한유민 역시 누그러진 목소리로 대답했다.

"무 형도 편히 주무시오."

곧이어 두 사람의 발소리가 멀어져 간다.

진원명은 두 사람의 발소리가 들리지 않게 된 뒤로도 한참 동안 그 자리에 서 있었다.

솨아아!

바람 소리가 들려온다. 진원명은 나직이 중얼거렸다.

"아민이었던 것인가?"

복면을 한 채 자신과 싸웠던, 부상당한 자신을 위해 마차 안에 침상을 마련해 주었던, 그리고 며칠 전 함께 무영귀를 제압했던 그 여인이 바로 아민이었던 것이다.

자신이 사랑했고, 자신을 배반했고, 자신에게 죽임을 당했던 그녀가 이제껏 자신과 함께 여행해 온 바로 그 여인이었던 것이다.

그것을 깨달은 지금 진원명은 뭐라 형용할 수 없는 복잡한 감정을 느끼고 있었다.

기쁨과 슬픔, 분노와 미안함, 원망과 고마움, 이런 상반된 감정들이 계속해서 진원명의 머릿속을 맴돌다 지나가고 있었다.

수연을 직접 만났을 때에도 이렇지는 않았는데, 그저 아민의 존재를 알게 된 것만으로 이토록 스스로의 감정이 제어되지 않는 것인가?

수많은 감정이 머릿속을 맴도는 것은 마치 술에 취한 느낌과도 같았다.

진원명은 이리저리 비틀거리며 마치 만취한 듯한 걸음걸이로 죽림을 빠져나와 오두막으로 돌아갔다.

이런저런 의문이 계속해서 떠올랐다가 순식간에 잊혀지고 있었다.

이런저런 감정들에 밀려 어떠한 생각도 계속 유지할 수가 없었기에 진원명은 아예 아무런 생각도 하지 않으려 애쓰며 침상에 드러누워 잠을 청했다.

하지만 쉽게 잠이 올 것 같지는 않은 밤이었다.

야광(夜光) 3

"세상은 이해할 수 없는 일투성이인 것 같습니다."

하인들이 머무는 행랑채 뒤편의 늙은 느티나무 아래에서 고민이 있다면 말해보라는 내 말에 아민은 이렇게 대답했었다.

아민은 며칠 전부터 무언가 알 수 없는 근심이 생긴 것처럼 보였다. 나는 그 근심을 나누고 싶었다. 그날 오후 일하던 아민을 일부러 그곳으로 불러낸 것은 그러한 이유 때문이었다.

"무엇이 이해할 수 없는 일인데?"

아민의 말을 오히려 이해할 수 없었던 내가 물었다. 아민이 살짝 미소 지으며 나를 바라본다.

저런 미소를 보고 있으면 그녀가 나보다 한 살 아래라는 것이 믿어지지 않았다.

아민의 미소는 보는 사람으로 하여금 따뜻함과 함께 왠지 모를 안타까움을 느끼게 만드는 그런 이상한 미소였다.

"이런저런 일들이요."

"음, 누가 너를 괴롭히기라도 하는 거야?"

아민은 대답없이 고개를 가로저었다.

흠, 그냥 단순한 우울증인 것일까? 장 총관이 여자들은 남자보다 쉽게 우울함을 느끼곤 한다고 말했던 것 같은데…….아니, 그건 임 사범이 한 말이었던가? 그러고 보니 형이 했던 말인 것도 같고…….

"공자님은 저를 좋아하시나요?"

잠시 쓸데없는 생각에 빠져 있을 때 아민이 내게 물었다.

이것참, 쑥스럽게. 얼마 전에도 고백한 것 같은데 왜 또 물어보는 거람? 얼굴이 빨개지지 않았을까 걱정하면서 나는 대답했다.

"응, 좋아해."

아민이 내 말에 다시 빙긋 미소를 지으며 대답한다.

"저도… 공자님을…….".

아민은 여기까지 말하고 잠시 고민했다. 순간 나는 숨 쉬는 것도 잊은 채 그다음에 이어질 말을 기다렸다.

"…적어도 싫어하지는 않게 된 것 같습니다."

나는 한숨을 내쉬었다. 하아, 그러면 그렇지.

하지만 처음 마음을 고백했을 때 아민이 보였던 얼음같이 냉랭한 모습에 비한다면 그래도 이만하면 큰 발전이 아닌가?

나는 그렇게 생각하며 머릿속을 맴도는 아쉬움을 털어버리려 애썼다.

아민이 이어서 말한다.

"그리고 제게는 그것이 가장 큰 문제랍니다."

그렇게 말하는 아민의 얼굴은 너무나도 어두워 보였기에 나는 그 당시 어떤 위로의 말을 건네야 할지 고민하다 겨우 이 한마디를 말했을 뿐이다.

"너무 걱정하지 마. 모든 게 잘될 거야."

나의 장원이 낯선 복면인들의 습격을 받기 며칠 전의 일이었다.

*   *   *

"네, 이제 매우 건강해지셨습니다. 지금은 그냥 주무시고 계시는 것뿐입니다."

"아마 충분히 괜찮을 듯합니다. 그러니 걱정하지 마십시오."

어딘가에서 상당히 거친 울림을 가진 여인의 목소리가 들려온다.

진원명은 그 목소리에 잠에서 깨어났다.

"하핫, 걱정 마시래도요. 안 되면 제가 업고라도 갈 테니 걱정하지 않으셔도 됩니다."

어디서 들려오는 것이지?

진원명은 눈을 비비며 잠시 주위를 둘러보았다.

"네에, 잘 알겠습니다."

다시 여인의 목소리가 들려오고, 진원명은 그제야 그 목소리의 출처를 알 수 있었다.

"밖에서 들려오는 소리였군."

진원명이 그렇게 중얼거리고 있을 때 오두막의 문이 열리며 어제 보았던 그 하녀가 들어온다.

"어? 당신, 일어났었군."

진원명이 그 목소리에 눈살을 살짝 찌푸리며 대답한다.

"그렇소. 그런데 어제도 말했지만 목소리를 조금 더 조용히 해줄 수 있겠소? 그렇게 큰 소리로 말하지 않아도 매우 잘 들린다오."

"하하핫, 이게 원래 이렇게 나오는 것을 어쩌겠나? 그보다 배가 고플 텐데, 먹을 것을 가져올 테니 잠시만 기다리시게."

여인답지 않은 덩치에 여인답지 않은 목소리, 그리고 여인답지 않고 하녀답지도 않은 말투를 가진 하녀는 진원명에게 그렇게 말하고는 곧바로 오두막 밖으로 다시 나가 버렸다.

"저기, 나는 먹을 것보다 좀 더 자고 싶었는데."

진원명이 하녀의 빈자리를 향해 손을 뻗어보았지만 이미 하녀는 보이지 않는다.

진원명이 한숨을 내쉬며 다시 드러누웠다.

잠이 들어버릴 것 같았지만 자신의 자는 모습을 보며 식사를 가져온 하녀가 실망할 것이 걱정되었기에, 정확히는 실망한 뒤에 취할 하녀의 행동이 걱정되었기에 진원명은 피곤함을 참고 눈을 뜬 채 천장을 올려다보았다.

어제는 확실히 잠을 제법 설친 듯했다. 그러고 보니…….

"뭔가 뒤숭숭한 꿈도 꾼 듯도 하고."

진원명이 중얼거렸다.

꿈의 내용은 굳이 기억하려 들지 않았다. 아마 기억나더라도 그다지 쓸모있는 내용은 아닐 것이다.

일단은 어제저녁 자신이 느꼈던 그 혼란스러운 감정이 사라졌다는 사실이 다행스러웠다.

예전 복면인들을 처음 만났을 때의 느낌과도 비슷하게 어제저녁도 진원명은 도저히 스스로의 감정을 제어할 수가 없었다.

뭐, 확실히 충격적인 사실이긴 했다.

하지만 그렇다 하더라도 역시 어제의 자신은 예전 복면여인 아민과 싸웠을 때처럼 뭔가 비정상적이었다.

마치 무너진 제방에서 흘러내리는 물처럼 어딘가에 가두어둔 감정들이 한꺼번에 터져 나오는 듯한 그런 느낌이었다.

그 감정들의 흐름에 휩싸여 제대로 걷지도 못할 정도였으니 아마 그 순간 누군가 자신의 모습을 보았다면 술에 취하기라도 한 것으로 알았으리라.

진원명은 잠시 어제의 일을 떠올려 보며 고개를 설레설레 저었다.

그리고 잠시 후 진원명의 생각이 정확하게 들어맞았음이 밝혀졌다.

"…이것은 설마……."

하녀가 가져온 조반상에는 낯익은 향을 풍기는 걸죽한 액체가 놓여 있었다. 하녀가 대답한다.

"아, 그것은 갈근 즙이야. 어제 제법 취한 것처럼 보이던데, 도대체 어디에 술을 숨겨뒀던 거야?"

진원명은 헛웃음이 나오는 것을 참지 못했다. 웃고 있는 진원명을 하녀가 멀뚱히 쳐다본다.

"왜 웃는 거야?"

"아니오. 그저 배려해 주는 것이 고마워서요."

"후훗, 뭐, 별거 아니니 신경 쓸 필요 없어."

하녀가 씩 웃으며 대답한다.

사내처럼 호탕한 성격의 하녀였다. 하지만 그 모습에서 그다지 어색하거나 싫은 느낌이 들지 않는다.

진원명이 식사를 마치자 하녀가 식기를 가지고 나가며 말했다.

"오늘 오후에 이곳을 비우고 모두들 내려갈 예정이니 준비해 둬."

하녀가 나가고 진원명은 잠시 생각에 잠겼다.

어제 정화를 포기한다는 얘기를 들었다. 아마 오늘 이곳을 비운다는 것은 그 때문이 아닌가 생각되었다.

외인인 자신이 이곳을 알아버렸으니 그 비밀 유지를 위해서는 자신을 죽이거나 이곳을 버리는 수밖에 없다.

결국 이곳을 포기하려는 이유는 자신들을 해치지 않기 위해서이다.

어제 엿들은 그들의 대화도 그렇고, 역시 그들이 단순한 선의에서 자신들을 구했다는 자신의 느낌이 사실이었던 것일까?

진원명은 그렇게 생각하며 머리를 갸웃거렸다.

무언가 알 수 없는 괴리감이 있었다. 그들을 완전히 신뢰하기는 이르다고 여길 만한 괴리감이……

하지만 진원명은 그 괴리감의 정체를 정확히 떠올리기 어려웠다.

그날 오후 진원명은 하녀의 안내에 따라 그곳을 나왔다.

들어왔을 때와 마찬가지로 빼곡하게 둘러선 나무숲을 지나자 그곳에는 익숙한 네 명의 얼굴이 기다리고 있었다.

진원명이 그중 가장 앞에 서 있는 여인을 보며 외쳤다.

"은 누님!"

"진 동생, 몸은 좀 어때?"

은비연이 반갑게 손을 들어 보이며 묻는다.

"저야 뭐, 그냥 지쳤던 것뿐인 걸요, 뭐. 그보다 은 누님이야말로 이제 몸은 다 나으신 거예요?"

"응, 이제 아무렇지도 않아."

"정말 다행이에요."

진원명의 말에는 진심이 담겨 있었다. 은비연이 빙긋 웃는다.

"후훗, 걱정해 준 거야? 역시 진 동생밖에 없다니까."

은비연이 진원명의 머리를 쓰다듬는 시늉을 한다.

그 모습이 확실히 다 나은 듯 보였기에 진원명이 피식 웃으며 주위를 둘러본다.

빙긋 미소 지으며 은비연을 내려다보고 있는 설 당주와 살짝 미간을 찌푸리고 뭔가 생각에 잠겨 있는 무민, 그리고 그 곁에 삿갓을 깊이 눌러쓴 복면여인 아민의 모습이 보인다.

"흠, 뭐야? 동생 몸이 어디 안 좋은 거야?"

은비연의 물음에 진원명이 흠칫 놀라며 시선을 은비연에게로 돌렸다. 방금 자신은 잠시 멍하게 아민의 모습을 바라보고 있었던 것 같다.

"아, 아뇨. 괜찮아요."

진원명의 대답에 은비연이 눈을 살짝 찌푸리며 바라보았다.

"혹시라도 몸이 안 좋으면 몰래 나한테 말해. 내가 사부에게 부탁해 걸음을 좀 늦추도록 할 테니. 알았지?"

은비연이 진원명에게 나직한 목소리로 그렇게 말하자 무민이 뒤에서 말한다.

"아, 그건 걱정하지 않으셔도 됩니다. 은 소저가 말하지 않아도 오늘은 누가 쫓아오는 것도 아니니 천천히 내려가려고 생각하고 있었습니다. 진 소협을 걱정하는 것은 은 소저뿐만이 아니랍니다. 하하핫!"

귀도 밝군. 진원명이 그렇게 생각하며 은비연을 바라보자 은비연이 살짝 볼을 붉힌 채 사부의 옆으로 걸어가 버린다.

진원명이 그러한 은비연의 모습에 피식 웃으며 아민을 보는 순간 마음에 쌓였던 알 수 없는 긴장을 털어버렸다.

일행은 여유있는 걸음으로 산을 내려가기 시작했다. 진원명을 간호했던 하녀가 가장 선두에 섰고, 무민과 진원명이 그 뒤, 아민과 설당주, 은비연이 맨 뒤편에 서서 걸었다.

"그런데, 진 소협."

무민이 왠지 나직한 목소리로 불렀다. 진원명이 무민을 바라본다.

"왜 그러십니까?"

"음… 그러니까, 진 소협은 은 소저와 만난 지 이제 겨우 한 달 남짓이라 하셨지요?"

"네, 그렇습니다만……."

"음, 그렇군요."

무민이 고개를 끄덕여 보인다. 그 표정이 좀 이상해 보였기에 진원명이 묻는다.

"뭔가 문제가 있나요?"

"하핫, 아닙니다. 그저, 왠지 진 소협을 대하는 은 소저의 모습이 왠지 저나 다른 사람들과 함께 있을 때와는 많이 달라 보여서 말입니다."

진원명은 잘 모르겠다는 듯 고개를 살짝 갸웃거리며 다시 앞을 보며 걸어가기 시작했다.

그리고 잠시 후 문득 생각났다는 듯 무민이 다시 입을 열었다.

"그러고 보니 진 소협에게 알려줄 것이 있습니다."

"그게 무엇입니까?"

"흠, 그러니까, 이번에 강호에 새로 이름을 날리게 된 신진고수(新進高手)의 이름이지요."

"신진고수라니요?"

"그 이름하여 초목검과 유수검이라 하는데. 어떻습니까, 진 소협이 듣기에는?"

진원명은 내심 찔끔했지만 아무렇지도 않은 듯 물었다.

"뭐, 저야 잘 모르겠습니다만, 그들이 누구입니까?"

"하핫, 그들은 바로 얼마 전 동창의 최고수 오귀 중 무영귀를 거의 죽음에 이르게 만들고 고목귀와 철수귀, 이귀 역시 물리쳐 버린 두 명의 소년, 소녀 영웅을 말하는 것이지요."

무민의 낭랑한 목소리가 울려 퍼진다.

진원명은 왠지 낯이 뜨거워지는 것을 느꼈다. 고개를 돌리자 뒤따라오던 아민 역시 고개를 푹 숙이고 있었다.

"방금 그 말은 진 동생과 이분 소저를 말하는 것이 아닌가요?"

뒤따르던 은비연이 묻는다.

"하핫, 은 소저의 말 그대로입니다."

"와아, 진 동생, 그 나이에 벌써 사람들에게 별호를 얻은 거야? 정말 대단한걸?"

은비연이 크게 기뻐한다. 무민이 이어서 말한다.

"지금 세간에는 두 사람의 정체에 대해 정말 많은 추측들이 오가고 있다고 합니다. 곤륜산(崑崙山)에서 도를 닦던 신선(神仙)의 시동(侍童)이라 하는 자도 있고, 영약을 먹어 반로환동(返老還童)한 고수라 여기는 자들도 있다고 들었습니다."

"쯧쯧, 선동에 반로환동이라니, 차라리 사람의 탈을 쓴 요괴라 부르라지."

뒤따르던 설 당주가 중얼거린다.

"하핫, 보고에 따르면 실제로 요괴라 생각하는 자들도 있다고 하더군요."

은비연이 키득키득 웃고 있고, 아민은 곁에서 한숨을 내쉬고 있었다.

진원명이 고개를 가로저으며 무민에게 물었다.

"그런데 어떻게 그런 소문이 강호에 퍼지게 된 것입니까? 그때 그 장소에는 우리와 동창밖에 없었을 텐데요."

"아, 그, 그것은……."

무민이 살짝 당황한 표정으로 대답하려 할 때 설 당주가 말을 자른다.

"동창이 네놈들을 잡기 위해 일부러 퍼뜨린 소문이 아니고 무엇이겠느냐? 그나마 연아가 빠져 있으니 다행이라 할 수 있겠구나. 그런 형편도 알지 못하고 그깟 조그마한 명성을 얻었다는 것에 그저 좋아하고 있는 꼴이라니, 쯧쯧."

그러고 보니 동창의 집요함과 무서움을 알려주겠다고 했던가? 진원명은 철수귀의 살기 어린 눈빛을 떠올렸다.

동창이라면 확실히 무섭지.

진원명이 내심 뜨끔하여 입을 다물었고, 기뻐하던 은비연과 무민 역시 무안함에 침묵했다.

그날 오후 일행은 방성(方城)이라는 곳에 도착했다.

그곳에서 하룻밤을 머문 일행은 준비되어 있던 나룻배를 타고 양양(襄陽)으로 향했다. 무민의 이야기에 의하면 양양에 주여환과 이주문이 기다리고 있을 것이라 하였다.

"그럼 형은 지금 어디에 있습니까?"

뱃전에 서서 유유히 흘러가는 풍경을 바라보며 진원명이

물었다.

"진원정 소협은 지금쯤 하북 지방(河北地方)에서 고수들을 찾아다니고 있을 것입니다. 진원정 소협이 곧바로 비무행을 끝내 버린다면 동창이 수상하게 여길 소지가 있기 때문입니다."

무민의 설명에 진원명이 고개를 끄덕인다.

"그렇군요."

"진원정 소협이 비무행을 모두 마치고 내려올 때 두 분이 만나실 수 있도록 여정을 계획해 두었습니다. 그러니 심려치 마시고 편하게 여행을 즐기셔도 좋을 것입니다."

무민이 그렇게 말하며 진원명을 바라보며 빙긋 미소 지어 보인다.

진원명이 그 미소를 잠시 바라보다 고개를 숙였다.

"그러고 보니 이제껏 제대로 무 소협께 감사 한번 표시한 적이 없었군요. 정말이지, 요 며칠간 무 소협께서 베풀어주신 은혜에 어떻게 감사드려야 할지 모르겠습니다."

"지난번에도 말했듯 진 소협이 이런 일에 말려들게 된 것에는 저희의 책임이 큽니다. 오히려 죄송하다는 말을 해야 할 사람은 바로 저이니 진 소협께서는 너무 부담스러워하지 마십시오."

무민이 그렇게 말하며 마주 예를 취한다.

진원명은 잠시 그런 무민의 모습을 바라보았다.

넓지 않은 강 좌우로 둘러선 높지 않은 언덕배기와 그 절벽 곳곳의 요철에 자리 잡은 이름 모를 잡풀, 그리고 그 아슬아슬한 틈새에 뿌리내린 채 굽이굽이 꺾어져 자란 나무들의 모습은 절경이라 하기에는 모자랄지 몰라도 제법 자연스러운 운치(韻致)가 배어 나오고 있어 마치 한 폭의 수수한 화폭(畵幅)을 펼쳐 놓은 모습을 연상시키고 있었다.

그리고 눈앞의 남자, 무민의 빼어난 모습은 그 화폭 속의 주인공이라 하기에 모자라지 않을 듯하다.

얼마 전 한유민은 지금 진원명의 눈앞에 있는 이 그림과도 같은 남자를 아민이 좋아하고 있다고 했다.

"무슨 문제가 있나요?"

무민이 빙긋 웃으며 묻는다.

"아, 아닙니다."

자신이 무민을 멍하게 쳐다보고 있었음을 깨달은 진원명은 시선을 돌려 배 뒤편을 바라보았다.

마침 배 뒷전에 앉아 있는 아민의 모습이 보인다. 그녀는 이쪽을 이곳을 바라보고 있는 것처럼 보였다.

지금 그녀는 무민을 바라보고 있는 것일까, 아니면 자신을 바라보고 있는 것일까?

"정말 쓸데없는 의문이군."

진원명이 고개를 저으며 중얼거렸다.

가벼운 감정의 흔들림을 느끼며 진원명은 아민의 모습에

서 다시 고개를 돌려 뱃전 아래로 흘러가는 물결을 내려다보았다.

그 물결 속에 자신의 그림자가 비쳐 보이고 있었다. 그리고 자신의 그림자 옆에는 무민의 그림자가 비쳐 보이고 있다.

흠잡을 곳이 보이지 않는 빼어나고 훤칠한 외모와 행동 하나하나에 저절로 우러나는 알 수 없는 기품, 그리고 자신과 같이 아무 관계도 없는 사람들마저 배려해 줄 정도의 선량한 심성. 무민은 어느 누가 보더라도 매력적인 인물임이 분명하다.

또한 그런 무민이라면 아민과 잘 어울리는 한 쌍이 될 것임이 분명하리라.

그렇게 생각하며 진원명은 뱃전 아래의 물결 속에 비쳐 보이는 무민의 그림자를 다시 멍하게 내려다보았다.

얼마의 시간이 지나고 강물 속에 비쳐 보이던 무민의 그림자가 사라진다.

선실로 들어간 것인가?

진원명은 무민의 그림자가 사라진 자리에서 시선을 돌리지 않고 그대로 흘러가는 나룻배가 남기는 잔물결을 바라보며 생각에 잠겼다.

지금 배 뒤편에 앉아 있는 아민은 자신을 알지 못한다. 그리고 자신 또한 지금 배 뒤편에 앉아 있는 아민을 알지 못한다.

좀 더 정확히 말하자면 그녀는 자신이 알고 있는 그 아민이 아니다.

그녀는 자신의 집에 하녀로 들어온 적도 없었고, 자신의 아픔을 바라보고 이해해 준 적도 없었다. 그러한 결과로 얻어진 자신의 사랑을 부담스러워한 적도 없었고, 결국 자신을 배신하고 해치려 한 적도 없었다.

자신이 사랑했던 아민은, 그리고 자신을 배신했던 아민은 이미 죽었다. 바로 자신에게 죽임당했다.

그리고 그것으로 그녀와 자신 사이의 은원(恩怨)은 끝이 났다.

은비연과 같이 자신에 의한 일방적인 가해도, 복면인들과 같이 자신에 대한 일방적인 가해도 아니었다. 그저 서로가 동등하게 주고받았을 뿐이다.

때문에 지금 자신에게는 아민에 대한 어떠한 감정의 근원도 남아 있지 않았다. 앞으로 만약 그녀가 자신의 인생에 관여하지 않는 이상은 지금 그녀와 자신은 그저 서로 아무 관계도 없는 타인이라고 할 수 있을 것이다.

그리고 그렇게 서로 아무 관계도 없이 살아가는 편이 아민과 자신에게는 가장 나은 결과가 될 것이 분명하다.

자신과 아민과의 인연은 분명 과거에 두 사람 모두에게 큰 재앙으로 마무리되었기 때문이다.

자신의 마지막, 자신이 수연의 칼에 죽어가던 그 순간 깨달았던 소망을 진원명은 아직 잊지 않고 있었다.

그 소망은 분명 복수와 운명에 휘둘리지 않는 자신과 아민의 평범한 삶이 아니었던가? 그러니 지금 자신이 바라는 것은 무민과 아민 두 사람이 부디…….

"…좋은 인연으로 맺어져 행복한 결과를 얻게 되는 것뿐이라오."

그렇게 중얼거리는 자신의 목소리가 왠지 모르게 공허하게 들렸기에 진원명은 가벼운 한숨을 내쉬었다.

나룻배는 조용히 강을 따라 흘러가고 있었다.

비적(匪賊) 1

나룻배로 이동을 시작한 다음날, 이른 아침부터 진원명은
배 후미(後尾)에 앉아 밀려나는 풍경을 멍하게 바라보고 있었
다.

얼마의 시간이 지났을까?

정화에서 진원명을 돌보아주었던 하녀가 배 후미로 걸어
와서는 진원명의 옆에 앉아 강으로 낚싯대를 던져 넣었다.

진원명은 하녀에게 특별한 관심을 보이지 않았고, 하녀 역
시 진원명을 의식하지 않고 그저 낚싯대의 움직임에만 관심
을 집중했다.

두 사람은 그 자리에서 그렇게 한참 동안 말없이 앉아 강물

을 바라보았다.

다시 시간이 흘러 배 뒤편으로 이어지는 물결이 본격적으로 햇빛을 머금기 시작했을 때 진원명의 뒤편에서 진원명을 부르는 누군가의 목소리가 들려온다.

"진 동생, 뭐 해? 심심하지 않아?"

돌아본 진원명의 눈에 은비연의 빙긋 웃는 얼굴이 보인다. 은비연은 곁에 와서 앉으려 하다가 진원명의 우측을 돌아본다.

"아, 연 기주(延旗主)도 계셨네요. 낚시를 하고 계시는 건가요?"

은비연의 물음에 하녀가 가볍게 고개를 끄덕이며 대답한다.

"응, 그냥 가벼운 시간 때우기이지."

"연 기주?"

진원명이 의아하다는 듯 중얼거리고 있자 은비연이 묻는다.

"왜 그래, 진 동생?"

"아니오. 그냥……."

진원명이 하녀를 가리킨다.

"이 하… 아니, 이쪽 분의 이름은 한 번도 들어본 기억이 없는 것 같아서요."

하녀가 진원명의 말에 고개를 가볍게 갸웃거리며 진원명

을 바라본다.

"그러고 보니 내 소개를 안 했던가?"

말투부터 뭔가 좀 이상하다 했었지만, 하녀가 아니었던 것인가?

"내 이름은 연청(延靑). 그냥 연 기주라고 불러줘."

기주(旗主)라 하면 적어도 낮은 직책은 아니리라 여겨졌다. 그러고 보니 언젠가 한유민의 대화 중 사신기(四神旗)라는 말을 들은 기억이 있는 듯했다.

"자네를 보살피라는 명 때문에 이처럼 편안한 시간을 보내고 있으니 개인적으로 자네에게 참 고맙게 생각하고 있어."

연 기주가 그렇게 말하며 씩 웃어 보였다.

진원명 역시 멋쩍은 웃음으로 답했다. 다행히 자신이 그녀를 하녀로 여기고 있었다는 사실은 모르는 듯하다.

잠시 후 은비연의 독촉에 의해 배 뒷전에는 세 개의 낚싯대가 드리워졌다.

"동생은 참 둔하네. 며칠간 같이 지냈으면서도 이름조차 물어보지 않았던 거야?"

은비연이 아무것도 물지 않은 낚싯대를 공연히 들어 올렸다가 다시 강으로 던지며 물었다.

'은 누님이 며칠 전 오두막에 머물 때의 연 기주는 지금 저기서 낚시를 하고 있는 것처럼 유유자적한 모습이 아니었다고요.'

은비연의 핀잔에 진원명이 내심 항의했지만 입으로 말하지는 않았다.

"아참, 그러고 보니 우리 일행 중 삿갓을 한 소녀는 아직 이름을 모르고 있었네."

은비연이 문득 생각났다는 듯 그렇게 말했다.

아민을 말하는 것이다. 기분이 왠지 가라앉는 듯했기에 진원명이 화제를 돌린다.

"그보다 은 누님은 한 번이라도 낚시를 해본 적이 있는 거예요?"

"아니. 해보려 한 적은 한 번 있었지만……."

은비연이 오랜 기억을 떠올려 본다. 주여환과 낚시를 갔던 그날의 일을…….

주여환은 오래전 그날 이후 다시는 낚시를 가자는 말을 하지 않았다.

은비연 역시 왠지 기분이 가라앉는 것을 느끼며 말을 흐렸다.

"저도 처음인데, 그럼 연 기주에게 배워서 하는 게 좋지 않을까요? 이렇게 무작정 낚싯대만 던져 놓는다고 고기가 낚일 것 같지는 않으니 말이죠."

"무엇이든 옳게 배우려는 자세는 마음에 들지만 그 대상을 잘 골라야지. 나 역시 낚시를 해보는 것은 이번이 처음이야."

진원명의 말을 들은 듯 연 기주가 그렇게 말하며 자신의 옆에 놓인 통을 가리켰다. 아마 물고기가 잡히면 넣어두려 했던 것으로 보이는 그 통은 지금 텅 비어 있었다.

진원명이 무안한 표정을 지었고, 이후 세 사람은 모두 말없이 낚시에 열중했다.

이후 날이 저물고 배 후미의 세 사람이 선실로 들어갔을 때에도 통은 여전히 비어 있었다.

배로 이동을 시작한 지 사흘 뒤 일행은 양양에 도착했다.

무민의 안내를 따라 이동한 곳에는 작은 저택이 있었다. 그리고 그곳에는 반가운 얼굴들이 기다리고 있었다.

"대사저! 진 동생!"

그렇게 외치며 달려오는 것은 이주문이었다.

이주문의 뒤편 나무 그늘 아래에는 주여환이 앉아 있다가 일어나는 모습이 보였고, 주여환의 곁에는 일전 천 호법이라 불렸던 노인이 서 있었다.

"사저, 진 동생, 정말 둘 다 많이 걱정했습니다."

이주문이 활짝 웃고 있다. 진원명 역시 반가움에 이주문의 손을 잡고 흔들었다.

"하핫, 이 형은 전보다 오히려 혈색이 더 좋아 보이는 듯한데, 정말 걱정하긴 한 거예요?"

"호오, 이 녀석, 너야말로 그다지 걱정할 필요가 없게 건강해 보이는구나."

이주문이 웃으며 진원명의 머리를 헝클어 버린다.

"…그런데 이사제(二師弟)는 몸이 불편한 것이냐?"

은비연의 묻는 목소리가 살짝 떨리는 것처럼 들렸다. 진원명이 시선을 다시 주여환 쪽으로 돌린다.

주여환은 천천히 걸어오고 있었는데, 목발을 짚고 있었다.

주여환이 은비연의 말을 들은 듯 빙긋 웃으며 말했다.

"사저, 너무 걱정하지 않으셔도 됩니다. 상처가 쉽게 낫기 위해서라며 의원이 억지로 이렇게 다니도록 한 것이지 특별히 어디가 불편하다거나 고통스러운 것은 아닙니다."

은비연 역시 여전히 걱정스러운 표정으로 주여환을 바라보았다. 눈에 보이는 주여환의 얼굴에만도 채 아물지 않은 작은 상처들이 여기저기 보이고 있었다.

"음, 대문 앞에서 이럴 것이 아니라 안으로 들어가서 얘기하자꾸나."

일행의 뒤편에 서 있던 설 당주가 그렇게 말한다. 이주문이 고개를 끄덕이며 일행을 안내했다.

잠시 후 저택 안에 자리를 잡고 앉은 일행은 서로 자신이 겪은 일들에 대해 이야기하기 시작했다.

이주문은 당시 주여환을 구출한 뒤 은비연과는 다른 방향으로 도망쳤다고 한다.

집결지로 도착한 이주문은 곧바로 이곳 양양으로 이동해 이곳에서 계속 머물러 왔고, 며칠 전 천 호법이 주여환을 데리고 이주문이 머물던 이곳으로 도착했다.

천 호법은 이주문과 주여환의 사부라 하였다.

은비연이야 살수이다 보니 외부의 사부를 초빙해 가르치는 것이 가능하다지만 주여환과 이주문은 그런 경우가 아니다.

게다가 백련교와 같은 비밀 단체의 고수가 천강파와 같은 문파의 대리 사부가 된다는 것도 말이 되지 않았다.

의아한 표정을 짓고 있는 진원명을 보고 설 당주가 말했다.

"나와 사형은 원래 천강파에 적(籍)을 두고 있었네. 그리고 나와 사형이 지금의 세력에 투신(投身)한 것은 이 아이들을 하산시킨 뒤이지. 이 아이들이 이번에 이처럼 우리와 엮이게 된 것은 모두 우연이니 행여나 이 아이들이 우리와 어떤 관련이 있는 것인지 의심할 필요는 없다네."

"아, 네."

대답하며 진원명은 의아함을 느꼈다.

그렇게 얘기하며 진원명을 바라보는 설 당주의 표정에서 평소의 깐깐함과 차가움이 느껴지지 않았기 때문이다.

왠지 모르게 호감 어린 시선으로 보인다고 생각하며 진원명은 고개를 갸웃거렸다.

"아마 진원정 소협이 비무를 마치고 이곳까지 내려오는 데에는 약 두 달이 걸리지 않을까 예상되는군요. 그 시기에 맞추어 이곳에서 기다린다면 진원정 소협을 만날 수 있을 것입니다. 물론 다른 분들의 신변을 구속하려는 의미는 아니니 그 가운데 마음껏 이곳저곳을 돌아다니거나 그냥 기다리지 않고 돌아가서도 됩니다. 진원정 소협께는 제가 말씀드리도록 하겠습니다. 모두들 어떻게 하시겠습니까?"

이어지는 무민의 말에 일행은 그냥 모두 이곳에서 기다리기로 하였다.

천강파의 인물들은 굳이 이곳에 남아 있을 이유가 없었으나 진원정의 건강한 모습을 보지 않고 돌아간다면 잠을 이루지 못할 것이라며 모두들 남아주었다.

그리고 약 한 달이 지났다.

주여환의 상세는 본인의 말보다 훨씬 심각한 듯했다. 특히 다리가 크게 상해 당장 걷는 것에는 무리가 없더라도 무공을 펼치기에는 무리가 있어 보였다.

은비연은 거의 하루 내내 주여환의 곁에만 머무르며 간호하였고, 이주문 역시 주여환의 상세가 마음에 걸리는 것인지 평소와 달리 조용하게 생활하며 은비연 곁에서 주여환의 간호를 도왔다.

천강파의 인물들이 조용한 가운데 무민과 천 호법, 그리고 설 당주 역시 그곳에 머물기는 했으나 낮에는 대부분 자리를 비웠기에 진원명은 그 한 달간 연청, 연 기주와 어울리며 제법 친해졌다.

연 기주는 그 저택에 머무는 이들 중 가장 여유있는 생활을 즐기고 있었다.

연 기주의 말로는 이런 기회가 주어졌는데 농땡이를 피우지 않는다면 나중에 과도한 일을 하게 되었을 때 스스로 위안할 여지가 없다고 하였다.

하지만 그렇게 말하면서도 연 기주는 특별히 어떤 즐길 거리를 찾기보다는 그저 진원명이 명상에 잠겨 있을 때 곁에서 같이 명상을 한다거나 책을 읽는다거나 낮잠을 잔다거나 하는 식으로 생활하였는데, 역시 시끄러움과는 거리가 멀었다.

때문에 그곳에서 지낸 한 달 동안 진원명은 마치 혼자 생활하는 듯한 고요함을 느꼈다.

진원명에게 그 고요함은 나쁘지 않았다.

진원명은 거의 하루 종일 저택 후원에 있는 나이 든 소나무 아래에서 자신의 수련에 매진했다.

그 수련의 대부분은 좀 더 효율적인 초식의 운용이었다.

과거의 자신은 강한 내공을 바탕으로 한 패도적인 수법과 상대방의 힘을 역이용하는 수법들을 주로 사용하였다.

그만한 진기와 그 운용이 받쳐 주었기 때문인데, 지금의 자신은 과거와는 달랐다. 이전과 같은 강한 진기가 받쳐 주지 않으니 자신이 운용할 수 있는 진기 이상의 위력을 지닌 공격은 받아내기가 어렵다.

얼마 전 진원명은 아민과 함께 협공을 하며 무영귀를 제압했다.

이미 경험만으로는 무림에 유래가 없을 정도로 많은 싸움을 경험해 온 진원명이다. 무공을 보는 눈, 무공의 원리를 꿰뚫는 눈은 누구도 따르기 어려울 만큼 단련되어 있다고 해도 좋을 것이다.

아민의 무공은 그 초식을 펼치는 이치와 원리에 있어서는 오히려 진원명보다 훨씬 앞설 정도로 뛰어났기에 진원명은 요 며칠 그 협공에서 아민이 사용했던 수법들을 떠올리며 많은 깨달음을 얻고 있었다.

그러던 어느 날 저녁 천 호법이 의식을 잃은 한 청년을 어깨에 들쳐 메고 돌아왔다.

"그 사람은 누구입니까?"

마침 밖에 나와 있던 진원명이 의아한 표정으로 물었다. 천 호법이 대답한다.

"일단 모두 모인 뒤에 이야기하도록 하세. 사람들을 좀 모아주겠나?"

잠시 후 대청에 저택에 거주하고 있던 사람들이 모두 모였다.

아홉 명이나 되는 사람이 모이니 대청이 조금은 비좁은 느낌이 든다.

"그 사람은 도대체 누구입니까?"

무민이 진원명과 똑같은 질문을 던진다. 천 호법이 답했다.

"이 저택을 감시하고 있던 자요."

"설마 동창인 것입니까?"

이주문이 표정을 굳히며 묻는다. 천 호법이 고개를 저었다.

"이 녀석의 무공으로 보아 동창은 아니다. 음, 차라리 동창이라면 마음이 편할 터인데……."

천 호법이 그렇게 말하며 한숨을 내쉬었다.

천 호법의 성격을 익히 아는 이주문이 천 호법의 말이 옆길로 새기 전에 다시 한 번 물었다.

"그럼 이자는 도대체 누구입니까?"

이주문의 질문에 천 호법은 고개를 돌려 오히려 무민에게 질문했다.

"무 공자, 혹시 이들의 정체를 짐작할 수 있겠소?"

"지금 우리와 적대하는 세력은 두 군데인데, 그중 동창의 움직임에 대해서는 어느 정도 파악을 하고 있습니다. 만약 그들이 이곳을 눈치 채고 사람을 보냈다면 우리에게 미리 연락이 왔을 겁니다. 그렇다면 아마 저 청년은 강민이가 보낸 인물이 아닌가 싶군요."

무민이 그렇게 답하자 천 호법이 고개를 끄덕인다.

"무 공자의 추측대로요. 이자는 우리 세력의 무공을 사용하던 것으로 보아 한강민의 수하임이 분명하오. 왜 우리를 염탐한 것인지는 모르지만……. 무 공자는 그 이유를 알 수 있겠소?"

천 호법의 말에 무민이 알 수 없다는 표정으로 말한다.

"흠, 강민이가 원하는 것이 무엇인지 모르겠군요. 강민이가 저의 세력과 결탁을 원한다고 한다면 저에게 해를 끼치는 일이 생겨서는 곤란할 텐데요. 그렇다면 혹시 강민이는 천 호법과 설 당주를 노리는 것이 아닐까요? 흠, 이유가 어찌 되었든 이미 발각된 거처는 옮기는 편이 좋을 것 같습니다만."

"일단 소, 아니, 한 공자께 보고를 올리고 그와 별개로 우리는 곧바로 거처를 옮기는 게 좋겠소."

무민과 천 호법은 청년을 데리고 곧바로 밖으로 나가더니 두 시진 뒤 돌아왔다.

"내일 이른 아침에 길을 떠날 것이니 모두들 준비해 두시기 바랍니다."

다음날 새벽 저택 앞에는 제법 큰 마차가 준비되어 있었다.

이런 크기의 마차를 하룻밤 새에 구한 것인가?

새삼 그들의 세력이 가진 능력에 감탄하며 진원명은 마차에 올랐다.

마차는 남서쪽으로 방향을 잡고 달렸다. 마부석에는 무민과 아민이 앉았는데 중간에 진원명과 이주문이 교대하였다.

"그러고 보니 저기 저 아가씨는 한 번도 삿갓을 벗은 모습을 본 기억이 없는 것 같다. 무척 답답할 것 같은데, 그렇지 않냐?"

마차를 모는 이주문의 말에 곁에 앉아 있는 진원명은 말없이 그냥 고개만 끄덕였다.

이주문이 잠시 뭔가 생각하다가 다시 말한다.

"흠, 그러고 보니 말하는 것도 별로 보지 못했군. 난 저 아가씨와 대화도 한 번 못해봤어. 이름도 모르고. 넌 혹시 알고 있냐?"

이번에 진원명은 말없이 고개를 저었다.

"이 녀석, 갑자기 꿀 먹은 벙어리가 되었네? 음, 그나저나 이 길은 어디로 통하는 것이려나? 방향으로 보아 형문(荊門)을 향하는 것 같기도 하고……."

둘 다 길은 잘 몰랐으나 외길이라 길을 잃을 염려는 없어 보였다.

진원명이 말이 없자 잠시 후 이주문이 다시 말한다.

"흠, 그런데 설 사백은 나나 이사형에게는 무척 신경질적인데 유독 너한테는 부드럽게 대하더구나."

이주문이 잠시 눈을 가늘게 뜨고 진원명을 흘겨보더니 갑자기 진원명에게 얼굴을 들이대었다.

"이 녀석, 도대체 어떤 방법을 썼기에 이처럼 설 사백의 마음에 든 것이냐? 순순히 이실직고해라!"

"으악, 이 형! 앞을 봐요, 앞을!"

이주문이 고삐를 트는 바람에 말들이 숲 속으로 돌진하려

하고 있었다.

"아, 이런."

이주문이 고삐를 다시 돌린다. 마차가 다시 길로 돌아왔으나 덕분에 마차가 크게 흔들렸고, 마차 안에서는 욕설이 터져나왔다.

"이 멍청한 녀석들, 그깟 마차 하나 똑바로 몰지 못하느냐!"

설 당주의 목소리였다. 이주문은 설 당주가 겁나는 것인지 찔끔한 표정을 지어 보이며 이후에는 마차를 모는 데 열중했다.

오후가 되자 천 호법이 마부석으로 나와 길을 안내하기 시작했다.

저녁이 되었을 때 일행은 한 작은 객점 앞에 도착해 있었다.

일행이 그곳에서 하룻밤을 머물고 다음날 아침 다시 마차를 타고 이동하려 할 때 뒤에서 한 마리 말이 달려와 마차 곁에 멈추었다.

말 위에는 젊은 청년이 타고 있었다. 청년이 천 호법에게 가볍게 예를 표하며 말했다.

"한 공자의 서신입니다."

"흠, 생각보다 빨리 도착했구나."

"시급을 요하는 내용이라 하여 전서구를 받자마자 최대한 빠르게 달려왔습니다."

청년의 얼굴에 피로한 기색이 가득한 것이 밤을 새워 말을 타고 달려온 것처럼 보였다.

청년이 품에서 서신을 꺼내 천 호법에게 건네준다. 잠시 후 서신을 펼쳐 읽던 천 호법의 표정이 굳는다.

"무 공자께서도 읽어보시오."

천 호법이 무민에게 서신을 건넨다.

무민은 서신을 읽으며 별다른 표정 변화를 보이지 않았다. 다만 잠깐잠깐 곰곰이 뭔가를 생각하는 듯했을 뿐이다.

서신을 다 읽은 뒤 무민은 가볍게 한숨을 내쉬었다.

"사형, 무슨 내용이기에 그러십니까?"

설 당주가 천 호법에게 묻는다. 천 호법이 고개를 저으며 말했다.

"무 공자가 설명해 줄 것이다. 조금 기다려 보거라."

무민이 잠시 후 고개를 설레설레 젓더니 입을 열었다.

"참으로 한 형다운 서신이라 할 수 있겠군요. 한 형은 강민이의 의도와 행동에 대한 이런저런 추측과 그러한 의도하에 강민이가 취할 수 있는 경우의 수를 모두 적어서 보내주었습니다."

"그것이 무엇인가?"

설 당주가 묻는다.

"모두 설명하기에는 그렇지만 그중 한 가지 상황은 지금

숙지해 둬야 할 필요가 있을 듯합니다."

무민이 '음' 하고 생각하더니 다시 말을 잇는다.

"그것은 강민이가 나를 사로잡기 위해 지금의 상황을 연출해 낸 경우입니다. 한 형은 지금의 상황을 서로가 서로의 목을 겨누고 있는 처지라고 설명했습니다. 어느 쪽이든 상대방의 세력과 거점 모두를 알고 있는 상태이니 조금이라도 상대방의 기미가 이상하다면 곧바로 눈치 채고 대응할 수 있는 상황, 이러한 상황에서 만약 두 세력 모두를 잘 알고 있으면서 외부에는 드러나지 않은 저의 세력이 어느 한편을 원조한다면 쉽게 두 세력의 균형을 무너뜨릴 수 있겠지요."

"무 공자가 원조한다면 정말 큰 힘이 될 것이오."

천 호법이 무민의 말에 동의했다.

"그렇기 때문에 나를 유인해 내기 위해 일부러 사람을 보내 그 거처 주변을 맴돌게 했다는 것입니다. 나를 밖으로 끌어내 습격한다는 것이지요."

"그들이 우리 사형제가 이곳에 있는 것을 안다면 그런 터무니없는 일을 벌이지는 못할 것이오. 아마 우리를 제압할 정도의 인원이 움직였다면 이미 그 움직임이 포착되었을 것이오."

설 당주가 자신감있는 목소리로 말했다.

"네, 저도 그렇게 생각했습니다. 그래서 길을 떠난 것이고요. 하지만 우리가 예상하지 못한 부분이 있더군요. 아마 한 형의 예측이 사실이라면 진정 위험했을지도 모릅니다."

"그게 무엇이오?"

설 당주가 묻는다. 무민의 시선이 천 호법을 향했고, 천 호법이 가볍게 고개를 끄덕였다. 무민은 대답했다.

"그것은 바로 우리들 중에 첩자가 있을 경우이지요."

무민의 말이 끝나는 순간 천 호법의 신형이 번개처럼 움직였다.

비적(匪賊) 2

"천 호법, 나를 의심하는 것입니까?"

연 기주가 그렇게 외치자마자 천 호법의 장력이 연 기주를 향해 날아들었다.

퍼엉!

연 기주가 오히려 그 힘을 빌어 거리를 벌이며 말한다.

"조금 더 냉정하게 생각하십시오. 한 공자의 서신이 가리키는 인물이 정말 저라는 말씀입니까?"

"네가 아니라면 설마 내가 첩자이겠느냐?"

퍼퍼펑!

천 호법의 장과 연 기주의 장이 연거푸 부딪친다.

"한 공자의 서신에 쓰여 있던 것은 그냥 추측이라 하지 않았습니까? 계속 천 호법께서 이렇게 공격해 온다면 저 역시 전력을 다할 것입니다!"

연 기주가 인상을 찌푸리며 소리친다.

"내 일찍이 청룡기주의 장법이 절묘하여 누구도 따르지 못할 것이란 말을 여러 번 들어보았다. 오늘 이 기회에 제대로 한번 자웅을 겨루어보자꾸나."

천 호법이 그렇게 외치며 연 기주에게로 뛰어든다.

"허, 나 역시 오래전부터 천 호법의 멸천장(滅天掌)의 위력을 견식해 보고 싶어해 왔소이다."

연 기주 역시 화난 표정으로 손바닥을 크게 맞부딪치며 달려나온다.

퍼엉! 퍼엉!

힘과 힘의 격돌이다.

두 사람의 장력에 휩싸인 주변에 돌멩이와 흙이 매섭게 튀어 오르는 모습이 결코 그 공격에 실린 힘이 가볍지 않음을 말해주고 있다.

"노인네가 힘이 제법 펄펄하구려!"

"이제 겨우 시작일 뿐인데 벌써부터 겁을 먹은 것이냐?"

서로의 신형이 좀 더 좁혀들고 다시 장력이 난다.

퍼엉, 퍼엉, 퍼엉, 퍼엉!

순식간에 두 사람 사이에 십여 번의 장력이 맞부딪쳤다.

진원명은 가벼운 놀라움을 느꼈다. 두 사람의 무공은 우열을 가리기 어려울 정도로 호각(互角)이었기 때문이다.

천 호법의 무공이야 이주문과 주여환의 실력을 보아 어느 정도 예상한 바였지만 연 기주의 무공마저 이렇게 뛰어날 줄은 몰랐다.

주변에 서 있던 일행이 두 사람의 장력이 일으키는 잠력에 밀려 뒤로 물러섰다.

다른 사람이 끼어들기 어려울 정도로 두 사람의 대결은 격하게 이루어지고 있었다.

그리고 잠시 후, 엉겁결에 일행과 함께 두 사람의 대결을 지켜보던 설 당주로부터 주변의 나무가 흔들릴 정도로 커다란 고함이 터져 나온다.

"이, 이게 무슨 짓들이오! 두 분 다 멈추지 못하겠소!"

제자리에 선 채 계속 서로에게 장력을 날리던 두 사람은 순간 섬뜩함을 느꼈다. 두 자루 비도가 두 사람의 얼굴 바로 옆을 각각 스쳐 지나갔기 때문이다.

두 사람은 잠시 뒤로 물러서서 설 당주를 바라보았다.

연 기주의 안색이 좋지 않고 호흡이 상대적으로 거칠어 보였기에 진원명은 어이없다는 표정으로 고개를 저었다. 방금의 대결은 호각이 아니었던 것인가?

연 기주는 힘이 모자라면서도 억지로 무리하여 한 걸음도 물러서지 않고 장을 날려온 듯했다.

안색이 좋지 않은 것으로 보아 내상을 입은 것인지도 모른다.

"서로 한솥밥을 먹어온 처지이면서 지금 뭐 하는 짓들이시오! 서로 죽이기라도 할 셈인 것입니까!"

설 당주의 호통에 천 호법이 당황한 듯 말한다.

"사매, 그건 저자가 첩자이니……."

무민이 고개를 저으며 천 호법의 말을 끊는다.

"한 형의 추측이 틀린 것일지도 모르지요. 천 호법께서는 저와 조금 의견이 달랐던 것 같습니다. 저는 연 기주가 진정 첩자이고, 만약 반항할 경우를 대비해 눈짓을 한 것인데 지금처럼 연 기주가 반항할 의사를 보이지 않는다면 단순히 포박을 하는 선에서 끝내는 것이 가장 좋을 듯합니다."

설 당주가 천 호법을 밀어내고 앞으로 나선다.

"연 기주, 미안하지만 상황이 이러하니 지금은 무 공자의 말을 따라주시기 바라오. 만약 한 공자의 추측이 틀린 것으로 밝혀진다면 사형과 제가 절이라도 하여 사죄하겠습니다."

연 기주는 대답없이 잠시 날카로운 눈으로 일행을 바라보았다. 그리고 갑자기 울컥 피를 토한다.

"연 기주, 괜찮으시오?"

설 당주가 달려들고 천 호법이 당황한 듯 외친다.

"이런, 내상을 입었던 것이오? 그런데 왜 물러서지 않았소?"

"이익! 사형이나 연 기주나 둘 다 똑같이 쓸데없이 호승심만 강해서는……."

쓰러진 연 기주의 상세를 살피던 설 당주가 천 호법을 노려본다.

천 호법이 그 매서운 눈초리에 움찔하여 물러섰다. 설 당주가 다시 고개를 돌려 무민을 바라보며 묻는다.

"무 공자, 한 공자가 우리 중 진정 첩자가 있다고 말했던가요?"

"한 형은 그럴 가능성이 가장 높다고 말했습니다. 선후를 반대로 따져 본 것이지요. 저들이 불가능할 것을 알면서 행동에 나섰다면 그것이 가능하도록 만들 수 있는 이유가 있을 것이라고요. 그 가능성을 한 형은 첩자로 보았습니다. 그리고 우리 중 가장 첩자일 가능성이 높은 인물이 바로 연 기주라 하였고요."

"겨우 그 정도의 추측으로 사람을 이렇게 상하게 한단 말이오?"

설 당주가 눈을 치켜뜬다.

"한 형의 예측은 거의 어긋나는 경우가 없기 때문에……. 연 기주가 만약 첩자인 경우 저항할 것을 염려하여 최대한 손실 없이 제압하려 하였는데, 일이 이렇게 되어버릴 줄은 몰랐습니다. 정말 죄송합니다."

무민이 고개를 숙이며 사과하자 설 당주가 조금 누그러진 목소리로 답했다.

"음, 무 공자는 죄송할 게 없습니다. 죄송해야 할 사람은 사형이지요."

"나도 정말 미안하게 되었소. 연 기주께 사과드리오."

설 당주의 눈치를 보던 천 호법이 황급히 사과하자 연 기주가 대답한다.

"되었습니다. 이렇게 된 이상 모두들 내가 첩자일 것을 걱정하지 않아도 될 터이니 차라리 잘된 것인지도 모르겠군요."

연 기주의 안색이 마치 납빛처럼 창백했기에 진원명은 살짝 눈을 찌푸렸다.

요 며칠 같이 지내면서 그녀의 성품이 나쁘지 않다고 느껴왔기 때문이다.

얼핏 보아도 연 기주의 상세는 한두 달은 꼼짝없이 정양해야 할 내상처럼 보였다.

"음, 일이 이렇게 된 이상 최대한 빠르게 목적지로 이동하도록 하지요. 모두들 혹시 있을지도 모를 습격에 주의하십시오."

무민이 그렇게 말하고 일행은 부상을 입은 연 기주를 마차에 태운 뒤 다시 이동을 시작했다.

무민이 아민에게 연 기주의 간호를 맡겼기에 이번에는 무민과 진원명이 함께 마부석에 앉았다.

태양이 중천을 살짝 지나갈 무렵, 마차 뒤편에서 두 필의 말이 각각 사람을 태운 채 달려오는 것이 보였다. 제법 빠른 속도였다.

다그닥, 다그닥!

말을 달리는 자들이 서서히 마차를 따라잡아 온다.

얼마 후 그들의 위치가 진원명과 무민의 바로 곁에까지 이르렀다. 진원명과 무민이 긴장하며 자신들의 무기에 손을 가져간다.

그리고 말을 탄 자들은 힐끗 일행이 탄 마차를 돌아보더니 그대로 그 곁을 스쳐 지나 마차를 앞질러 가버렸다.

"이런, 괜히 긴장했군요."

무민이 피식 웃으며 말한다.

하지만 그 긴장이 괜한 일이 아니었다는 것은 그로부터 얼마 지나지 않아 알게 되었다.

"무 소협, 멈추세요!"

"이런, 워워!"

진원명의 외침이 터져 나오고, 무민이 재빠르게 고삐를 당겨 마차를 멈춘다.

"왜 멈추는 것입니까?"

이주문의 목소리가 들린다. 마차 안에서는 전방의 모습이 보이지 않을 것이다.

"나무가 쓰러져서 길을 막고 있습니다. 아무래도 이것을 모두 치워야 지나갈 수 있을 것 같군요."

"이런, 제가 돕도록 하죠."

마차의 문이 열리고 이주문이 마차 밖으로 몸을 내민다.

그때 어디선가 바람 소리가 들려왔다.

슈우욱!

퍼엉!

한줄기 빛살이 이주문의 머리를 노리고 날아들었다.

빛살이 명중하기 직전 이주문이 가까스로 땅바닥으로 몸을 날리며 피하자 빛살은 이주문 대신 마차의 윗부분을 부수고 지나갔다.

무서운 힘을 가진 빛줄기였다. 부서져 나간 마차의 잔해가 우수수 튀어 오른다.

"화살! 숲 속에 누군가가 있소!"

진원명이 외친다.

방금 이주문을 노린 빛살은 마차를 부순 뒤 마차 뒤편의 나무 한 그루를 부수고, 다시 그 뒤편의 나무를 거의 절반 이상 꿰뚫고 들어간 뒤에야 멈추었다.

그 모습을 보고 난 뒤에야 진원명은 그 빛살이 한 개의 철로 만든 화살[鐵矢]이라는 것을 알 수 있었다.

슈우욱!

"조심하시오!"

땅바닥을 구르던 이주문이 또다른 화살이 날아오는 것을 보고 소리쳤다.

이번에는 화살이 마차를 노렸다. 마차 안에서는 바깥의 모습이 보이지 않으니 마차를 꿰뚫고 들어오는 화살에 누군가 부상을 입게 될지도 모른다.

퍼엉!

하지만 그 이전에 진원명의 회초리가 날아들어 화살을 쳐 냈다.

화살의 힘이 강해 방향을 바꾸는 것에 그쳤는데, 마차 뒷부분이 그 화살에 스치며 또 부서져 나갔다.

슈욱! 슈욱!

다시 마차를 노리는 두 발의 화살이 날아오고, 진원명이 간신히 그 화살을 옆으로 쳐냈을 때 뒤쪽에서 폭음이 울려 퍼진다.

콰앙!

뒤돌아본 진원명의 눈에 천장이 박살 나버린 마차와 그 천장을 통해 뛰어나오는 일행의 모습이 보이고 있었다.

마차의 문이 좁아 부상자가 두 명이나 있는 일행이 나오기에는 조금 불편했을 것이다. 하지만 그렇다고 천장을 부숴 버리다니, 진원명이 고개를 내저으며 수풀 속으로 뛰어들었다.

제법 먼 거리에서 나무 사이로 몸을 날리는 한 신형이 보였다. 저런 거리에서 이토록 정확하게 저격을 한 것인가?

그러고 보니 저자의 옷차림이 익숙했다. 분명 아까 자신의 마차를 지나쳐 간 말을 타고 있던 자들 중 한 명이다.

진원명이 그자를 쫓아가며 소리쳤다.

"멈춰라!"

"진 소협, 쫓지 마시오! 저들은 통천이사(通天二射)요!"

숲 바깥에서 무민의 목소리가 들려온다.

통천이사가 무엇인지는 몰라도 무민이 저렇게 말하는 것을 보아 위험한 인물임이 틀림없을 것이다. 진원명이 적을 쫓기를 멈추었을 때 진원명의 왼쪽에서 굉음이 들려온다.

우우우웅!

진원명이 재빨리 회초리를 들어 올린다.

퍼엉!

폭음이 들리고, 진원명의 신형이 크게 옆으로 튕겨져 나갔다. 순간 정신이 아득해질 정도의 충격이 진원명을 덮친다.

귀가 웅웅거리고 시야가 어두워졌다.

진원명이 이어질 공격을 염려해 어떻게든 의식을 붙들려 했지만, 조금 늦게 진원명의 온몸을 휩싸기 시작한 고통이 그것을 어렵게 만든다.

슈우우욱! 슈우우욱!

퍼엉! 퍼엉!

지독한 고통과 어둠 속에서 신음한 지 잠시의 시간이 흐르고, 시야를 되찾은 진원명이 가장 먼저 보게 된 것은 주변 땅바닥에서 튀어 오르는 흙먼지였다.

진원명이 고개를 들자 쓰러진 자신의 앞에 서서 힘차게 팔을 휘두르는 누군가의 그림자가 보였다.

복장으로 보아 천 호법인 듯했다. 아마 천 호법은 자신에게 날아오는 철시를 막아내기 위해 저곳에 서 있는 것이리라.

"천 호법, 감사합니다. 이제 괜찮아졌습니다."

진원명이 간신히 몸을 일으키며 말했다.

하지만 지금 자신이 했던 말이 메아리가 되어 귓속을 계속 울리고 있는 것이 진정 괜찮은 상태라 보기는 어려울 듯했다.

천 호법이 힐끗 뒤돌아보고는 말했다.

"방금 자네가 쳐낸 철시의 위력을 대충 짐작하고 있다네. 아직 충격이 남아 있을 것이니 조금 더 쉬어두는 것이 좋을 걸세."

진원명은 움찔하여 자신의 손을 내려다보았다.

그러고 보니 방금 자신은 옆에서 날아든 철시를 쳐내었다. 아니, 자신이 철시를 쳐냈다기보다 철시가 자신을 쳐냈다고 하는 편이 옳으리라.

내려다본 손에 남아 있는 회초리는 절반뿐이었다. 그 반쪽이 그나마 철시의 힘을 견뎌주지 못했다면 자신의 가슴엔 지금 구멍이 뚫여 있을 것이다.

마차를 향해 날아든 철시를 쳐내었을 때 눈치 챘어야 했다. 철시에 부딪친 회초리에 전해진 익숙한 느낌을 통해 눈치 챘어야 했다.

저들의 수법이 무엇인지 알았다면 이처럼 철시의 기세에 정면으로 부딪치게 되는 일은 절대로 피했을 것이다.

적들이 사용하는 궁술은 마공이었다. 활에 마공을 운용하여 그 마공을 화살에 실어 방출한 것이다.

방금 자신을 향해 날아온 화살은 아마 시전자의 온 내공을 다 실은 마공의 방출이 분명하다.

그것을 막아낼 생각을 하였으니 그나마 몸 어느 곳이 철시에 꿰뚫리지 않고 멀쩡한 것만으로 천만다행이라 할 수 있을 것이다.

또한 숲 속으로 도망치던 자가 아까 말을 타고 지나간 자라는 것을 알았을 때 깨달았어야 했다. 무민이 뒤에서 그들의 정체를 외쳤을 때 눈치 챘어야 했다.

통천이사. 하늘을 꿰뚫는 두 사수. 적은 두 명이었다.

한 명은 드러난 곳에서 적당한 양의 마공을 실어 계속해서 화살을 날리고, 나머지 한 명은 자신을 드러내지 않은 채 거대한 양의 마공을 실어 한 번의 확실한 기회가 왔을 때 화살을 날린다.

눈에 보이는 한 명을 쫓느라 숨어 있던 나머지 한 명을 눈치 채지 못하고 기습을 당한 것은 분명히 자신의 불찰이다.

슈욱! 슈우욱!

퍼엉! 퍼어엉!

화살은 산발적으로 끊임없이 날아오고 있었다.

천 호법이 튕겨낸 그 화살들에 의해 주변의 나무들이 남아나지 않고 있다.

나무에 가려 그 방향을 잡기 어려운 곳에서 날아드는 이 정도 위력의 화살이라면 일행 중 천 호법을 제외하고는 제대로 막아낼 수 있는 사람이 없을 것이다.

다행인 것은 자신을 노렸을 때처럼 혼신의 힘을 실은 화살은 날아오지 않았다는 점과 자신을 제외한 다른 일행이 숲으로 들어오지 않았다는 것이다.

얼마 동안 계속해서 날아오던 화살은 점점 그 빈도가 줄더니 어느 순간 뚝 끊겼다.

천 호법이 한숨을 내쉰다.

"도망간 것 같군."

진원명은 아직까지 충격이 가시지 않은 듯 비틀거렸다. 천 호법은 진원명을 부축한 채 마차가 세워진 곳으로 돌아왔다.

"두 분, 괜찮습니까? 통천이사에 대한 소문은 익히 들었지만 이토록 대단한 줄은 몰랐습니다."

무민이 걱정스러운 표정으로 묻는다. 천 호법이 대답했다.

"난 괜찮소. 그리고 진 소협 역시 다행히 크게 다친 곳은 없는 듯하오. 사매는 적을 쫓아간 것이오?"

그리고 보니 설 당주가 보이지 않는다. 무민이 의아하다는 듯 대답했다.

"천 호법의 뒤를 따라 숲 속으로 몸을 날렸는데 보지 못했습니까?"

"음, 그렇다면 아마 은신해서 적에게 접근하려 했을 것이오. 조금 기다려 봅시다."

천 호법이 그렇게 말하고, 일행은 그곳에 앉아 기다렸다. 반 시진 정도 뒤 숲 속에서 설 당주의 모습이 나타난다.

"어떻게 되었는가?"

천 호법의 질문에 설 당주는 가볍게 고개를 저었다.

"숲에 익숙한 자들입니다. 은신을 바로 알아채고 공격해 왔습니다. 어떻게든 접근해 보려 했지만 혼자서는 어렵더군요. 저들의 화살은 나무 한두 그루 정도는 그대로 꿰뚫고 날아오는 반면 내 비도는 한 그루의 나무도 꿰뚫을 위력이 없습니다."

천 호법이 잠시 생각하더니 말한다.

"일단 한 공자의 예측은 맞은 듯하오. 저들이 노리는 대상은 무 공자임이 분명하니 무 공자께서는 각별히 조심하는 것이 좋을 듯하오."

"음, 저들은 반드시 저를 사로잡아야 할 것이니 오히려 저를 제외한 나머지 분들이 조심해야 할 것입니다. 어쨌든 일이 이렇게 되어버렸으니 오늘 밤까지 목적지에 도달하기는 어려울 듯하군요."

무민이 얼굴을 찌푸리며 그렇게 말하자 천 호법이 고개를 끄덕인다.

"그나마 저들이 말을 노리지 않은 게 다행 아니오? 어찌 되었든 여정이 쉽지는 않겠구려."

하지만 말이 씨가 된다고 했던가?

일행이 이동을 시작한 지 얼마 지나지 않아 다시 어디선가 날아온 화살이 말들의 몸통을 꿰뚫었다. 이번에는 천 호법과 설 당주가 함께 적들을 쫓았으나 이미 적들은 그 종적을 숨긴 지 오래였다.

"이 자식들, 잡히기만 해봐라!"

천 호법이 투덜거리며 돌아왔다.

이주문이 주여환을 부축하고, 은비연이 연 기주를 업은 채 일행은 마차를 버리고 이동하기 시작했다.

이번에는 이동을 시작하기 직전 무민이 일행에게 말했다.

"그나마 저들이 이번엔 사람을 노리지 않아서 다행 아닙니까?"

그리고 그 후 일행은 그날 날이 저물 때까지 적에게 네 번의 습격을 더 받아야 했다. 이번엔 사람을 대신해 습격당해줄 말은 존재하지 않았다.

"빌어먹을 녀석들, 후레자식 같으니, 절대로 가만두지 않겠다!"

천 호법은 걸어가며 끊임없이 이를 갈고 있었다.

그래도 천 호법은 화를 낼 힘은 남아 있는가 봅니다.

진원명은 고개를 흔들며 내심 감탄했다.

나머지 일행은 계속된 습격과 긴장에 피곤한 모습이 역력했기 때문이다.

일행이 조금만 숲이 우거지고 습격하기 용이하겠다 싶은 곳에 다다르면 적은 어김없이 어디선가 공격해 왔다.

어느 정도 적의 공격이 예측 가능하다 하여도 지형의 이점을 빌린 적이 멀리서 공격한 뒤 도주하면 그 적들을 쫓기는 어려웠다.

그리고 무민의 말에 의한다면, 목적지까지는 계속 이런 산길일 것이라 하였다.

"오늘은 그냥 이곳에서 날이 밝을 때까지 쉬어가는 게 어떻겠습니까?"

무민이 잠시 멈추어서 주변을 돌아보고는 말한다. 일행은 만장일치로 찬성했다.

일행이 서 있는 곳은 그나마 나무가 적고 주변보다 지형이 높아 습격에 대비하는 데에는 나쁘지 않아 보였다. 무엇보다 일행은 모두들 지쳐 있었다.

모닥불은 피우지 않았다. 일부러 적의 표적이 되어줄 필요는 없기 때문이다.

이 교대로 불침번을 서고, 다음날 날이 밝는 대로 출발하여 날이 저물기 전에 목적지에 도착하는 것, 이것이 일행의 계획이었다.

"저들의 의도를 도무지 짐작하기가 어렵군요. 이럴 때 한 형이 있다면 뭔가 알아챘을지도 모르는데……"

첫 불침번은 무민과 진원명, 그리고 천 호법이었다.

무민의 말에 곁에 앉아 있던 천 호법이 거칠게 대답한다.

"의도는 무슨, 저들은 그저 우리를 도발하고 있는 것뿐이 오!"

"하지만 도발은 그저 도발일 뿐이지요. 저들 역시 이런 식 으로는 우리를 그저 귀찮게는 할 수 있을지 몰라도 상하게 하 기는 어렵다는 것을 모르지는 않을 텐데, 계속 이처럼 습격해 오는 것에 무슨 의미가 있는지 모르겠습니다."

"이미 우리 중 저를 포함해 두 명이나 부상자가 있으니 부 상자가 더 늘어난다면 이동도 더뎌질뿐더러 적들의 공격에 대처하기가 확실히 어려워질 것입니다. 그것을 노리는 것이 아닐까요?"

자고 있는 줄 알았던 주여환이 말을 꺼낸다. 무민이 고개를 끄덕인다.

"지금으로써는 주 소협의 말이 가장 그럴듯한 추측이 아닌 가 싶습니다."

"하지만 그런 것치고는 너무 적이 소극적이지 않나요?"

진원명이 질문했다. 그 질문대로 적은 네 번의 습격 내내 멀리 떨어진 거리에서 각각 단 두세 발의 화살만을 날리고 곧바로 도주했었다.

"아마 천 호법을 두려워한 것이겠죠. 처음 습격에서 만약 설 당주와 천 호법이 동시에 적들을 쫓았다면 통천이사 정도는 능히 제압이 가능했을 것입니다."

자신이 무모하게 나섰기 때문에 천 호법의 발이 묶였던 것이라 여긴 진원명이 미안한 기색을 보이자 무민이 웃으며 말한다.

"진 소협을 탓하는 것이 아닙니다. 오히려 처음 습격을 진 소협이 막아주지 않았다면 정말 큰 피해를 입었을 것입니다."

"개자식들이 도망가는 것만 빨라 가지고. 처음에 내가 쫓았더라도 별수없었을 걸세. 산적 출신이라 그런지 산속에서 도망가는 재주 하나만큼은 정말 독보적이더구만."

천 호법의 말에 강호의 이런저런 야사(野史)들을 각별히 즐기는 무민이 흥미를 보였다.

"호오, 통천이사가 원래 산적 출신이었습니까?"

"그렇다고 들었소. 산적질을 해먹던 녀석들을 불쌍히 여겨 거둬줬더니 은혜도 모르고 배반을 해? 이런 배은망덕한……."

그 뒤로 천 호법은 끊임없이 통천이사에 대한 불만과 비방을 늘어놓았다.

그 비방을 들었던 것일까? 잠시 후 일행의 귀에 이제 익숙해지다 못해 치가 떨리는 소리가 들려왔다.

슈우우욱! 슈우우우욱!

"습격입니다! 모두들 일어나시오!"

적과의 거리가 제법 멀다 보니 화살은 일단 대비하고 있다면 막을 수는 없다 해도 피해내기는 어렵지 않았다.

게다가 지금의 일행이 위치한 곳은 적이 활로 공격하기에는 어려울 만한 지형이다. 긴장하여 몸을 낮추자, 일행을 노리던 두 대의 화살은 아무것도 없는 허공을 가르고 지나갔다.

조금 뒤 한 번의 공격이 더 이어지고, 더 이상 화살은 날아오지 않았다.

무민이 입을 연다.

"도망간 듯하군요."

"개자식들!"

"그나마 지형이 좋으니 적의 공격이 크게 위협적이지는 않군요. 적들도 무의미한 습격을 계속할 이유가 없으니 더 이상의 습격은 없을 듯합니다. 이제 좀 편히 쉬도록 하지요."

잠을 자다 일어났던 일행은 모두 다시 자리에 누워 잠을 청했고 불침번들은 주저앉아 이런저런 이야기들을 나누기 시작했다.

그리고 일 다경 뒤 또다시 화살이 날아들었다.

슈우우욱! 슈우우욱!

"습격이오! 조심하시오!"

이번에는 크게 힘은 실리지 않은 듯한 화살이 연속으로 날아들었다.

이런 화살비 속에서라면 안전하다고 해서 자고 있다가는 눈먼 화살에 맞는 수가 생긴다. 일행이 모두 일어나서 날아드는 화살에 대비하려 할 때 기다렸다는 듯 화살이 끊긴다.

긴장하며 잠에서 깬 일행과 불침번을 서던 일행 모두 잠시 말없이 둔턱 아래 수풀 속의 어둠을 지그시 노려보았다.

빠드드득!

천 호법의 이 가는 소리가 매섭다. 무민이 한숨을 쉬며 말한다.

"이다음 습격은 미리 대비하고 있다가 적이 공격하는 순간 적을 쫓아가도록 합시다. 어차피 적은 오늘 밤 우리를 잠들게 할 생각이 없는 듯하니 적의 장단을 한번 맞춰줘 보도록 하지요."

무민의 말대로 일행은 휴식을 포기한 채 적을 맞이할 채비를 하였다.

은잠에 능한 은비연과 설 당주가 언덕 아래쪽에 매복했고, 그나마 적의 철시를 쳐낼 만한 힘이 있는 천 호법이 눈에 잘 띄는 위치에 앉았다.

천 호법 다음으로 그나마 적의 공격을 막아낼 힘이 있는 진원명은 적의 표적이 될 가능성이 있는 무민의 곁에 위치했고, 아민과 이주문은 부상자들의 곁을 지켰다.

기다림은 길지 않았다.

일행이 모두 매복한 뒤 한 식경 정도 뒤 곧바로 적들의 기습이 있었기 때문이다.

슈우우욱! 슈우우욱!

천 호법이 재빠르게 일어나며 날아드는 화살을 쳐내기 시작한다.

"이 개자식들! 기필코 네놈들을 붙잡아 뱃속의 간이 얼마나 큰지 직접 눈으로 확인해 볼 것이다!"

천 호법의 외침이 산을 쩌렁쩌렁 울린다.

이번 공격 역시 길지 않았다. 네 번의 화살이 날아들고는 그 뒤로 공격이 멈춘다.

천 호법이 곧바로 숲으로 몸을 날렸다.

매복해 있던 설 당주와 은비연이 적을 놓치지 않고 뒤쫓아 천 호법이 도착할 때까지 적의 발목을 붙잡는 것이 작전의 내용이었다. 천 호법과 설 당주의 협공이라면 제아무리 통천이사라 하여도 당해내지 못할 것이다.

달빛이 어두운 편은 아니었으나 우거진 나무와 그 나무가 만들어내는 칠흑 같은 어둠은 천 호법의 신형을 수월하게 감추어 버렸다. 무민과 진원명은 걱정스러운 기색으로 잠시 언덕 아래쪽의 어둠을 내려다보았다.

잠시 후 진원명이 살짝 눈살을 찌푸리며 말한다.

"성공할 수 있을까요?"

"날이 저물었다 보니 쉽지는 않을 것이라 생각됩니다. 하지만 성공하지 못한다 하여도 이것으로 적도 앞으로는 이전처럼 쉽게 공격해 오기는 어렵지 않겠습니까?"

무민이 빙긋 웃으며 대답한다.

진원명이 수풀을 내려다보며 잠시 무언가 생각에 빠져 있다가 다시 말했다.

"하지만 여전히 적의 행동은 이해가 되지 않습니다. 좋은 위치를 점한 우리에게 이런 식의 뻔히 보이는 습격을 하는 것은 적에게 이득이 없을 텐데요. 당장 준비하고 기다린 우리에 의해 오히려 저들 자신이 위험에 처하게 되지 않았습니까?"

진원명의 질문에 무민이 역시 고개를 살짝 옆으로 기울인다.

"음, 저도 그 부분은 이상하게 생각하고 있습니다만……."

"하지만 그로 인해 천 호법과 설 당주가 이곳을 비우게 되었지. 그것으로 충분한 성과가 아닌가?"

뒤편에서 거친 울림을 가진 여인의 음성이 들려온다. 무민과 진원명이 놀라서 돌아보는 순간 그 목소리가 다시 소리친다.

"모두 이 아이가 죽는 모습을 보고 싶지 않다면 그 자리에서 절대 움직이지 않는 것이 좋을 것이다!"

"연 기주? 지금 도대체 뭐 하는 겁니까?"

아민의 놀란 목소리가 들려온다.

방금 소리친 거친 목소리의 여인 연 기주는 땅에 엎드린 채 아민의 다리를 양손으로 단단하게 휘감고 있었다.

"무슨 말인지 모르겠다면 저기 왼편 수풀을 보거라. 푸르게 빛나는 화살촉이 보이지 않느냐? 통천이사 중 한 명이 이곳에 남아 지금 이 아이의 머리를 겨냥하고 있다. 이 자리에 있는 사람 중 누구라도 수상한 행동을 보인다면 곧바로 화살이 날아와 이 아이의 머리를 박살 낼 것이다."

아민의 얼굴이 순간 창백해지는 모습이 보였고, 진원명의 머릿속은 순간 하얗게 변했다.

"한 형의 추측이 사실이었구려. 원하는 것이 무엇이오?"

무민이 딱딱한 목소리로 물었다.

"모르고 묻는 것이오? 우리가 원하는 것은 바로 무 공자 당신의 신병(身柄)이오."

무민의 얼굴이 살짝 일그러진다. 머릿속에 한유민이 보낸 서신의 마지막에 쓰여 있던 한마디 문장이 떠오른다.

혹여 적이 아민을 노릴지도 모르니 아민의 신변이 위험에 처하지 않도록 각별히 유의하시오.

자신은 그 문장을 보고 한유민의 아민에 대한 편애라 여겨 웃어 넘겼었다. 하지만 그 문장은 지금 자신의 눈앞에 현실이 되어 나타났다.

한 형의 경고대로 눈앞의 연 기주는 첩자였다.

내상을 입고서도 이제껏 계속해서 기회를 노려왔음이 분명하다. 아니, 처음의 내상 역시 연 기주의 술책이었는지도 모른다.

내상을 입었기에 경계심이 소홀해진 틈을 노려 연 기주는 지금 확실한 우위를 점해 버렸다.

만약 설 당주나 천 호법이 있었다면 일이 이렇게까지 되지는 않았을 것이다.

설 당주의 비도는 연 기주가 미처 알아챌 틈도 없이 연 기주의 목숨을 끊어버릴 수 있고, 천 호법의 장력은 일행 중 유일하게 적의 전력을 다한 철시를 막아낼 힘이 있다.

하지만 지금 그들은 일행에게서 떨어져 있다. 적의 이런 산발적인 공격은 바로 지금과 같은 상황을 유도하기 위해 행해진 것이 분명했다. 만약 한유민이라면 이런 함정에 빠졌을까?

아니, 한유민은 이미 자신들의 입장을 전해 들은 것만으로 모든 것을 예측하고 경고해 주었다.

연 기주가 첩자라는 사실도, 그들이 자신을 노릴 것이라는 것도, 그리고 그 방법 중 하나로 아민을 노릴지도 모른다는 것도 한유민은 모두 서신을 통해 경고했었다.

하지만 자신은 눈앞에서 상황을 직접 경험하고서도, 또한 한유민의 서신을 통한 경고를 듣고서도 적들의 작전에 그대로 말려들었다.

이것은 너무나도 명백한 자신의 잘못이다.

"내 부끄러워 한 형과 너를 볼 낯이 없구나."

무민이 입술을 깨물며 혼잣말로 중얼거렸다.

"저 친구는 겁이 많으니 결정을 서두르는 것이 좋을 것이오. 만약 천 호법이나 설 당주가 돌아오는 기척이 느껴진다면 저 친구는 그대로 시위를 놓아버린 채 도망가 버릴 것이오."

연 기주가 비릿한 웃음을 지으며 말하고 있었다.

한유민의 곁에 서 있던 진원명은 지금 그 모습을 보며 극도의 살의를 느끼고 있었다.

결코 눈앞의 저 여인과 뒤편의 궁사를 용서하지 않으리라.

진원명의 손에 들린, 아직 손에 익지 않은 새로운 나뭇가지가 부르르 진동하기 시작했다.

"내 당신들의 말을 따르겠소. 어찌하면 되겠소?"

무민이 곧바로 대답한다. 연 기주가 조금 놀란 표정을 지었다.

"호오, 결정이 무척 빠르시구려. 수하를 위하는 무 공자의 마음에 감복하지 않을 수 없소이다. 일단은 무기를 버리고 왼편으로 걸어오시오. 그리고 나와 저 뒤편 사수의 사이에 정확히 위치하게 될 때까지 걸어온 뒤에 멈추시오."

"주군, 저자의 말을 들어서는 안 됩니다!"

"일단 사람 목숨은 구하고 봐야 하지 않겠느냐. 저들이 내 목숨을 취할 생각은 아닐 테니 크게 걱정할 필요는 없을 것이다."

아민의 외침에 무민이 씩 웃어 보이며 대답한다.

무민의 미소는 아무런 세월의 그늘도 느껴지지 않는 마치 어린아이와 같은 미소였다.

그 미소를 보며 아민은 문득 오래전 무민을 처음 만났던 날을 떠올렸다.

나이에 어울리지 않는 근엄한 얼굴로 근래 이야기꾼들 사이에 유행하기 시작한 삼국지연의를 들려주며 군주(君主)의 도(道)를 이야기하던 어린 주군의 모습을…….

그때 무민의 미소와 지금 무민의 미소는 다르지 않았다. 주군은 그때부터 지금까지 변하지 않았다.

주군은 아직도 그 어린 시절의 순수함을 잃지 않고 있었다.

아니, 아마 평생을 그 순수에 취해 살 것이다. 그렇기 때문에 지금 자신의 목숨을 구하기 위해 주군 자신의 수모를 감내하려 하는 것이다.

"하지만 그것은 제가 원하는 바가 아닙니다."

아민은 낮게 중얼거렸다.

무민은 당연하다고 여기고 있을 것이다. 무민 스스로의 입장과 위치를 떠나 자신의 수하인 아민을 구하는 것이 수하를 아끼는 군주의 올바른 길이라고 여기고 있는 것이다.

어찌 그리 이기적인 것인가?

무민이 행하는 주군의 길[道]은 아민이 행해야 할 신하의 길과 상충된다. 무민이 아민을 구함으로써 아민 자신은 주인을 위험에 빠뜨린 부족한 신하가 되는 것이다.

"…전 부족한 신하가 되고 싶지 않습니다. 단지 그뿐입니다."

그래, 그뿐인 것입니다.

그러니 나로 인해 마음 아파하지 않아도 됩니다.

아민은 무민을 바라보며 마주 미소 지어 보였다.

그리고 망설임없이 칼을 뽑아 연 기주의 머리를 내려쳤다.

우우우웅!

진원명의 귓가에 들려오는 소리는 분명 아까 전 자신을 튕겨내 버렸던 화살이 내는 소리임이 분명했다.

곁에서 누군가의 외침이 들려왔지만 진원명은 신경 쓰지 않았다. 방금 전 아민이 자신의 칼을 뽑아 드는 순간부터 진원명의 관심은 온통 그 활에 쏠려 있었다.

정확히는 자신이 과연 저 화살을 막을 수 있을지 없을지에 관해 생각하고 있었다.

아민의 어리석음을 탓할 시간도, 자신이 지금 무슨 짓을 하고 있는 것인지 되돌아볼 시간도 없었다.

활과 아민을 가로지르는 선을 향해, 아민을 향해 날아갈 화살의 궤적 중 자신에게 가장 가까운 한 점을 향해 진원명은 달리고 있었다.

가까스로 그곳에 도착했을 때 화살이 쏘아졌다. 그리고 자신의 생각에 대한 해답이 나왔다.

저것은 결코 막을 수 없다.

쩌어엉!

돌이켜 보면 자신은 꽤 여러 번 절대 불가능하다 생각되는 일에 도전했다.

가깝게는 수연을 구하기 위해 집회에 뛰어들었을 때이고, 멀게는 마공을 처음 익혔을 때이다.

그 경우들에 공통점이 있다는 것을 진원명은 지금 깨달았다.

어쩔 수 없었기 때문이다.

다른 선택을 할 여지가 없었기 때문이다.

결코 자신에게 이롭지 않다는 것을 알지만 그렇게 행하게 되는 것, 이런 것을 바로 운명이라 하는 것일까?

진원명은 날아오는 화살을 향해 자신이 낼 수 있는 가장 강력한 공격을 가했다.

마공의 과도한 운용을 버티지 못한 손바닥이 터져 나가는 것이 느껴지고, 이어서 철시의 힘을 이겨내지 못한 나뭇가지가 산산이 부서지는 것이 느껴진다.

마지막으로 자신의 복부를 꿰뚫고 들어오는 이물의 불쾌함을 느끼며 진원명은 의식의 끈을 놓았다.

비적(匪賊) 3

시야는 짙은 어둠이었고, 사고(思考)없이 의식(意識)만이 이어진다.

의식이 깨어 있다는 것을 알았던 이유는 주변에서 들려온 이런저런 소음이 어렴풋한 기억으로써 남아 있었기 때문이다.

아마 의식은 거의 하루 종일 깨어 있는 듯했다. 잠이 드는 시간도 무척 적어 보인다.

적어도 자신은 아직 살아 있는 듯했다.

하지만 단순히 의식이 깨어 있다고 해서 그것을 진정 살아 있다고 할 수 있을까?

오래전 자신은 머리를 다친 어떤 사람을 보았다.

그 사람은 심장이 뛰고 있었고, 호흡도 끊이지 않고 이어지고 있었다. 하지만 그뿐이다. 그 사람은 그저 살아 있는 것 이외의 어떠한 행동도 하지 못했다.

입을 벌려 먹을 것을 넣어주고 배설물을 치워줘야만 한다. 마치 관상용 식물처럼 그 사람은 가족들에 의해 길러지고 있었다.

단순한 의식의 이어짐 속에서 벗어나 그나마 가끔씩 지금처럼 자신의 사고, 즉 생각이 부상하곤 하는 것이 다행스럽다.

아니, 다행스러우면서도 무섭다.

이 생각의 이어짐을 마지막으로 자신이 그저 의식만이 존재하는, 예전 가족들에 의해 재배(栽培)되던 그 사내와 같은 존재로 변해 버릴지도 모른다는 사실이 두려웠다.

예전 한 친구가 말했다.

인간의 가장 큰 특징은 종(種)이 가진 본능마저 억제하는 이성이고, 인간이 가진 가장 큰 힘은 그러한 이성을 뛰어넘는 인간의 욕망이라고, 그 욕망의 힘은 때로는 상상도 하지 못할 일을 가능하게 만들기도 한다고 했다.

하지만 그 욕망의 힘은 생각에서 나온다. 때문에 그 친구는 생각을 잃은 그 사내를 돕지 못했다.

진원명은 문득 그 친구의 이름이 떠오르지 않는다는 사실을 깨달았다.

아니, 그러고 보니 자신에게 친구가 있었던가?

진원명은 고민했지만 기억해 내지 못했다. 그리고 진원명의 사고는 다시 어둠 속으로 침전했다.

얼마의 시간이 지났는지 모른다.

다시 진원명이 불투명한 의식의 흐름 속에서 자신의 사고를 되찾았을 때 진원명은 형의 목소리를 들을 수 있었다.

당장 대답하고 싶었지만 몸이 움직여지지 않는다.

"명아, 집으로 돌아가자꾸나."

진원명은 형의 낮은 목소리에 섞인 오열을 느꼈다.

어렴풋이 그 목소리를 통해 자신이 처해 있는 상황이 심각하리라는 사실을 느낄 수 있었다.

그러고 보니 두 달이라 했다.

무민은 형이 비무행을 끝내고 내려올 때까지의 기간을 그 정도로 예상했다.

정확한 시간의 흐름을 알 수는 없었지만, 진원명은 제법 오랜 시간 동안 자신이 꼼짝도 하지 못한 채 누워 있었다는 사실은 알고 있었다. 하지만 그 기간이 이 정도로 길었으리라고는 상상하지 못했다.

게다가 그동안 자신은 제대로 자신의 사고를 유지하고 있었던 시간이 극히 적었다.

설마 자신은 앞으로 계속 이런 상태로 살아가게 되는 것인가?

머릿속이 혼란스럽다.

자신이 처한 상황이나 처지에 대한 어떠한 질문도 할 수 없다는 것이, 그리고 자신이 아직 생각할 수 있다는, 그들의 말을 들을 수 있다는 어떠한 의사 표현도 할 수 없다는 것이 미칠 듯 답답했다.

얼마 후 다시 자신의 사고가 가라앉아 가는 것을 느끼며, 그것을 막을 수 없다는 사실에 진원명은 지금껏 경험해 보지 못한 절망스러울 정도의 무력감을 느꼈다.

진원명이 다음으로 생각을 되찾았을 때 주변은 고요했다.

밤인 것인가? 얼마의 시간이 지난 것일까? 나는 어디에 있는 것일까?

마치 꿈속의 기억을 더듬듯 진원명은 자신에게 일어났던 일들을 기억해 내려고 애썼다.

"이제 내일이면 당신은 이곳을 떠나는군요."

진원명의 곁에서 누군가의 목소리가 들려온다.

여인의 목소리.

진원명은 기억해 냈다. 저 목소리의 주인공이 아민이라는 것을, 그리고 그녀가 매일 밤 자신의 머리맡에서 이처럼 자신에게 말을 걸어왔다는 것을.

"난 아직 대답을 듣지 못했습니다. 당신이 왜 그때 내 앞을 막아선 것인지……."

하지만 진원명에게서 대답은 없다. 잠시 후 아민이 한숨을 내쉬며 말을 잇는다.

"난 누군가에게 은혜를 입을 형편이 되지 못합니다. 난 당신에게 어떤 보답도 해줄 수 없습니다. 내가 가진 책임 때문입니다."

아민의 말이 다시 멈춘다.

진원명은 그 책임이라는 것이 무엇인지 알 수 없었지만 어렴풋이 무민과 관계된 것이라 예상할 수 있었다.

"…아마 당신 덕분에 난 평생을 죄책감에 시달릴 것입니다. 그러니 당신은 나에게 은인이 아닌 원수일 뿐입니다."

진원명은 아민의 말을 들으며 어떤 생각을 떠올렸다. 그리고 그 생각은 자신을 실소하게 만들었다.

만약 내가 이대로 의식을 차리지 못한다면 아민은 평생 나라는 죄책감을 가슴에 새긴 채로 살아가겠지.

"…그러니 꼭 완쾌하십시오. 그리고 저를 찾아와서 저에게 보답을 받아내십시오."

그렇게 말한 아민의 멀어져 가는 발소리가 들린다.

진원명은 안타까움을 느꼈다. 아민은 이제 더 이상 자신을 찾아오지 않을 것이다. 아니, 찾아오지 못할 것이다.

그리고 자신 역시 만약 완쾌한다 하여도 아민을 찾게 되는 일은 없을 것이다.

하지만 진원명은 아민의 목소리를 들으며 어두웠던 마음이 조금은 편안해지는 것을 또한 느꼈다.

이제 와서 후회한들 별수없는 일이고, 무엇보다 지금 자신은 그 선택을 후회하지 않고 있었다. 당장 그 순간으로 다시 돌아간다 하여도 자신은 동일한 선택을 할 것이다.

자신이 화살을 향해 뛰어드는 그 순간 느꼈듯 이것은 어쩔 수 없는 선택이었다.

"…용서를 구하려고 왔습니다."

잠시 후, 진원명이 멍하게 아민의 말을 돌이켜 보고 있을 때 진원명을 향하는 또 다른 발소리가 들려오고 이어서 무민의 목소리가 들렸다.

"…무고한 당신을 이런 사건에 휘말리게 한 것에 용서를 구합니다. 제 미숙함으로 결국 당신이 이런 부상을 입게 된 것에 용서를 구합니다. 그럼에도 불구하고 당신에게 이렇게 말뿐인 용서를 구할 뿐 아무런 보상도 해줄 수 없다는 것에 용서를 구합니다."

참으로 닮은꼴인 주인과 수하로군.

진원명은 내심 그렇게 생각했다. 무민은 잠시 무엇인가 망설이는 듯한 기색을 보이더니 말한다.

"…만약… 내가 이런 입장이 아니었다면……."

무민은 말을 중간에 멈추었다. 그리고 한숨을 내쉰다. 무민은 잠시 그렇게 서 있다가 결국 말을 다 하지 않은 채 밖으로 나갔다.

진원명은 방금 무민이 하려던 말에 대한 어떠한 평가도 내리지 못했다. 다시 자신의 사고가 흩어지기 시작하는 것을 느꼈기 때문이다.

다음으로 사고가 돌아왔을 때 진원명은 자신의 시야가 뜨인 것을 느꼈다.

시야가 끊임없이 흔들리는 이곳은 아마도 마차 안인 듯했다.

그래도 다행히 자신은 조금씩은 회복되어 가고 있는 듯하다. 물론 아직 눈을 뜨는 것 이외에는 어떤 행동도 할 수 없지만.

다시 기억을 되살리며 진원명은 자신이 집으로 향하고 있다는 것을 알게 되었다.

정확한 시간은 알 수 없지만 얼마 전 형과 자신은 천강파의 사형제들과 헤어졌다.

헤어지는 순간 은비연은 조만간 꼭 자신을 찾아오겠다고 말했다. 그리고 그때까지 완쾌되어 있는 모습을 보이지 않으면 각오하라는 말도 덧붙였다.

그녀를 대함에 있어 예전과 같은 불편함은 더 이상 느껴지지 않았다. 아니, 오히려 진원명은 은비연에게 마치 친누나를 대하는 것 같은 묘한 정을 느끼고 있었다.

지금처럼 그녀에게 작별 인사에 대답도 하지 못하는 형편인 자신으로서는 그저 마음만으로 그녀가 행복하기를, 이제 그녀가 이전처럼 외롭지 않기를 빌어줄 수 있을 뿐이었다.

문득 과거 서로를 위하던 두 사남매의 모습이 떠오른다.

서로 입장의 차이 때문에 맺어지기 어려울지 모르지만 주여환이라면 그녀를 행복하게 해줄 수 있으리라는 느낌이 들었다.

진원명은 진심으로 두 사람의 행복을 빌며 다시 정신을 놓았다.

얼마 후 자신은 장원에 도착했다.

다행히 그때쯤은 눈을 뜨는 것을 넘어 얼굴이나 손가락, 발가락을 움직이는 것이 가능한 수준에 이르렀기에 그는 자신을 맞이하는 가족들이 조금이라도 안심할 수 있도록 가볍게 웃어 보였다.

가족들은 그다지 안심한 듯 보이지 않았다.

나중에 자리에서 어느 정도 몸을 일으킬 수 있게 된 뒤에 자신의 몸을 내려다보고는 그 이유를 알 수 있었다.

마치 목내이(木乃伊:미이라)처럼 뼈밖에 남지 않은 몸. 이런 몸을 하고 있는 자신이 멀쩡하게 보일 리가 없지 않은가?

그때부터 수많은 의원들이 장원을 방문했다.

그리고 그 의원들의 진맥이나 치료와는 무관하게 진원명의 몸은 조금씩 회복되어 가기 시작했다.

그리고 계절이 두 번 바뀌었다.

*　　　*　　　*

"아복, 잠시만 쉬었다 가자."

"예, 도련님."

아복이 대답했다.

진원명은 곁에 있던 적당한 크기의 바윗돌에 걸터앉아 가볍게 숨을 골랐다. 아복이 물을 권하는 것을 사양하며 진원명은 이어지는 길 저편에 보이는 마을을 내려다보았다.

진원명이 앉아 있는 이곳은 장원에서 마을로 내려가는 길목이었다.

오랫동안 장원을 벗어나지 못한 것에 답답함을 느꼈기에 진원명은 아복을 보채 마을로 내려가고 있었다.

보통 사람들이라면 반나절이면 다녀올 만큼의 거리이지만, 진원명에게는 쉽게 걸음하기 어려울 만큼의 부담스러운 거리였다.

몸을 움직일 수 있게 된 뒤로 제법 시간이 흘렀음에도 진원명의 몸이 아직 정상적인 상태라고는 할 수 없었기 때문이다.

지금 당장 장원으로부터 한 식경 정도를 걸어온 것만으로

도 진원명은 몹시 힘에 부쳐 하고 있었다.

진원명은 바위에 걸터앉아 진기를 움직이며 지친 몸을 다스렸다.

잠시 후 피로를 어느 정도 씻어낸 진원명이 한숨을 내쉬며 옆을 바라보았다.

아복이 콧노래를 흥얼거리며 앉아 있다. 오늘은 확실히 절로 기분이 좋아질 만한 쾌청한 날씨였다. 진원명이 손으로 그림자를 만들며 고개를 들어 하늘을 바라본다.

"흐음."

앙상한 뼈만 남은 팔뚝이 그다지 그림자가 되지 않는다.

그래도 어느 정도 회복된 것이 이 정도 수준이었다. 처음 불렀던 의원들은 자신의 상세를 살핀 뒤 모두 고개를 저으며 앞으로 진원명이 정상인처럼 행동하기는 어려울 것이라 말했다.

그리고 그 말을 전해 들은 어머니는 그대로 의식을 잃고 몇 날 며칠을 앓아누우셨다고 했다.

자신이 지난 몇 달간 회복을 위해 정말 열심히 노력했던 것에 그 사건의 영향이 없다고는 말할 수 없을 것이다.

아마 지금의 진기 운용 능력이 없었다면 진정 폐인이 되었을지도 모른다.

보통의 사람들은 수면을 취해야만 몸의 피로가 회복된다. 하지만 자신은 운기를 통해 신진대사(新陳代謝)를 의식적으로 빠르게 함으로써 피로를 회복시켰다.

진원명과 같이 약해진 몸은 잠깐의 운동 뒤에도 하루를 꼬박 쉬어줘야 하는 것이 보통이다. 하지만 진원명은 그 휴식을 단지 몇 시진의 운기로 대신한 것이다.

몇 달간 잠도 제대로 자지 않고 그런 운동을 끊임없이 행하였으니 진원명이 보통 사람의 수십 배의 속도로 회복한 것은 의원들이 말한 것처럼 단순한 기적이 아닌 진원명의 노력의 결정이었다.

"날씨가 참 좋지요, 도련님?"

"응, 역시 밖에 나오길 잘한 것 같아."

"게다가 공자님은 오랜만에 나오시는 것이니 정말 속이 시원하시지 않습니까?"

진원명이 웃으며 고개를 끄덕인다.

두 사람이 잠시 그렇게 한가로운 대화를 나누고 있을 때 멀리서 한 대의 마차가 달려온다.

"장주님의 마차로군요."

두두두!

마차가 앉아 있는 두 명의 곁을 지나쳐 간다.

진원명의 시선이 문득 마차를 쫓는다.

진원명은 한참 동안 멀어져 가는 마차를 멍하니 바라보았다.

"도련님?"

아복의 부름에 진원명은 정신을 차렸다.

잠시 넋을 잃고 있었다. 방금 지나간 마차에서 뭔가 알 수 없는 기묘한 느낌을 받았기 때문이다.

잠시 그 느낌에 대해 고민하던 진원명은 얼마 지나지 않아 고개를 저으며 다시 일어섰다.

"아복, 이제 쉴 만큼 쉬었으니 일어나자."

"네, 도련님!"

아복의 힘찬 대답이 들려온다.

마을은 내려다 보이는 것과는 달리 아직 제법 먼 거리에 있었다.

게다가 자신의 지금 몸 상태를 생각한다면 중간중간 계속 쉬어줘야 할 터이니 제 시간에 돌아오기 위해 진원명은 서둘러 걸음을 재촉했다.

하지만 진원명이 서둘렀음에도 진원명과 아복이 그날 마을을 구경하고 돌아올 때는 이미 해가 저물고 있었다.

장원이 높은 곳에 있다는 생각을 미처 못했다. 돌아오는 길은 마을로 내려오는 것보다 두 배는 힘이 드는 듯했다.

내려올 때 한 식경마다 휴식을 취했다면 지금은 한 다경마다 휴식을 취해가며 진원명은 느린 걸음으로 장원을 향해 걸어 올라가고 있었다.

"괜찮으십니까?"

"하아! 하아! 아직 괜찮으니 걱정하지 않아도 돼."

진원명이 숨을 거칠게 몰아쉬면서도 아복에게 빙긋 미소 지어 보였다.

분명 이런저런 불편함이 있기는 하지만, 진원명은 지금의 상태에 특별한 불만은 갖고 있지 않았다. 심한 움직임이나 힘이 많이 드는 행동만 아니라면 당장 특별히 생활이 어려움이 있을 정도는 아니다.

게다가 점차 몸에 힘이 붙어가고 있으니 아마 예전의 몸 상태를 회복하는 데에도 그리 오랜 시간이 걸리지는 않을 것이다.

그보다 더 시간이 지난다면 언젠가는 전생과 같은 무공을 되찾는 것도 가능하겠지.

하지만 이런 평범한 일상이 계속된다면 전생의 자신이 가졌던 것 같은 강력한 힘 따위는 더 이상 필요하지 않다.

그리고 그것은 바로 자신이 바라는 바이기도 하다.

지난 반년 동안 진원명은 수없이 고민해 보았다.

이제 그들과의 인연은 완전히 끝난 것인지, 전생에 있었던 가문의 참사는 이제 일어나지 않는 것인지, 정말 자신이 바라는 대로 모든 것이 이루어진 것인지에 대해서 말이다.

그러는 동안 적어도 진원명은 그들이 자신을 반드시 해쳐야만 하는 이유는 찾아내지 못했다.

자신이 그들에 대한 비밀을 제법 알게 되었지만, 그 비밀들이 자신의 가문을 멸망시키려 들 정도로 그들에게 큰 위협이 될 것 같지는 않았다.

아니, 한 가지는 그들에게 위협이 될지도 모른다. 황제 시해.

하지만 자신이 그 이야기를 들었다는 사실은 어차피 아무도 알지 못한다.

자신의 몸이 어느 정도 회복한 뒤 형에게도 이미 확인해 보았다. 형은 자신보다도 오히려 저들에 대해 알고 있는 사실이 없었다.

안심이었다.

진원명은 분명 과거의 형이 지금과 다른 여정을 걸었을 것이라 여겼다.

그 여정에서 형은 적의 큰 비밀을 알게 되었다거나 그들과 어떤 원한을 맺었을지도 모른다. 아민이 무려 일 년 가까이 이곳에 잠입해 있었던 것은 그것 외에는 설명이 불가능할 것이다.

저들과 함께하는 동안 보았던 저들의 나쁘지 않은 심성도 그렇지만, 그들과 헤어질 당시 보였던 무민의 마지막 모습에서, 그리고 아민의 마지막 모습에서도 그들이 자신에게 어떠한 위해를 끼치는 모습은 결코 상상할 수 없었다.

진원명은 이제 모든 것이 정상으로 돌아온 것이라 생각했다. 자신의 염원대로 악몽 같은 참사는 이제 존재하지 않게 된 것이다.

그들과의 은원도 이제는 모두 끝났다. 없었던 일이 되었다.

자신도 그들도 이제 각기 다른 길을 걸으며 각자의 행복을 찾을 것이다.

"후우!"

하지만 자신 안에는 알 수 없는 미진함과 공허함이 존재한다.

특히 지금처럼 몸이 좋지 않을 때면 진원명은 과거 자신의 곁을 지키며 간호해 주었던 누군가를 떠올리곤 했다.

하지만 그녀는 지금 자신이 아닌 다른 사람을 섬기고 있다.

"도련님, 역시 힘이 부치십니까?"

아복의 염려 섞인 물음이 들려온다.

자신이 걸음을 멈추었던 것을 깨달은 진원명은 머쓱하게 웃어 보이며 다시 걷기 시작했다.

무의미한 미련이었다.

지금의 모습은 바로 전생의 자신이 마지막 순간 소원했던 그대로의 모습이다. 그 불가능했던 소원은 자신이 상상도 하지 못한 방법으로 이루어졌다. 그렇다면 응당 기뻐해야 하는 것이 정상인 것이다.

"그래, 그게 정상인 것이지."

진원명은 한숨을 내쉬듯 중얼거렸다.

하지만 지금 누군가 자신에게 '당신은 지금 기쁨을 느끼고 있는가?'라는 질문을 한다면 자신은 어떻게 대답해야 할 것인가.

아마 어떤 대답도 하기 어려울 것이다.

지금 자신이 느끼고 있는 기분을 진원명은 스스로도 이해하지 못하고 있었기 때문이다.

얼마 지나지 않아 멀리 진원명의 시야에 낯익은 대문이 보이기 시작했다.

"도련님, 다녀오셨습니까? 제법 오랫동안 나가 계신 듯한데 어디 불편하시지는 않습니까?"

대문 안에 들어서자 시종장인 장이(張二)가 진원명을 발견하곤 달려왔다.

"네, 이제 멀쩡한 걸요. 오늘은 마을까지 내려갔다 왔다고요."

"호오, 몸이 정말 많이 좋아지셨나 봅니다. 주인 마님을 보아서도 정말 다행입니다. 하핫!"

장이가 크게 웃는다. 진원명이 걸음을 옮기며 묻는다.

"그런데 왜 이곳에 나와 있는 거죠?"

"아, 주인님께서 새로운 하녀를 데려오셨거든요. 그래서 지금 방을 배정해 주고 오는 길입니다."

진원명의 몸이 잠시 움찔했다.

그러고 보니 이쯤이었지? 어머니의 간병이었던 하녀가 노환으로 일을 그만둔 것이.

장이가 가볍게 고개를 숙여 보인다.

"도련님, 그럼 저는 이만 들어가 보겠습니다요."

"저기!"

진원명이 돌아서는 장이를 부른다.

"…새로 온 하녀는 이름이 무엇인가요?"

물어보며 진원명은 자조했다. 나는 도대체 무엇을 기대하고 있는 것인가.

"네? 그게… 음……."

장이는 그새 잊어버린 것인지 머리를 싸매고 고민하기 시작한다.

장이는 예전부터 건망증이 심했다. 진원명이 그 모습을 보며 피식 웃었다.

"기억나지 않는다면 괜찮아요."

진원명이 돌아서서 걸어갈 때 장이가 그제야 생각났다는 듯 손바닥을 두드리며 말했다.

"아, 맞다! 아민, 분명 아민이라고 했습니다."

진원명의 걸음이 멈추고 입가에서 웃음이 사라진다.

진원명의 기색이 이상함을 느낀 장이 역시 따라서 멈춘다.

의아한 표정의 장이를 바라보며 진원명이 묻는다.

"그, 그곳이 어딥니까?"

"네?"

"아민이 배정받았다는 방이 어디입니까?"

"서쪽 행랑채의 맨 우측 방입니다. 설아의 옆방인……."

진원명은 장이의 대답을 채 듣지도 않고 달리기 시작했다.

이미 자신은 그 대답을 알고 있지 않았던가?

진원명의 머릿속에는 방금 전 장이가 말한 아민이라는 한 마디만이 끊임없이 메아리치고 있었다.

"헉헉!"

달리기는 지금의 몸으로는 무리였던 것 같다.

그다지 멀지 않은 행랑채까지 뛰어온 것만으로도 진원명의 심장은 터질 것처럼 요동치고 있었다.

하지만 진원명은 괴로움을 느끼지 못했다. 아니, 괴로움을 잊었다고 말하는 것이 옳을 것이다.

그녀는 자주 찾곤 하던 행랑채 뒤편 느티나무 아래에 서 있었다.

십육 년의 세월을 거슬러 오른 듯한 모습으로 서 있는 그녀, 아민의 모습을 보며 진원명은 기묘한 감정에 휩싸였다.

그것은 알 수 없는 두려움이었다.

바뀐 것은 없었다. 세상은 그대로였다.

자신이 그 흐름에 뛰어들었다 해도 세상의 흐름은 바뀌지 않는다.

지금까지 자신의 행동은 마치 강물의 흐름을 막아보려는 조약돌의 덧없는 시도와 다를 바 없었던 것인지도 모른다.

"인사드려. 장주님의 둘째 도련님이셔."

"처음으로 인사 올립니다. 아민이라고 합니다."

곁에 있던 또 다른 하녀의 말에 아민은 가볍게 고개를 숙여 보였다.

그 모습을 보며 진원명은 수많은 상념이 머릿속을 떠도는 것을 느꼈다.

왜 왔느냐? 너는 나에게 너를 찾아오라 하지 않았더냐? 예전처럼 또다시 나와 내 가족들을 해치기 위해 온 것이냐? 그것은 진정 네가 원했던 것이더냐?

너무 많은 생각들이 머릿속을 맴돌아 오히려 말이 되어 나오지 않았다.

하지만 그 상념 속에서 진원명은 문득 오래전 자신이 느꼈던 괴리감에 대한 해답을 찾았다.

자신은 아민을 알아보지 못했다.

자신은 아민의 무공이 그토록 대단하리라고는 상상하지 못했다.

그 이유는 아민은 과거의 자신의 장원을 습격하던 그날 자신의 전력을 다하지 않았기 때문이다.

그녀가 만약 자신의 원래 실력을 발휘했다면 형과 자신은 절대로 그곳에서 도망치지 못했을 것이다.

과거의 진원명은 복수에만 시선이 빼앗겨 있었다.

아민이 자신의 장원을 습격했던 이유나 아민의 비참했던

마지막 모습에 대한 사정을 헤아릴 여유가 없었다.

하지만 지금의 자신은 과거와는 다르다.

아민은 자신들을 해치고자 하지 않았다.

형을 상대하며 전력을 다하지 않았던 것은 자신들을 일부러 도망가게 하기 위한 것 이외의 다른 어떤 것으로도 해석하기 어려웠다.

그리고 정말 만약의 일이지만 그것이 그녀의 비참했던 모습의 원인인지도 모른다.

미리서 단정 지을 필요는 없다.

하지만 그것이 자신이 이제부터 행하게 될 행동의 동기 중하나는 되어줄 수 있으리라.

진원명은 그렇게 생각하며 입술을 깨물었다.

자신은 어떻게 해서든 흐름을 바꿀 것이다.

조약돌로 안 된다면 바위를 던져서라도, 바위로 안 된다면 수많은 조약돌로 빈틈을 메워서라도 자신은 반드시 운명의 흐름을 바꿔놓을 것이다.

그것이 지금 자신이 겪고 있는 두 번째의 삶의 목적이기 때문이다.

이것은 과거의 재현이다. 그리고 비극의 시작이기도 하다.

하지만 지금 진원명에게는 목표가 있다. 그리고 눈앞에는 아민이 있다.

지금 만약 누군가 자신에게 '당신은 지금 어떤 감정을 느

끼고 있는가? 라는 질문을 한다면 자신은 어떻게 대답해야
할까?

아마 어떤 대답도 하기 어려울 것이다.

이번에는 자신이 느끼고 있는 기분을 진원명 스스로 인정
할 수 없었기 때문이다.

진원명은 고개를 저으며 앞을 바라보았다.

아민은 자신을 바라보고 있었다. 대답을 기다리는 듯 보인
다.

진원명은 거칠어진 호흡을 골랐다. 그리고 입을 열었다.

"잘 부탁한다, 아민."

아민은 언제나처럼 따뜻한 미소로 답했다.

第二部

서장(序章)

서장(序章)

　불사귀가 그 방을 찾았을 때 그곳은 온통 선명한 핏빛으로
물들어 있었다.

　아직 다 떠오르지 못한 이른 아침의 햇살이 자신의 붉음으
로 세상을 덧칠해 그곳의 참혹함을 조금은 여과(濾過)시켜 보
여주고 있었지만, 그럼에도 불구하고 그 장소에서 느껴지는
감정만큼은 어떤 여과 없이 불사귀에게 명확하게 전해져 오
고 있었다.

　원한, 증오, 그리고 광기.

　불사귀에게는 더없이 익숙한 감정이었다.

　그렇기 때문에 불사귀는 자신의 눈앞에 펼쳐진 광경을 인정할 수 없었지만 이해할 수는 있었다.

"부탁이… 있습니다."

그 광경의 중심에 위치한 선혈로 물든 여인 단목영(段木英)이 말했다.

언제나처럼 감정없는 목소리.

지금과 같은 상황에서까지 이처럼 무감정한 목소리가 나온다는 것은 지금껏 그녀가 가진 증오가 얼마나 큰 것이었는지를 말해주는 듯했다.

"그게 무엇이냐?"

불사귀가 물었다. 그리고 그는 처음으로 단목영의 눈에 어떤 감정이 실리는 것을 보았다.

"난 설공현(薛公賢)을 죽이고자 합니다. 그래서 당신이 힘을 빌려주기를 원합니다."

예상 밖의 말이다.

아니, 단목영의 곁에 온몸이 난자당한 채 죽어 있는 유소매(柳少梅)를 보았을 때, 이미 불사귀는 단목영이 자신이 예상할 수 없는 존재라는 것을 알게 되었다.

유소매는 단목영에 의해 살해된 것이다.

그리고 유소매는 단목영의 어미이다.

그것을 생각해 보면 방금의 대답은 그다지 놀랄 것도 아니다.

이미 자신의 어미를 살해한 그녀가 아닌가?

이와 같은 단목영의 부탁에 어떤 이유가 있든 그들 사이에 어떤 사정이 있든 자신은 그것을 알 방법도 없고, 알 필요도 없다.

지금 자신에게 중요한 것은 단목영이 자신의 일을 망쳐 버렸다는 사실뿐이다.

"그자는 너의 남편이 아니더냐?"

그렇기 때문에 지금과 같은 질문은 무의미하다.

불사귀는 말을 한 뒤 곧바로 그 사실을 깨닫고 눈살을 찌푸렸다.

단목영은 잠시 대답을 고민하는 듯했다.

그것을 바라보던 불사귀가 자신의 질문에 굳이 대답할 필요 없다는 말을 할 때 먼저 단목영의 대답이 들려왔다.

"그자는 나의 원수이기 때문입니다. 그자를 죽여주실 수 있나요?"

불사귀는 잠시 단목영을 바라보았다.

대답은 어차피 정해져 있었다. 그녀의 청은 들어줄 수 없다.

하지만 불사귀는 대답을 조금 망설이고 있었다.

뭔가 마음에 걸리는 것이 있는데 그것이 무엇인지 알 수 없다.

불사귀의 망설임을 눈치 챈 것인지 단목영이 이어서 말했다.

"부탁드립니다. 대가로 제가 할 수 있는 어떤 것이든 하겠습니다. 평생 당신을 따르라 해도 그렇게 할 것입니다."

하지만 단목영의 말은 오히려 불사귀의 망설임을 멈추게 했다.

"거절하겠다."

불사귀가 단목영의 부탁을 거절해야 하는 이유는 단 한 가지이다.

단목영이 제시할 수 있는 어떤 조건도 불사귀에게 도움이 되지 않는다는 것.

불사귀는 단목영의 말에서 그 사실을 떠올렸다.

"그렇군요."

단목영은 조용한 목소리로 대답했다.

단목영은 조용히 불사귀를 바라보고 있었다. 그녀 스스로도 이런 대답을 예상했던 것일까? 단목영에게서는 불사귀의 거절에 화가 나거나 체념한 듯한 기색은 느껴지지 않았다.

하지만 불사귀는 단목영의 모습에서 왠지 그녀가 슬퍼하고 있다는 느낌을 받았다.

잠시 그렇게 불사귀를 바라보던 단목영은 이내 조심스럽게 자신을 덮고 있는 이불을 끌어올려 자신의 몸을 감싸고 그곳에 고개를 묻었다.

이불에 스며든 유소매의 피가 아직 굳지 않은 듯 침상 아래로 흘러내린다.

새삼 자신의 행위에 죄책감을 느끼는 것일까?

불사귀는 그런 단목영의 모습을 잠시 바라보다가 이내 고개를 내저었다.

그녀의 상태보다 지금의 상황에 신경을 써야 할 때라고 여겼기 때문이다.

이처럼 유소매가 죽었으니 불사귀의 청부는 절반이 실패한 것이라고 봐도 옳았다.

불사귀가 받은 청부는 유소매와 단목영을 산 채로 해서파로 데려가는 것이었기 때문이다.

이것은 해서파(海西派) 문주(門主)인 전만휘(全萬輝)의 청부였다.

일주일 전 전만휘와 처음 만났을 때 전만휘는 유소매와 단목영에게 광적인 집착을 보이고 있었다.

불사귀는 그런 전만휘의 모습과 감정을 이해할 수 있었다.

자신이 믿고 사랑하던 이로부터의 배신은 사람을 그처럼 망가뜨리기도 한다.

                    *   *   *

전만휘는 십삼 년 전 유소매와 혼인했다.

유소매는 미망인(未亡人) 출신이었고, 단목영이라는 딸마

저 있었지만 전만휘는 개의치 않았다.

전만휘가 진심으로 유소매를 사랑하고 있었기 때문이다.

하지만 두 사람의 인연은 평탄하지 못했다.

오 년 뒤 단목영이 해서파와 강 하나를 사이에 두고 인접한 녹양방(綠楊幫)의 방주인 설공현을 연모하여 녹양방에 투신하게 된 것이다.

결국 단목영이 설공현의 아내가 되면서 평소 딸에 대한 사랑이 극진했던 유소매 역시 전만휘를 떠나 단목영을 따라 녹양방으로 투신했다.

전만휘로서는 큰 충격이 아닐 수 없었다.

전만휘는 이후 수없이 녹양방을 찾아 유소매를 만나고자 했지만 그녀는 짤막한 서신만을 전할 뿐 만남은 끝까지 거부했다.

그렇게 십여 년이 지난 뒤, 어느 정도 과거의 감정들을 정리하고 유소매를 되찾는 일을 서서히 체념해 갈 때쯤 전만휘는 이전에 알지 못했던 새로운 사실을 알게 되었다.

알고 난 뒤에 차라리 모르는 것이 더 좋았을 것이라 깨닫게 되는 일들이 있는데, 전만휘에게는 이것이 바로 그런 일들이었다.

바로 유소매가 지금껏 자신을 속여왔던 증거들이다.

유소매는 전만휘와의 결혼 생활 내내 해서파의 정보력을 이용해 파양호(鄱陽湖) 주변의 어떤 장소를 수색해 왔었다.

그리고 그런 사실이 전만휘에게 알려지지 않도록 각별히 신경을 기울여 왔다.

그리고 오 년 뒤 우연히 유소매는 녹양방이 그 장소를 알고 있다는 사실을 알게 되고, 즉시 녹양방주 설공현에게 접근해 단목영과의 혼인을 대가로 그 장소를 알아냈다.

그 혼인은 알려진 것과는 달리 설공현과 유소매 사이의 계약에 의한 것이었다.

그렇다면 유소매가 떠났던 이유도 단목영 때문이 아닌 단순히 자신의 목적을 이루었기에 이제 유소매에게 쓸모없어진 전만휘 곁에 더 이상 남아 있을 필요가 없었기 때문일 것이다.

그 사실을 알고 난 이후 유소매와 단목영에 대한 배신감과 복수심은 전만휘를 변하게 만들었다.

세상의 비난도 무릅쓰면서까지 불사귀에게 청부를 할 정도로 말이다.

불사귀의 처소를 직접 찾은 전만휘는 불사귀의 어떤 조건도 수용한다는 조건으로 두 사람을 산 채로 자신의 눈앞에 데려오라는 청부를 제안했다.

"그들을 암살하는 편이 낫지 않겠소?"

사정을 듣고 난 불사귀의 질문에 전만휘는 이렇게 답했다.

"그녀들이 죽는다면 그것은 내 눈앞에서 직접 내 손에 의해 이루어져야 할 것이외다. 어느 누가 그 역할을 대신하게 할 수는 없는 일이오."

그렇기에 전만휘는 불사귀가 필요했다.

녹양방의 한가운데에 위치한 유소매와 단목영을 무사히 납치해 오는 것은 불사귀가 아니라면 불가능한 일이기 때문이다.

사실 그 일은 불사귀에게도 쉽지 않은 일이었다.

녹양방에 몰래 잠입해 들어가는 것은 문제가 아니었지만 그다음이 문제였다.

유소매의 무공이 생각보다 훨씬 고강했던 것이다.

생각지 못한 유소매의 저항에 결국 불사귀는 유소매를 제압하는 과정에 부득이하게 유소매에게 부상을 입히게 되었다.

그리고 유소매와 벌인 소란 때문에 녹양방을 빠져나오는 과정에서는 예상치 않았던 인질마저 이용해야 했다.

바로 녹양방의 방주인 설공현이다.

그렇게 녹양방을 벗어나고 난 뒤 불사귀는 생각보다 애를 먹긴 했지만 어찌 되었든 이제 자신의 청부가 무사히 완수된 것으로 생각했다.

그렇기에 방심했던 것인지도 모른다.

어제저녁 객점에 도착했을 때 유소매는 부상으로 거동이 불편한 상태였고, 그 부상을 간호하도록 하기 위해 불사귀는 단목영의 상반신 혈도를 점하지 않은 채 단목영을 유소매와 같은 침상에 눕혀 놓았었다.

그리고 오늘 아침 방에 도착했을 때 자신은 처참하게 살해당한 유소매를 발견할 수 있었다.

단목영이 유소매에게 가진 살의를 몰랐다 해도 결국 그 일을 방치한 것은 자신이다.

애초에 주위의 시선에 신경 쓰지 않고 네 사람이 모두 같은 방에 묵었다면 일어나지 않았을 일이기도 하다.

그러니 일이 이렇게 된 것에 자신의 책임이 없다고는 말할 수 없는 것이다.

"이래서야 전만휘에게 제대로 된 보상을 요구하긴 어렵겠군."

불사귀가 고개를 저으며 그렇게 중얼거렸다.

그때 단목영의 목소리가 들려왔다.

"당신에게는… 미안하게 생각합니다."

무슨 소리지?

불사귀는 의아함을 느끼며 단목영을 바라보다가 눈살을 찌푸렸다.

단목영의 모습에서 이상한 점을 발견했기 때문이다. 단목영이 덮은 이불을 타고 흘러내리는 피가 멈추지 않고 있다는 것을.

불사귀가 재빠르게 단목영에게 다가가 이불을 걷어낸다. 그리고 입술을 질끈 깨물었다.

"수공(手功)?'

단목영의 가슴에는 구멍이 뚫려 있었다.

불사귀는 비로소 단목영이 유소매를 해친 방법이 무엇인지 알 수 있었다.

그녀는 독특한 수공을 연마했음이 분명했다. 마치 육중한 둔기에 파인 듯 보이는 저 상처는 보통 사람의 손으로는 만들어낼 수 없는 것이다.

단목영이 파리한 안색으로 불사귀를 바라본다.

"…당신의 허락 없이… 당신의 힘을 빌리게 된 것을… 미안하게… 생각합니다."

진원명은 눈살을 찌푸린 채 그 모습을 바라보았다.

이미 손을 쓰기에는 늦었다. 가슴의 상처가 너무나도 컸다.

벌어진 상처에서 계속 피가 흐른다. 불사귀를 바라보는 단목영의 눈에서도 서서히 빛이 사라져 가는 것이 느껴졌다.

단목영은 마지막으로 힘겹게 고개를 돌려 유소매의 시신을 바라보았다.

"…아버지에게… 사과를……."

그렇게 말하고 단목영은 숨졌다.

불사귀는 잠시 그런 단목영을 내려다보다가 이내 걸음을 옮겨 방을 빠져나왔다.

임무는 실패했고, 이 장소에 계속 남아 있으면 쓸데없는 분란이 생길 것이다.

자신이 묵었던 방에서 짐을 챙겨 나올 때, 전날 인질로 잡혀와 불사귀와 같은 방에 묵었던 설공현이 묻는다.

"불사귀 대협, 어디를 가시는 겁니까?"

"일이 실패했으니 나는 이만 떠나겠다."

설공현이 어리둥절한 표정으로 바라보는 가운데 불사귀는 방을 나섰다.

계단을 내려오고 객점을 나서서 다음 행선지를 생각하고 있을 때 객점 안에서 설공현의 비통에 찬 울음소리가 들려온다.

아마 두 여인의 시신을 발견한 것이리라. 그 소리를 들으며 불사귀는 쓰게 웃었다.

어제 인질로 붙잡힌 상태에서도 설공현은 끊임없이 자신의 아내 단목영의 안부를 챙겨왔다.

단목영은 그런 설공현을 믿었다.

정확히는 설공현이 자신을 향해 보이는 정성과 애정을 믿었기에 이처럼 쉽게 자진(自盡)을 선택할 수 있었던 것이다.

설공현은 방금 전까지 단목영이 자신을 상대로 무엇을 부탁했던 것인지 알고 있을까?

지금 슬퍼하는 대상의 죽음이 어떤 의도를 가진 것인지 설공현은 짐작이나 할 수 있을까?

"아마 평생 알 수 없겠지."

불사귀가 고개를 저으며 나직하게 중얼거리고 있을 때, 객점에서 설공현이 뛰쳐나와 소리친다.

"멈춰라, 불사귀!"

불사귀는 멈추지 않았다.

어차피 승근혈(承筋穴)을 점혈당한 설공현은 지금 제대로 된 걸음이 불가능한 상태였다.

지금 멈춰서 설공현을 상대한다면 그것은 바로 단목영의 의도대로 되는 것이리라.

"불사귀 이 개자식아! 멈춰라!"

한참 동안 불안한 걸음으로 계속 불사귀를 부르짖으며 뒤쫓던 설공현이 결국 힘이 다해 땅바닥에 주저앉아 외쳤다.

"불사귀! 내, 내 가진 모든 힘을 쏟아서라도 부인의 원수를 갚고 말 것이다! 기필코 너를 갈기갈기 찢어 죽이고 말리라! 내 반드시 그렇게 할 것이다!"

"그래, 네 아내는 바로 네 그런 모습을 기대한 것이다."

불사귀는 낮게 중얼거렸다.

지금 설공현의 모습은 어제 자신에게 납치당한 뒤와 전혀 달랐다.

아마 지금껏 설공현이 자신에게 고분고분한 모습을 보였

던 것은 자신의 아내를 염려해서였을지도 모른다.

설공현은 숨이 막힐지도 모른다는 생각이 들 정도로 불사귀를 향해 계속해서 저주 섞인 외침을 토해내고 있었다.

설공현의 외침이 거의 들리지 않을 만큼 멀어졌을 때 불사귀는 잠시 걸음을 멈추고 설공현을 돌아보았다.

왠지 모르게 익숙한 느낌이 들었기 때문이다.

지금 설공현이 보이고 있는 모습은 왠지 낯설지가 않았다.

불사귀는 잠시 멈춰 서서 고민하다가 이내 깨달았다.

바로 얼마 전 자신에게 청부한 해서파 문주 전만휘의 모습, 바로 그 모습과 지금 보이는 설공현의 모습이 전혀 다르지 않다는 것을.

또한 그 모습에서 불사귀는 자신이 설공현을 굳이 죽이지 않아도 상관없으리라는 것 역시 깨달을 수 있었다.

자신이 무언가를 하지 않아도 이들은 이미 망가져 있었다. 단목영의 의도는 벌써 성공한 것인지도 모른다.

그런 풀리지 않는 증오와 원망을 가지고 세상을 살아간다는 것은 죽는 것보다 딱히 나을 것도 없을 테니까.

그 뒤 녹양방과 해서파는 가진 총력을 다해 불사귀를 쫓았다. 하지만 그들의 추격은 불사귀에게 귀찮음 이상의 영향을 주지 못했다.

반년 뒤 중원을 일주하고 다시 강서를 지나게 되었을 때 불사귀는 그들에 대한 소문을 들을 수 있었다.

녹양방과 해서파는 수하들의 반란에 의해 와해되었고, 그 이후 두 문파의 문주는 생사를 알 수 없게 되었다는 것이다.

第一章 추종(追從)

"세상의 일이란 열 중에 여덟, 아홉은 자신이 원하는 방향으로 흐르지 않는 법이다. 대신 사람들은 열 중 하나나 둘의 희망을 지닌 채 살아간다. 하지만 자신이 원하는 방향조차 가지지 못한 사람이 있다면, 그에게는 그러한 작은 희망마저 존재하지 않을 것이다."

강호(江湖)

　일찌감치 정박한 나룻배의 좌현에 주저앉은 채 진원명은 나룻배를 올라서는 승객들의 모습을 바라보았다.

　얼마 전부터 느낀 것이지만 이런 배를 통한 여행은 상당히 자신의 취향에 맞는 듯했다.

　배를 타고 흘러가는 풍경을 멍하게 바라보고 있으면 자신도 모르게 마음이 편안해지는 것을 느끼곤 했다.

　"합석해도 되겠습니까?"

　진원명이 고개를 들자 서생 차림을 한 훤칠한 사내가 서 있었다.

　진원명이 고개를 끄덕이며 옆으로 살짝 옮겨 앉자 사내는 등에 진 봇짐을 내려놓고는 비워진 자리에 걸터앉았다. 사내가 빙긋 웃으며 묻는다.

"음, 혹시 알고 있습니까, 우리가 오늘 우연히 세 번이나 마주쳤다는 것을?"

진원명은 고개를 끄덕였다.

길을 걷다가 한 번, 마을을 이동하다가 한 번, 그리고 이곳에서 한 번. 진원명은 오늘 이 사내를 총 세 번 보았다.

특별히 주변에 신경을 쓴 것은 아니었지만 왠지 사내의 인상은 눈에 쉽게 들어왔기에 기억할 수 있었다.

"내 이름은 송하진(宋何進)이라 합니다. 형씨는 이름이 어떻게 됩니까?"

"내 이름은 진원명이라 합니다."

송하진이라 자신을 소개한 사내가 씩 웃곤 주변 풍경으로 고개를 돌렸다.

웃는 얼굴이 순박해 보이는 것이 호감이 가는 인상이라 여기며 진원명은 다시 흐르는 강물로 눈을 돌렸다.

잠시 후 배가 나루터를 벗어나기 시작했다.

멀어져 가는 나루터를 바라보며 진원명은 묘한 감상에 빠져들었다.

전생에도 자신은 비슷한 시기에 이곳에서 배를 탔었다.

그때의 자신은 그저 절망과 복수심에 휩싸인 채 아무런 대책도 없이 배를 타고 개봉으로 향했었다.

그 당시의 자신은 목적은 알고 있었지만 그 목적을 위해 자신이 취해야 할 행동을 알지 못했다.

하지만 지금의 자신은 반대로 자신이 취해야 할 행동은 알고 있지만 그 행동의 목적을 알지 못하고 있다.

자신은 아민을 찾을 것이다.

지금 자신이 형과 가족, 다른 장원의 식구들에게 제대로 된 인사조차 남기지 않고 이렇게 떠나온 것은 바로 그런 이유였다.

하지만 아민을 찾고 난 뒤의 일은 생각하지 않고 있었다.

아민을 찾아야 하는, 아민을 찾고자 하는 정확한 이유를 자신은 아직 떠올리지 못했다.

아니, 아민을 찾게 되면 물어보아야 할 몇 가지 의문은 떠오른다.

그날 왜 그냥 떠나 버렸던 것인가? 그날 왜 자신의 장원을 습격해 오지 않았던 것인가?

그리고 지난 일 년간 도대체 무엇 때문에 진가장에 머물렀던 것인가?

진원명은 흐르는 강물을 바라보며 지난 일 년간의 기억을 떠올렸다.

"처음으로 인사 올립니다. 아민이라고 합니다."

당시 진원명에게 고개를 숙이는 아민의 모습을 보며 진원명은 마치 십육 년 전의 그때로 되돌아온 듯한 착각을 느꼈었다.

*   *   *

진원명의 몸은 극도로 쇠약해져 있었고, 어머니는 자주 아민을 보내 진원명을 간병하도록 했다.

아민은 예전의 모습 그대로 아름답고 쾌활했다.

그 모습은 진원명으로 하여금 거의 잊혀질 뻔했던 묵은 감정을 되살려 내도록 했다. 하지만 그러한 아민의 모습과 되살아나는 감정들은 아민의 배신을 이미 예측하고 있는 진원명의 마음을 점점 더 복잡하게 만들 뿐이었다.

때문에 아민이 도착하고 난 얼마 뒤 진원명은 수련을 시작했다. 진원명은 모진 수련을 통해 자신의 어지러운 마음을 다스리려 했다.

그러한 시도는 어느 정도 성공을 거두었다.

무공을 펼치는 순간 자신의 마음의 평정을 유도하는 것은 진원명에게 습관과도 같은 일이다.

진원명은 수련을 하는 동안은 그 수련에 몰입한 덕에 아민을 의식하지 않을 수 있었고, 수련이 끝난 뒤에는 그 피로를 빌어 아민을 의식하지 않을 수 있었다.

자세한 내막을 알지는 못했지만, 가족들 역시 기적적인 회복을 일구어낸 것이 진원명 본인의 노력이라는 것을 알고 있었기에 진원명의 몸을 혹사하는 듯한 수련을 염려스러운 눈길로 바라보기는 했지만 그것을 만류하지는 않았다.

그렇게 반년이 흐른 뒤, 진원명은 수련을 멈추었다.

이제 내적으로 조금은 자신의 복잡한 마음을 추스를 수 있게 되었다고 여겼기 때문이고, 외적으로 자신의 망가진 몸 상태를 회복한 것을 넘어서 병약했던 신체를 단련해 무공에도 큰 성장을 이루었기 때문이다.

근력, 몸의 균형, 그리고 특히 내공에 있어서 진원명은 이전과 비교할 수 없을 만큼의 발전을 이루었다.

경화(硬化)된 혈맥이 완전히 타통(打通)되지 않아 몸 안에서 마공을 운용하기에는 아직 어려움이 따르지만 그동안 쌓은 내공을 통해 충분한 수공(手功)을 운용할 수 있게 된 지금의 상태라면 무기에 운용하는 마공의 힘을 이전과 비교도 되지 않을 정도로 증가시킬 수 있을 것이 분명했다.

이제는 아민에 대한 번뇌로 고민할 때가 아니다.

이제는 반년 뒤로 다가온 가문의 혈사를 막을 준비를 해야 할 때이다.

비록 자신의 무공이 일취월장(日就月將)하였지만 혼자의 힘으로는 한계가 있다는 것을 진원명은 간과하고 있지 않왔다.

누군가를 보호하며 싸워야 하는 것이 혼자 싸우는 것보다 훨씬 어려운 일이라는 것은 이미 숱한 경험을 통해 잘 알고 있는 사실이었기 때문이다.

진원명에게는 자신의 뒤를 지켜줄, 적어도 장원으로 접근하고자 하는 적의 움직임을 조금이라도 저지해 줄 수 있는 소수의 아군이 필요했다.

가족들의 힘을 빌리고 싶은 마음은 없었다.

자신의 부상이 단순한 사고라 여기고 있는 부모님에게 심려를 끼치고 싶지 않았고, 애초 진가장의 식구들은 무가(武家)라 부르기보다 상가(商家)라 부르는 게 어울릴 정도로 가진 무공이 빈약했다.

무엇보다 자신이 원했던 것이 적과의 인연을 배제한 과거였던 만큼 가족들이 그들과 관련되는 것은 막을 수 있다면 최대한 막고 싶었다.

그렇다면 자신은 어디에서 자신을 도울 아군을 구할 수 있을 것인가?

진원명이 가장 먼저 떠올린 것은 바로 천강파였다.

은비연이나 주여환이라면 아마 자신이 도움을 청한다면 기꺼이 찾아와 도와줄 것이다.

그다음으로 떠올린 것은 바로 해서파였다.

과거 해서파와의 인연을 통해 지금 해서파에 몸담고 있을 유소매가 찾기를 원하는 장소를 이미 알고 있는 진원명은 그것을 대가로 해서파에 협조를 구할 수 있을 것이라 여겼다. 해서파라면 파양호 주변에 일어나는 사건들에 대한 정보를 쉽게 얻을 수 있을 것이 분명하니 지금처럼 적이 어떤 경로로 침입해 올지 모르는 상황에서는 천강파보다도 오히려 도움이 될지 모른다.

하지만 그러한 진원명의 고민은 단지 고민으로 그쳤을 뿐 행동으로 이어지지 못했다.

진원명이 보이는 이상한 태도의 의미를 진원정이 눈치 챘기 때문이다.

어느 날 형이 물었다.

"명아, 요즘 무슨 고민이 있는 거야?"

"아니, 그런 거 없는데?"

진원정은 잠시 '흠' 하고 고민하다 말했다.

"요즘의 네 모습은 무엇인가 감추는 것이 있어 보이던걸. 무슨 고민이 있는 것이라면 숨기지 말고 이야기해 보는 것이 어때?"

"아니야. 그런 거 없대도 그러네."

진원명이 피식 웃으며 진원정을 지나쳐 가려 할 때, 이어지는 진원정의 목소리가 들려온다.

"요즘 모든 게 이상한 것투성이이긴 하지만 아민이 좀 특별하다는 사실은 나도 느끼고 있었어. 아마 지금 네가 고민하는 것은 아민 때문이라고 생각했는데, 내 말이 틀린 거야?"

진원명의 걸음이 멈추었다. 진원정의 목소리는 계속 들려왔다.

"아민은 우리가 비무행에서 만났던 그 삿갓으로 얼굴을 감추고 있던 여인이겠지? 하지만 나는 그녀가 왜 우리의 장원을 찾았는지는 모르겠어. 아마 너는 그 이유를 알고 있을 것이라 생각되는데. 그렇지 않아?"

"어, 어떻게 안 거지?"

진원명이 뒤돌아보며 묻는다.

"뭐, 네 태도가 워낙 이상했으니까. 그리고 아민에게서 풍기는 분위기나 기도에서 왠지 익숙한 느낌을 받았으니까. 곰곰이 생각해 보니 예전 비무행에서 만났던 그 삿갓인에게서 느꼈던 느낌과 같아 보이더라고. 그것을 알고 나서 생각해 보니 네 이상한 태도 역시 아민이 오면서부터 시작된 것이고, 아마 너도 아민의 정체를 알게 된 것이 아닐까 하고 생각한 거지."

진원명은 한숨을 내쉬었다.

그런 식으로 사람이 발하는 기도를 구별하는 것은 아마 진원정만이 가능한 재주이리라.

"응, 나도 아민이 그때 그 삿갓인이라는 것을 알았어. 무엇 때문에 이곳에 들어온 것인지는 모르겠지만, 자신의 정체를 밝히지 않고 있는 것으로 보아 그 의도가 좋지는 않을 것이라고 생각하고 있어."

"그럼 그 의도를 파악해야겠지. 아민은 장원에 온 뒤로 대부분 네 옆에 머물러 있었으니 너라면 뭔가 알아낸 것이 있으리라 생각되는데?"

진원정의 질문에 진원명은 얼굴을 붉혔다.

그동안 자신의 어지러운 마음을 추스르느라 아민에게 전혀 신경을 쓰지 않았던 것이 떠올랐기 때문이다.

"아니, 전혀."

"음, 얼굴을 가리고 있었어도 얼마간 같이 지낸 적이 있는 사이이니 아무래도 너와 함께 있을 때는 행동에 신경을 썼겠지. 오히려 너와 떨어져 있을 때 무언가 수상한 점이 있는지 살펴보는 게 좋을 것 같다."

진원명이 동의하는 듯 고개를 끄덕이자 진원정이 빙긋 웃어 보인다.

"봐, 나에게 털어놓으니 혼자 고민하는 것보다 훨씬 낫잖아. 이 근방에는 내 친구들이 많으니 그들에게 도움을 청하면 장원 밖에서도 아민의 움직임을 파악할 수 있을 거야."

진원명은 고개를 저으며 쓰게 웃었다.

자신이 아민의 정체를 형에게 알리지 않은 정확한 이유를 형은 알지 못한다.

하지만 한 가지는 마음에 들었다. 형이 자신에게 먼저 말을 걸어주었다는 점이다.

형의 자신을 대하는 모습은 비무행을 기점으로 조금 바뀌어 있었다.

자신을 대함에 있어 두는 거리감. 형은 비무행 이후로 자신에게 한 번도 웃음을 보여준 적이 없었다.

진원명은 그것이 아마도 자신의 부상에 대해 느끼는 형의 죄책감 때문이라 여겼다.

진원정은 방금 오래간만에 진원명을 보며 웃어주었다.

진원명은 형의 웃음이 예전처럼 밝아 보이지 않는다는 것에 아쉬움을 느꼈지만 그래도 형의 태도가 차츰 예전으로 돌아가는 듯하다는 점이 기뻤다.

이후 진원정의 조력은 진원명에게 큰 힘이 되었다.

진원명의 건강이 좋아졌기에 얼마 전부터 아민은 더 이상 진원명을 찾지 않게 되었고, 진원명과 진원정은 번갈아 아민의 움직임을 감시했다.

하지만 아민의 생활은 지극히 평범했다.

남모르게 장원 내부를 조사하는 듯한 모습도, 외부의 누군가에게 연락을 취하는 듯한 모습도 보이지 않는다. 그저 순수하게 하녀로서 일하기 위해 장원을 찾았다고 말하는 듯 아민의 모습에서는 어떤 수상한 부분도 보이지 않았다.

아민이 처음으로 수상한 기색을 드러낸 것은 아민을 감시하기 시작한 지 약 두 달의 시간이 흐른 뒤였다.

아민은 주마다 정기적으로 어머니의 약을 받기 위해 마을을 찾았는데, 그 감시는 형을 따르는 근방의 무인들이 맡아서 행했다.

하지만 그날따라 아민이 어머니의 약을 받기 위해 장원을 나섰을 때, 진원명은 별다른 이유도 없이 아민의 뒤를 따라나섰다.

멀리서 아민의 뒤를 따르며 진원명은 기묘한 느낌을 받았다.

무언가 자신이 알아야 할 것을 놓치고 있는 듯한 느낌. 아민의 뒤를 따르며 고민해 보았지만 진원명은 그 느낌이 무엇인지 알아내지 못했다.

잠시 후 아민은 마을에 도착했다.

일주일에 단 한 번 장원 밖을 나서는 것이지만 아민은 주변의 풍물에 그다지 관심을 보이지 않고 곧바로 약재상을 찾았다. 그리고 아민은 약을 받아 약재상을 나오는 순간 한 여자아이와 마주쳤다.

'어린 아민?'

그 여자 아이의 얼굴을 처음 본 순간 진원명이 가졌던 생각이다.

그리고 진원명은 아까 전부터 자신이 느끼고 있었던 감정이 무엇인지 깨달았다.

그것은 바로 기시감(旣視感)이다.

진원명은 마치 지금과 같은 일을 예전에 경험해 본 적이 있는 듯한 느낌을 받고 있었다. 하지만 그것은 단지 느낌일 뿐 진원명은 정확한 기억을 떠올리지는 못했다.

이토록 닮은 두 자매가 이렇게 만나는 모습을 본 적이 있었다면 아무리 오랜 세월이 지났다 해도 자신이 그것을 기억하지 못할 리가 없을 터인데…….

진원명이 고민하고 있을 때 어린 아민은 큰 아민에게 빙긋 웃어 보이며 근처의 찻집을 향했다.

어린 아민, 그녀는 수연이었다. 비무행에서 그녀를 만난 지 겨우 이 년 남짓한 시간이 지났을 뿐이지만 그녀의 모습은 몰라보게 변해 있었다. 아직 어린 티를 완전히 벗지는 못했지만 아민을 닮아 무척 아름답게 성장한 모습이다.

아민은 수연을 만난 것이 의외라는 표정을 지으며 수연을 따라 찻집으로 들어갔다.

진원명이 주위를 살피자 곧 눈에 익은 한 사내의 모습이 들어온다. 진원정의 부탁을 받아 아민을 감시하던 자이다.

진원명의 눈빛의 의미를 알아본 것인지 사내가 가볍게 진원명을 향해 고개를 끄덕여 보이며 아민과 수연을 따라 찻집으로 들어갔다.

잠시 후 아민과 수연은 찻집을 나와 서로 다른 방향으로 이동했다.

아민을 감시하던 사내는 수연을 쫓았고, 진원명은 아민을 쫓았다. 아민은 다른 수상한 모습을 보이지 않고 곧바로 장원으로 돌아갔다.

그날 밤 수연을 쫓았던 사내가 진원정을 찾아왔다.

이미 진원명에게 들어 대강의 사정을 알고 있었던 진원정이 곧바로 물었다.

"아민이 만났다는 아이와 아민이 무슨 이야기를 나누었는지 들었소?"

"최대한 가까이 앉았지만 너무 작은 소리로 대화를 나누어서 내용을 제대로 듣지는 못하였습니다. 단지 한 공자라는 말과 주군이라는 말, 그리고 멸문해야 한다는 말을 드문드문 들었습니다."

듣고 있던 진원명과 진원정이 눈살을 찌푸렸다. 진원정이 다시 물었다.

"무엇이 멸문해야 한다는 것인지는 듣지 못하였소?"

"그것까지는 듣지 못했습니다."

사내가 미안한 기색으로 대답하자 진원정이 가볍게 웃어 보인다.

"그것으로 충분하다오. 상 형의 노고에 내가 어떻게 감사해야 할지 모르겠소."

"그저 진 대형이 알아주는 것만으로 만족합니다. 그리고 아민 소저가 만났던 그 아이가 머무는 곳을 알아냈습니다."

"그 아이가 이곳에 머물고 있었소?"

"얼마 전부터 마을 서쪽의 폐가에 몇몇 사람이 살기 시작 했다는 말을 들었는데 그중 한 명이 바로 그 아이였습니다. 지금 장 셋째에게 그곳을 감시하도록 일러두었으니 그들에게 서 이상한 낌새가 보인다면 곧바로 연락이 올 것입니다."

사내가 떠나고 진원정이 고민하다가 물었다.

"멸문이라는 말이 설마 우리 진가장을 대상으로 하는 것일 까?"

"…잘 모르겠어. 하지만 아민이 이처럼 신분을 숨기고 우 리 가문으로 침입해서 하녀로 생활해야 하는 이유라면……."

"흠, 그래, 우리 진가장을 노리고 있다고 보지 않는다면 아 민이 이곳에 머무는 이유를 설명하기 어렵겠지. 그런데 저자 들이 도대체 왜 우리를 노려야 하지?"

진원명은 대답하지 않았다. 자신 역시 그것이 의문이었다.

마을 서쪽의 폐가촌은 몇 년 전 큰 홍수로 인해 마을이 물 에 잠겼을 무렵 생겨난 것이다.

수연이 아민에게 모습을 드러낸 뒤로 폐가촌에는 계속해 서 사람들이 들어와 살기 시작했는데, 다시 또 두 달의 시간 이 지났을 때 어느덧 그 수가 어림잡아 사십에 이르렀다.

하지만 들어온 사람들에 비해 바깥에 모습을 드러내는 사 람이 극히 적어 진원정이 사람을 시켜 그곳을 계속 감시하도록 하지 않았다면 결코 그 많은 사람들이 폐가촌에 머무르고 있다는 사실을 알지 못했을 것이다.

진원명은 이미 어느 정도의 인원이 장원을 습격해 올지 짐작하고 있었지만 진원정은 그렇지 않았다.

폐가촌에 모인 인원이 삼십을 넘으면서부터 진원정은 불안한 기색을 보이기 시작했다.

"내가 당장 동원할 수 있는 인원은 삼십 명이 채 되지 않는데 모여 있는 적이 벌써 삼십을 넘었으니 이거 조금 일이 어려워질 것 같은 느낌인걸? 아버지에게 사실대로 말하고 조력을 구해야 할까?"

진원명은 조금 놀랐다.

이전부터 근방에서 진원정을 따르는 젊은 무인들이 많다는 사실을 알고 있었지만 삼십 명이나 되는 인원을 동원할 수 있을 정도라고는 생각하지 못했기 때문이다.

진원정은 진원명의 무공이 크게 발전한 사실을 모른다.

진원명은 애초 열 명 정도의 아군이 있다면 충분히 피해없이 모든 적을 제압할 수 있을 것이라 생각하고 있었다.

진원명이 대답했다.

"하지만 아버님에게 말한다 해도 큰 도움이 될 것 같지는 않은걸?"

진가장 내에 머무는 이들 중 제대로 된 무인은 임 사범뿐이다.

진가장 밖에 거주하는 수련생 중 쓸 만한 이들은 대부분 이미 진원정을 돕고 있는 상황이었다.

"음, 그건 그렇지만……."

이후 진원정은 나름대로 사방에 사람을 풀어 사람을 구하는 듯했다.

진원명은 형의 우직함에 내심 한숨을 내쉬었다.

전력상 적이 우위라 여긴다면 적의 움직임을 기다릴 필요 없이 이쪽에서 먼저 습격을 하면 되지 않겠는가?

하지만 진원정은 그들이 확실히 적이라 판단되지 않았다는 이유로 그 의견을 받아들이지 않았다.

그러던 어느 날 아민이 진원명을 찾아왔다.

"둘째 도련님께 잠시 드릴 말씀이 있습니다."

자신을 바라보는 아민을 마주 바라보며 진원명은 당혹스러움을 느꼈다.

아민을 의식적으로 피해왔었기에 한동안은 이처럼 정면으로 얼굴을 마주 보게 되는 일이 없었다.

그동안 자신이 아민에게 가지고 있던 여러 가지 감정들은 단순히 억눌러져 있었을 뿐 정리되었다고는 볼 수 없을 듯했다.

지금 아민을 마주 보며 진원명은 자신의 마음이 견디기 어려울 정도로 흔들리는 것을 느끼고 있었기 때문이다.

"둘째 도련님이 건강을 되찾게 된 것을 진심으로 다행이라고 생각합니다."

"…뭐 네가 잘 간호해 준 덕분이니 고맙게 여기고 있어."

지난 반년간 일부러 아민을 의식하지 않으려 했지만 간간이 아민의 모습을 의식하게 되는 경우들을 떠올리는 것만으로도 아민이 얼마나 자신을 배려하고 신경 써주었는지 잘 알 수 있었다.

"하지만 저는 둘째 도련님에게 감사하고 있습니다. 아마 둘째 도련님께서 건강을 회복하지 못했다면 저에게 그것은 평생의 앙금이 되었을 것입니다."

"그게 무슨 말이냐?"

아민은 잠시 진원명을 바라보다 말을 이었다.

"…둘째 도련님이 맞았던 화살이 노렸던 복면여인을 기억하십니까? 그가 바로 저이기 때문입니다."

진원명의 눈이 놀라움에 크게 떠졌다.

왜 그것을 지금 밝히는 것인가?

"처음 장원에 들어왔을 때부터 밝히지 않았던 점 사과드립니다. 하지만 밝힐 수 없는 이유가 있었음을 이해해 주시기 바랍니다."

"그 이유가 도대체 무엇이냐?"

진원명의 물음에 아민은 고개를 가로저었다.

"말씀드릴 수 없습니다. 이해해 주십시오."

"허, 그렇다면 이제 와서 그런 사실을 밝히는 이유가 무엇이냐?"

아민은 잠시 고민하다 대답했다.

"당신에게 내 고마워하는 마음만은 분명히 밝히고 싶었기 때문입니다. 그뿐입니다."

그렇게 말한 아민은 가볍게 예를 표하고는 뒤돌아 걸어간다. 잠시 그 모습을 바라보던 진원명이 외쳤다.

"고마움과… 너의 임무는 별개인 것이냐?"

"무슨 말이신지요?"

"나에게 보답을 원한다면 너를 찾아오라 하였지. 그렇다면 너의 목숨을 구해준 대가를 지금 요구하겠다."

"그때 제 말을 듣고 있었군요."

아민은 놀란 표정을 지으며 중얼거렸다.

"지금처럼 진가장의, 아니, 진가장이 아닌 내 하녀가 되어 이곳에 머무르거라. 더 이상 그들 무민의 명령에 따르지 말고 말이다."

진원명의 말을 들은 아민은 알 수 없는 감정이 담긴 눈으로 진원명을 바라보았다.

"그 부탁은 들어드릴 수 없습니다."

아민의 대답에 진원명은 얼굴을 일그러뜨렸다.

오늘 아민의 이러한 방문이 의미하는 바는 명확했다.

아민은 떠날 것이다.

그리고 얼마 후 자신의 장원을 무너뜨리기 위해 돌아올 것이다.

"하지만 그 부탁이야말로 제가 진정 원하는 것이었는지도 모르겠군요."

아민은 빙긋 웃으며 그렇게 말했다.

아민은 떠났다.

진원명은 그것을 막지 않았다.

아민이 떠나간 자리를 멍하게 바라보며 진원명은 지독한 배신감을 느끼고 있었다.

자신의 부탁이 원하는 것이라고 했나? 그렇다면 왜 그렇게 하지 못하는 것인가?

아민은 예전처럼 자신의 가문을 습격하기 위해 이곳을 찾아온 것이 아닌가? 그렇다면 그것이 결국 자신에 대한 아민의 보답이라는 말이 될 것이다.

그런데도 아민은 웃고 있었다.

자신을 바라보며 평소와 같은 따뜻한 미소를 자신에게 지어 보였다.

진원명은 이제 자신이 기억하는 아민의 어떤 모습도 신뢰할 수 없게 되었다.

어떤 사실을 떠올리지 못했다면 진원명은 밤이 새도록 그 자리에서 아민에 대한 배신감에 빠져 있었을지도 모른다.

적들의 습격이 있을지도 모른다.

진원명은 그 생각을 떠올리자마자 진원정의 방을 향했다.

진원정의 방에는 일전 보았던 사내가 찾아와 있었다. 진원명이 황급히 사내에게 물었다.

"적들에게서 다른 움직임이 없었습니까?"

"어찌 아셨습니까?"

"너도 알고 있었던 거야?"

사내와 진원정이 의아한 표정으로 묻는다. 진원명이 어이없다는 표정을 지어 보인다.

"알고 있다면 둘 다 왜 여기 있는 거야? 적이 움직였다고 한다면 이렇게 넋 놓고 있을 때가 아니잖아?"

"무슨 소리를 하는 거야? 그들을 쫓아가기라도 하라는 말이야?"

진원정이 의아하다는 듯 되묻는다. 진원명이 멍한 표정으로 '뭐?'라고 중얼거리자 상형이라 불리는 사내가 말했다.

"둘째 공자, 그들은 모두 떠났습니다."

"떠났다고요?"

"그래, 며칠 전부터 적 중 일부가 배를 타고 어디론가 이동하는 모습이 보였어. 그들을 추적했던 형제들이 보내온 서신이 오늘 도착했는데, 그들이 강서(江西)를 벗어나 호북(湖北)으로 넘어갔다고 하더군. 그 뒤로 매일 몇 명씩 모여 있던 적이 배를 타고 떠나가서 오늘을 마지막으로 폐가촌에 모여 있던 사람들은 모두 떠나갔어."

진원정의 대답에 잠시 진원명은 멍하게 그 대답을 곱씹었다. 그리고 소리쳤다.

"왜, 왜 나한테 그 말을 하지 않았지?"

진원명이 갑자기 화를 내는 이유를 몰랐기에 진원정과 사내는 둘 모두 멍하게 진원명의 모습을 바라보았다.

진원명은 곧바로 진원정의 방을 뛰쳐나갔다. 그리고는 정신없이 아민의 방을 찾아갔다.

아민은 그곳에 없었다.

진원명은 장원 밖으로 뛰어나갔다.

마을로 향하는 소로를 달려 내려가는 진원명의 머릿속은 수많은 생각들로 복잡하게 엉켜 있었다.

적은 모두 떠나갔다.

그렇다면 아민은 자신을 배신하지 않았던 것인가? 방금 전 아민의 방문은 그저 자신에게 이별을 고하기 위함이었던가?

진원명은 아민이 떠나기 전 남겼던 마지막 말을 떠올렸다.

"하지만 그 부탁이야말로 제가 진정 원하는 것이었는지도 모르겠군요."

일전에 자신은 예전 아민이 자신의 장원을 습격했을 때 전력을 다 하지 않았음을 깨달았다. 그렇다면 아민은 적어도 그당시에도 장원을 습격해야 하는 것을 스스로 원하지 않았던 것이 분명하다.

그렇다면 지금이라고 해서 그 마음이 다르다고 할 수 있을까?

마을을 뛰어다니고, 나루터를 돌아보고, 마지막으로 이제는 비어 있는 폐가촌을 뒤지며 진원명은 밤이 새도록 아민을 찾아 헤맸다.

동쪽 하늘이 서서히 밝아올 때가 되어서야 진원명은 아민을 찾는 것을 멈췄다. 진원명은 인정했다.

아민은 떠나갔다.

진원명은 방금 전 아민을 붙잡지 않은 것을 뼈저리게 후회했다.

그로부터 한 달이 지난 뒤 진원명은 세상을 구경하고 오겠다는 한 장의 서신만을 남겨둔 채 집을 나섰다.

*   *   *

"그러고 보니 하나가 더 있었군."

지난 일 년간의 기억을 떠올려 보던 진원명이 문득 생각났다는 듯 중얼거렸다.

자신은 아민을 만나면 물어보아야 할 가장 중요한 질문을 빼먹고 있었다.

어느덧 해가 기울어 강물이 석양을 받아 붉게 물들기 시작하고 있었다. 강물 저편에 보이기 시작하는 나루터는 아마 도창(都昌) 나루터이리라.

나루터 저편 어딘가에 아민이 있을 것이라 생각하는 듯 진원명은 가까워지기 시작한 나루터의 모습을 바라보며 방금 떠올랐던 질문을 나직이 중얼거려 보았다.

"아민, 지금 네가 행하고 있는 것들은 진정 네가 원하는 것이냐?"

묵시(默示) 1

파양(波陽)을 출발한 배는 도창(都昌)과 호구(湖口)에서 각각 하룻밤을 정박해 삼 일째 되는 날 구강(九江)을 향했다.

송하진은 그때까지 중간에 내리지 않고 진원명과 함께 이동했다.

"나는 이번에 구강에서 내린다오. 송 형은 어디까지 가는 것이오?"

며칠간 함께 이동하며 접한 송하진의 성품이 마음에 들었기에 진원명이 그렇게 물었다. 송하진이 진원명을 돌아본다.

"나 역시 구강에서 내릴 것이오."

"송 형도 구강에 볼일이 있었습니까?"

진원명의 물음에 송하진이 가볍게 웃으며 고개를 끄덕였다.

송하진은 여행을 좋아하여 수년간 여기저기 세상을 떠돌아다녀 왔다고 했다. 단순히 중원뿐 아니라 멀리 서역과 천축을 여행한 적도 있다고 한다. 지금 유생 차림을 하고는 있지만 그저 중원을 떠돌기에는 유생 차림이 편하기에 입고 다니는 것일 뿐 자신이 유생은 아니라고 말했다.

세상을 떠돌며 이런 깔끔한 모습을 유지할 수 있는 것으로 보아 송하진은 제법 부잣집의 자제가 아닌가 여겨졌다.

얼마 후 배가 구강 나루터에 정박하고 진원명과 송하진은 작별했다.

이대로 헤어지기가 조금 아쉽기는 하지만 지금 자신의 형편으로는 송하진과 헤어지기 전 술자리 한 번 나눌 만한 여유가 없었다.

하지만 같은 구강에 머물 것이니 인연이 있다면 또 보게 될지도 모르는 일이리라.

진원명은 방을 잡고 곧바로 바쁘게 이리저리 움직이기 시작했다.

아민이 떠나간 지 이미 한 달이라는 시간이 지났다. 아민을 찾는 것은 그냥 단순히 혼자 여기저기 수소문하고 돌아다니는 것만으로는 절대 불가능하리라 생각되었다.

집을 나오기 전 배를 타고 떠나간 적을 쫓아갔던 사내를 찾아가 그들이 내린 곳이 호북의 악주(鄂州)라는 사실을 알아냈다.

구강에서 무한에 이르는 뱃길은 해서파의 영역이라 해도 과언이 아니다. 한 달이라는 시간이 지났지만 해서파라면 아민의 움직임의 실마리를 얻을 수 있을지도 모른다.

진원명은 다시 한 번 유소매를 떠올릴 수밖에 없었다.

이틀 전 도창 나루터에 잠시 머물렀을 때 진원명은 예전 유소매가 그토록 찾아 헤매던 계곡을 찾아갔다.

과거 전만휘는 결국 문파의 인원을 총동원하여 그곳을 찾아냈고, 그 장소를 불사귀에게 가르쳐 주었다.

그곳 절벽에는 뜻을 알 수 없는 글귀가 적혀 있었는데, 얼핏 보아도 그 글귀가 무공의 구결이라는 사실을 알 수 있었다.

그렇다면 여러 가지 정황을 놓고 볼 때 유소매가 그 장소를 그토록 찾아 헤맨 이유는 그 계곡에 남겨진 무공 때문이 아닌가 생각되었다.

진원명은 그날 절벽에 적힌 글귀 중 약 삼분의 일가량을 가지고 갔던 종이에 옮겨 적고 산을 내려왔다.

이제 문제는 이 서신을 어떻게 유소매에게 전달하느냐이다.

해서파는 근본이 수적패인지라 녹양방과 달리 외부에 정

확한 본채의 위치가 알려져 있지 않고 외부인에 대한 경계가 심하다.

자신이 위치를 안다고 하여 정면으로 찾아가서 서신을 전달하려 들다가는 말도 꺼내보기 전에 화살 세례를 받게 될 것이 분명하다.

하지만 그런 분란을 일으키지 않은 채 자신과 같이 신분이 불명확한 외부인이 해서파의 인물과 접선하기 위해서는 제대로 된 해서파의 문도를 만나는 것에만 이 중 삼 중의 알선을 거쳐야 할 것이 분명하다.

자신의 상황은 그런 과정을 모두 기다려 줄 정도로 여유있지 않았다.

게다가 이 서신은 되도록 다른 해서파의 인물을 거치지 않고 유소매에게 곧바로 주어지는 편이 좋을 것이다.

때문에 진원명은 해서파에 잠입하려 했다.

자신은 해서파의 위치를 알고 있고, 어느 정도 해서파 내부 건물의 구조 역시 알고 있다.

구강에 도착한 그날 저녁 석종산(石鐘山) 남동쪽의 절벽 위에서 진원명은 해서파 내부의 지형을 머릿속에 그려보며 자신의 계획을 다시 한 번 검토해 보았다.

진원명이 서 있는 절벽 바로 아래에 해서파의 본채가 위치해 있었다.

하지만 진원명이 서 있는 곳에서는 그 모습이 보이지 않는다.

절벽이 아래로 가면서 안쪽으로 파여 있어서 아래쪽에 위치한 수채의 모습을 교묘하게 감추어주고 있었기 때문이다.

원래 수채로 내려가기 위해서는 절벽 남쪽으로 뚫려 있는 좁은 길을 이용해야만 했다.

하지만 진원명은 절벽 북쪽의 그나마 경사가 완만한 부분을 통해 계곡 아래로 내려갈 생각을 하고 있었다.

가장 완만한 부분을 찾았으나 그 경사가 거의 수직이었다.

계곡 아래 갈대 숲이 우거진 모양으로 보아 그리 깊은 물은 아닌 것 같았다.

잘못하여 추락하기라도 한다면 몸을 보전하기 어려울 것이다.

진원명은 가볍게 한숨을 내쉬고는 준비해 온 밧줄을 늘어뜨렸다.

그리고 그 밧줄을 타고 미끄러져 내려가기 시작했다.

꽤 많은 밧줄을 이어 붙였지만 밧줄이 끝나는 지점에서 바닥까지는 아직도 어림잡아 십오 장 정도 되어 보이는 거리가 남아 있었다.

진원명은 벽호공(壁虎功) 유의 벽을 타는 경공은 따로 배워 본 적이 없었기에 그 지점부터는 조심스럽게 남은 절벽을 타고 내려가기 시작했다.

주루룩!

첨벙!

마지막 삼 장 정도를 남기고 진원명은 절벽을 미끄러져 내려갔다.

물은 간신히 허리에 이르는 깊이였고, 갈대 숲이 울창하게 우거져 있었다.

진원명은 다행이라 여겼다.

이처럼 갈대 숲이 우거져 있으니 해서파에서 진원명의 접근을 알아보기는 어려울 것이다.

그렇게 생각하며 고개를 돌렸을 때 진원명은 자신을 바라보는 한 쌍의 큰 눈망울을 마주 볼 수 있었다.

잠시 진원명은 행동을 멈춘 채 그 놀란 듯 보이는 눈망울을 멍하게 응시했다.

쏴라락!

바람이 불어오고 갈대가 가볍게 나부낀다.

나부끼는 갈대 속에서 작은 뗏목 하나가 모습을 드러냈다.

그리고 뗏목을 타고 있는 진원명과 비슷한 나이로 보이는 놀란 눈의 한 소녀 역시 갈대 사이로 모습이 드러났다.

진원명은 그제야 자신이 간과했던 사실을 알게 되었다.

갈대 숲이 자신의 모습을 적들로부터 가려줄 수 있는 것처럼 다른 누군가의 모습 역시 자신으로부터 가려줄 수 있다는 것을.

"당신은 누구죠?"

소녀의 목소리가 들려오는 순간 진원명은 비로소 자신이 처한 상황을 명확히 인지했다. 그 뒤에 이어지는 진원명의 반응은 눈부시게 빨랐다.

촤악!

진원명의 몸이 물에서 뛰쳐나오는 것과 진원명이 허리에 찬 연검을 빼어 드는 것, 그리고 그 연검으로 소녀의 목을 베어가는 것은 거의 동시라고 해도 좋을 만큼 빠르게 이어졌다.

덜커덩!

뗏목이 작게 흔들린다.

진원명은 가볍게 놀랐다. 결코 막지 못하리라 생각한 일검을 소녀가 피해냈기 때문이다.

하지만 피해낸 방법은 그다지 좋지 못하다. 소녀는 진원명이 검을 날리는 순간 그대로 뗏목에 드러누워 버렸다.

터엉!

진원명은 왼손으로 뗏목을 쳐서 그 반동으로 물 밖으로 완전히 몸을 빠져나오게 한 다음 곧바로 소녀에게 달려들었다.

몸을 일으키려던 소녀가 그 모습을 보고는 재빠르게 다시 뒤로 드러눕는다.

그와 동시에 진원명의 검이 드러누운 소녀의 얼굴 위를 베고 지나갔다.

쇄액!

아슬아슬하게 스쳐 지나가는 진원명의 검에 잘린 소녀의

머리카락 몇 올이 흩날린다.

진원명이 검을 다시 내려 베려는 순간 소녀의 발끝이 솟구쳐 진원명의 무릎 아래에 있는 독비혈(犢鼻穴)을 노린다.

진원명이 발을 들어 방어하면서 들어 올린 검을 소녀의 다리를 향해 내려 베었다.

소녀의 발이 다음 공격을 준비하다가 재빠르게 움츠려든다.

하지만 진원명의 이번 공격은 허초였다. 소녀의 다리가 살짝 움츠려드는 순간 진원명은 재빠르게 검을 거두며 소녀의 몸 위로 자신의 몸을 날렸다.

진원명의 하초를 노리는 소녀의 발과 그것을 막고자 하는 진원명의 발이 얽혀들고, 떨어져 내리는 진원명의 몸을 쳐내기 위해 날아드는 소녀의 팔을 진원명의 왼손이 쳐내는 순간, 진원명의 오른손에 들린 칼자루가 날아들어 비어 있는 소녀의 중부혈(中府穴)을 때렸다.

풀석!

소녀의 팔이 힘없이 땅바닥으로 늘어지고 진원명의 왼팔이 소녀의 턱을 짓누른다.

이제 진원명이 고쳐 쥔 오른손의 검을 소녀에게 찔러 넣기만 하면 소녀의 목숨을 취할 수 있는 상황이다.

쏴라락!

다시 갈대가 흔들린다.

때마침 구름을 벗어난 달빛이 소녀의 얼굴을 비추었다.

진원명은 칼을 내지르지 못했다. 대신 내심 중얼거렸다.

'빌어먹을.'

날이 어두워 소녀의 얼굴을 제대로 확인하지 못했다.

시작부터 일이 꼬이는 분위기이다.

이런 저녁에 이런 외진 곳에서 불도 켜두지 않고 뱃놀이를 즐기는 사람이 있다는 것이 그랬고, 절벽에서 미리 복면을 하지 않고 내려오는 바람에 그 사람에게 자신의 얼굴을 들켰다는 것이 그랬다.

무엇보다 그 대상이 하필이면 이번 일을 성사시키기 위해서는 결코 해쳐서는 안 되는 인물이라는 것에 진원명은 한숨을 내쉬지 않을 수 없었다.

정말이지, 이토록 운이 없을 수 있단 말인가?

진원명의 몸 아래에 깔려 있는 소녀는 유소매의 딸인 단목영이었다.

묵시(默示) 2

단목영은 놀람과 분노가 뒤섞인 눈으로 진원명을 노려보고 있었다.

보통 이 나이 또래의 다른 소녀가 이런 일을 당했다면 이처럼 흉수를 노려보기보다는 두려움에 몸을 떨고 있는 것이 정상이리라.

첫눈에 단목영의 얼굴을 알아보지 못했던 것은 주변이 어두운 탓도 있지만 예전에 보았던 단목영의 모습과 지금의 모습과의 차이가 매우 컸기 때문이기도 할 것이다.

진원명이 기억하는 과거의 단목영은 마치 살아 있는 시체와 같이 생기(生氣)라는 것이 전혀 느껴지지 않았다.

진원명이 잠시 머릿속에 과거의 단목영을 떠올려 보고 있을 때 단목영의 목소리가 들려왔다.

"날 해칠 생각이 아니라면 이만 내 몸 위에서 내려오는 것이 어때요?"

자신도 모르게 단목영의 턱을 압박하던 팔에 힘이 빠졌던 것이리라.

진원명이 다시 팔에 힘을 가하려다가 멈칫하고는 단목영의 몸에서 떨어지며 단목영의 목에 검을 들이대었다.

"일어나시오. 그리고 목숨이 아깝다면 결코 아무 소리도 내지 마시오."

단목영이 몸을 일으키고는 진원명을 노려본다.

진원명은 잠시 고민하다 단목영의 천주혈(天柱穴)을 점했다.

단목영이 의식을 잃고 쓰러진다.

진원명은 준비해 온 복면을 얼굴에 둘러쓰며 한숨을 내쉬었다.

원래 계획은 이곳에 잠입하여 하루 정도 숨어 지내면서 유소매를 만날 기회를 노리는 것이었다. 하지만 일이 이렇게 꼬여 버렸으니 진원명으로서는 오늘 밤에 반드시 유소매를 만나지 않으면 안 되게 되었다.

진원명은 유소매가 머물 곳이라 예상하는 장소가 들어맞기를, 그리고 지금 그곳에 유소매가 혼자 있기를 내심 바라면서 조심스럽게 해서파 내부로 이동하기 시작했다.

해서파의 내부의 구조는 그리 복잡하지 않았다.

해서파의 사람들은 해서파 내의 계급에 의해 거처가 결정 되는데, 예전 이곳에 왔을 때 들었던 설명에 의한다면 절벽에 가까운 곳에 지어진 집일수록 해서파 내의 중요한 인물들이 거주한다 하였다.

자신이 안내받은 전만휘의 집무실이 바로 절벽 깊숙한 곳에 위치해 있었다.

그렇다면 전만휘의 집무실보다 더 깊숙한 곳에 위치해 있던 몇 채의 가옥들은 아마 전만휘의 가족들이 머무는 장소일 것이다.

진원명은 지금 그곳을 향하고 있었다.

시간은 이경(二更)을 지나 삼경(三更)에 접어든 듯 보인다.

드문드문 보초를 서는 자들이 있었지만 해서파 내부에까지 누군가 침입해 올 것이라는 생각은 하지 못한 듯 형식적인 보초에 지나지 않았다.

진원명이 의도했던 곳까지 도착하는 데에는 한 식경도 채 걸리지 않았다.

이제부터는 운이 따라주어야 한다.

단목영이 돌아오지 않는다는 것을 다른 누군가가 눈치 채게 된다면 큰 소란이 벌어질 터이다. 그 이전에 유소매를 찾아서 자신의 용건을 전달한 뒤 이곳을 빠져나가야만 했다.

그리고 운이 따라주었다.

그곳에 도착하자마자 진원명이 유소매를 발견할 수 있었기 때문이다.

문제는 운이 절반만 따라주었다는 점이다.

유소매는 가장 오른편에 있던 가옥의 후원을 거닐고 있었다.

하지만 진원명은 유소매의 눈앞에 모습을 드러낼 수 없었다. 유소매의 곁에 한 사내가 있었기 때문이다.

그는 바로 전만휘였다.

진원명은 지붕 위에 엎드린 채 초조한 마음으로 두 사람의 모습을 지켜보았다.

"영아가 아직 돌아오지 않았소."

전만휘의 목소리가 들려온다.

큰 목소리는 아니었지만 조용한 밤이다 보니 목소리가 제법 멀리까지 들려왔다.

"후후, 걱정하지 마세요. 아마 또 물가에 나가 있는 것이겠지요."

유소매의 부드러운 목소리가 들려오고, 전만휘가 가볍게 고개를 젓는다.

"당신과 영아가 이곳에 온 지도 제법 시간이 지난 듯한데 영아는 아직도 이곳에 익숙해지지 않나 보오."

"이곳이 익숙하지 않아서가 아니라 어린 시절 버릇이 잘못

들었기 때문이지요. 크면 고쳐질 줄 알았는데 오히려 더 심해지기만 하니……. 영아는 단지 배 위에서 잠드는 것이 편한 것일 뿐이에요."

유소매는 그다지 대수롭지 않은 일을 이야기하는 듯했다. 반면 전만휘의 목소리는 염려에 차 있었다.

"어린 시절의 버릇을 떼어버리지 못하는 것은 바로 지금의 상황이 영아의 마음에 들지 않기 때문이 아니겠소? 내가 영아에게 좀 더 시간을 들여 다가가려고 노력해야 할 터인데, 그럴 시간을 내기가 어렵구려. 게다가 가끔씩 시간을 내어도 그다지 나와 마주치는 것을 좋아하지 않아 보이니 영아와 친해지기가 참으로 어렵소."

영아라 함은 단목영을 칭하는 것이리라 생각되었다.

생각해 보면 유소매가 전만휘와 재혼하였으니 단목영은 이름을 전목영으로 고쳤을 터이다.

전만휘가 과거 단목영을 전목영이라 부르지 않고 단목영으로 부른 것은 것은 그녀를 더 이상 자신의 딸로 인정하지 않는다는 뜻이었으리라.

잠시 후, 전만휘가 가볍게 한숨을 내쉬고는 말을 다시 이었다.

"그러니 부인이 영아에게 잘 좀 말해주시구려. 내 만약 영아가 원하는 것이 있다면 뭐든 구해줄 요량이라오."

"후훗. 당신이 영아를 생각하는 마음, 내가 영아에게 잘 말해둘게요."

"정말 부인께 꼭 좀 부탁드리오."

전만휘의 목소리는 진심에 차 있는 듯 보였다. 유소매가 고개를 저으며 웃음 섞인 목소리로 말한다.

"아아, 딸에게 쩔쩔매는 해서파의 문주라니요. 남들이 본다면 친딸이라고 여길 만큼의 애정이로군요. 질투가 나려고 하는 걸요?"

"하핫, 부인도 참 짓궂구려. 영아에 대한 애정과 부인에 대한 애정은 종류가 다른데 어찌 서로 비교를 할 수 있겠소?"

전만휘가 대답하자 유소매가 전만휘의 팔을 끌어안으며 말한다.

"그럼 그 애정이 어디가 어떻게 다른지 확인시켜 주시겠어요?"

전만휘가 크게 웃으며 유소매를 얼싸안고 귓가에 정담을 속삭이기 시작한다.

진원명은 지붕 위에서 그 모습을 바라며 내심 중얼거렸다.

'빌어먹을.'

오늘 밤에 유소매를 만나려는 시도는 아무래도 허탕인 듯했다.

그렇다면 문제는 단목영의 처우였다.

두 사람의 대화로 보아 오늘 밤은 어찌어찌 넘어간다 해도 내일 아침에도 돌아오지 않는다면 당연히 찾아 헤매지 않겠는가?

　고민하던 진원명은 이내 자신이 취할 행동을 결정했다. 그리고 지붕에서 내려와 아까 왔던 길을 되돌아가기 시작했다.

　되돌아가며 진원명은 방금 전 전만휘의 모습을 떠올렸다.

　유소매의 모습은 잘 모르겠지만 단목영이나 전만휘의 모습은 얼핏 보아도 예전에 자신이 알던 모습과는 판이하게 달라 보인다.

　문득 그들의 어두운 미래를 떠올려 낸 진원명은 가볍게 고개를 가로저었다.

　적어도 자신이 방금 전 단목영을 해치지 않게 된 것은 잘된 일인 듯하다.

　만약 그녀라는 사실을 모른 채 그녀를 해쳤다면 단순히 일을 그르치는 것을 넘어 한동안 그 일이 마음속에 앙금이 되어 남았을 것이다.

　상대방의 가해에 대항하는 것이 아닌 단순히 자신이 상대방에게 가하는 일방적인 가해라면 그러한 가해의 대상에 대한 죄책감은 어떤 경로로든 마음에 남기 마련이다.

　그런 것은 '어쩔 수 없었으니까'라고 묻어둘 수 없는 감정이다.

　거기에 더해 자신이 가해하게 되는 대상과 알게 되고, 그 대상에게 어떤 종류의 것이든 감정을 갖게 된다면 그것이 더 큰 고통으로 돌아오게 된다는 것은, 얼마 전 천강파의 사형제들을 만나며 느꼈던 죄책감을 통해 잘 알게 되었던 사실이다.

진원명은 자신이 과거 단목영이나 전만휘에게 느꼈던 감정이 무엇이었는지 지금에 와서 깨달을 수 있었다.

그것은 바로 동질감과 연민이다. 당시에 그들을 바라보며 느꼈던 묘한 불쾌함은 바로 그러한 연민에 의한 것이었으리라.

진원명은 걸음을 좀 더 빨리 하여 방금 전의 뗏목으로 돌아왔다. 진원명은 단목영을 해치는 대신 단목영을 통해 유소매에게 서신을 전달하도록 할 생각이었다.

단목영은 여전히 뗏목 위에 쓰러져 있었다.

진원명은 단목영을 일으키고는 등 뒤에 손바닥을 대 가볍게 진기를 운용하기 시작했다.

"으음……."

잠시 후 낮은 신음과 함께 단목영이 눈을 떴다.

잠을 자다 일어난 듯 멍하게 잠시 주변을 두리번거리던 단목영은 잠시 후 고개를 살짝 갸웃거리더니 다시 고개를 숙이고는 무언가 곰곰이 생각하고는, 이내 가볍게 한숨을 내쉬며 중얼거렸다.

"꿈을 꾼 건가?"

진원명은 단목영의 등 뒤에서 단목영의 모습을 잠시 지켜보다가 단목영이 끝내 자신의 기척을 눈치 채지 못한 듯 보이자 가볍게 헛기침을 했다.

"크흠."

"으앗!"

단목영이 크게 놀란 듯 앞으로 몸을 굴리며 뒤로 몸을 향한다.

출렁!

순간 배가 크게 흔들렸다.

좋은 회피였지만 이런 작은 뗏목 위에서 펼칠 만한 동작은 아니었다.

진원명이 재빠르게 배 후미로 움직여 균형을 맞추지 않았다면 배가 뒤집혔을지도 모르는 일이다.

잠시 진원명을 바라보던 단목영의 눈빛이 놀람에서 이내 분노로 바뀐다.

"꿈이 아니었군요."

"당신을 해칠 생각은 없으니 그렇게 경계할 필요 없소."

"당신은 도대체 누구죠?"

"난 그저 당신의 어머니에게 부탁할 게 있어 찾아온 사람이오."

진원명의 대답에 단목영이 가볍게 코웃음친다.

"하, 그저 부탁을 하기 위해 이런 한밤중에 절벽을 넘고, 복면을 하고, 목격자를 없애려 한 것이로군요. 당신이 강도와 다른 점이 도대체 무엇이죠?"

"당신에게 무례를 범한 것은 내 실수요. 지금 반성하고 있다오. 내 진심으로 사과드리겠소."

진원명이 고개를 숙여 보인다.

"이제 와서 예의 바른 척해보아야 소용없으니 나에게 용건이 있는 것이라면 빨리 말하세요."

단목영의 앙칼진 대답에 진원명이 한숨을 쉬며 고개를 내젓는다.

"한 가지 부탁이 있소. 소저의 어머니께 내 서신을 전해주는 것이오."

"서신?"

"그리고 내 말도 또한 전해주기 바라오. 난 해서파로부터 몇 가지 도움이 필요하오. 당신의 어머니가 내게 도움을 준다면 내 이 서신에 적어진 글귀를 발견한 장소를 알려주겠소. 관심이 있다면 내일 유시(酉時) 초에 석종산의 관제묘(關帝廟)로 나오기 바라오. 전해줄 수 있겠소?"

단목영의 얼굴 표정이 갑자기 굳어졌다. 아마 자신이 제시하고자 하는 대가가 무엇인지 짐작을 하고 있는 것이 아닌가 생각되었다.

진원명이 다시 묻는다.

"전해줄 수 있겠소?"

"아, 네. 전해 드릴게요."

단목영이 생각에 잠겨 있다가 놀란 듯 대답하며 작게 고개를 끄덕였다.

진원명이 품속에서 서신을 꺼내 단목영에게 건네주었다.

"고맙소. 그럼 난 이만 떠나겠소."

진원명이 다시 그렇게 말했지만 단목영은 아무 대꾸도 없이 진원명이 건네준 서신을 펼치더니 그 글을 멍하니 내려다보고 있었다.

진원명은 고개를 살짝 가로젓고는 절벽을 타고 올라가기 시작했다.

오늘 저녁은 여러 가지로 운이 좋지 못했다. 좀 더 주의 깊게 주변을 살폈어야 했다. 자신의 얼굴이 단목영에게 알려지게 된 것은 큰 실책이 아닐 수 없다.

정확히는 자신의 얼굴이 알려짐으로써 자신의 정체가 드러나고 그 드러난 정체를 통해 자신의 장원에 피해가 가게 되는 것이 바로 자신이 진정 우려하고 있는 상황이었다.

하지만 집을 나서며 해서파의 도움을 청하려는 계획을 세웠을 때 자신의 정체가 저들에게 노출되는 일을 고려해 본 적이 없는 것은 아니었다.

당시 생각했던 결론은 저들이 다른 마음을 먹기 전에 도움을 받을 만큼 받아내고 그 대가를 지불해 버리면 된다는 것이다.

해서파가 진가장보다 세력이 강하긴 하지만 그렇다고 해서 진가장의 비위를 건드리는 것이 쉬운 선택은 아니다.

진가장은 그 시초인 진철상의 대(代)부터 대대로 관과 친분을 유지해 왔기 때문이다.

녹양방과 청호상 등의 문파들과의 친분 역시 이러한 관과의 연줄이 있기에 가능한 것이라 할 수 있을 것이다.

아마 유소매도 원하는 대가를 챙기고 난 다음이라면 굳이 진가장과 원한을 맺으려 하지는 않을 것이다.

진원명은 그렇게 스스로를 위안하며 산을 내려와 낮에 잡아둔 객점으로 돌아갔다.

다음날 아침 진원명은 한산한 객점에 앉아 차를 마시며 내심 후회했다.

'그냥 유시가 아니라 미시(未時)에 만나자고 할 것을.'

비는 시간에 마땅히 할 일이 없었기 때문이다.

진원명이 한참을 그렇게 멍하게 앉아 있을 때, 창밖에서 누군가 진원명을 부르는 소리가 들려온다.

"진 형, 여기서 뭐 하시오?"

송하진이었다. 진원명이 반갑게 맞는다.

"마침 잘되었소. 송 형, 바쁘지 않다면 이곳에서 차나 한잔 하시고 가는 게 어떻소?"

"좋지요!"

송하진이 곧바로 객점으로 들어와 진원명의 옆에 앉는다. 진원명이 묻는다.

"하시는 일은 마치셨소?"

"아, 지금 하고 있는 중이오."

"이런, 내가 바쁜 사람을 붙잡은 것이 아닌가 모르겠소?"

진원명이 염려스러운 듯 말하자 송하진이 가볍게 웃는다.

"바쁘지 않으니 안심하시오. 그나저나 진 형은 무척 한가해 보이시는구려."

"하핫, 솔직하게 말하자면 심심하던 차에 송 형이 지나가서 매우 잘되었다고 생각하고 있었소."

둘은 얼마간 그곳에 앉아 이야기를 나누었다. 주로 송하진이 이런저런 세상 이야기를 들려주면 진원명이 들어주는 식이었다.

그러던 도중 송하진이 장난기 어린 표정으로 말한다.

"진 형은 중원에서만 살았으면서 어찌 중원에 대해 나보다 아는 게 없소?"

"하아, 정말 송 형의 견문이 이처럼 넓으니 난 이날 이때껏 뭘 하고 살았는지 나도 잘 모르겠소."

진원명의 대답에 송하진이 껄껄 웃다가 낮게 중얼거린다.

"눈치 채이지 않게 뒤를 돌아보시오. 진 형의 왼편 뒤쪽의 탁자에 앉아 있는 사내가 혹시 아는 사람이오?"

어조와는 달리 송하진의 여전히 얼굴은 웃는 표정이다.

진원명이 가볍게 기지개를 켜듯 몸을 틀면서 살짝 뒤를 돌아보고는 낮게 대답했다.

"모르는 사람이오."

"아, 시간이 벌써 이렇게 되었나 보오. 이만 일어나 보아야 겠구려. 자리를 옮깁시다."

송하진이 몸을 일으킨다.

송하진의 말 중 '자리를 옮깁시다' 대목만은 거의 들리지 않을 만큼 작았다.

진원명이 따라 일어난다.

"내가 배웅해 드리지요."

객점 밖으로 나와 어느 정도 걸어간 뒤 송하진이 말했다.

"진 형이 말한 구강에서의 볼일이 해서파에 대한 것이었나 보구려."

"방금 저 사내가 해서파의 인물이었소?"

"그렇소. 아까 내가 묵던 객점에도 찾아왔다오. 진 형과 같은 인상의 사내를 찾는 듯하여 눈여겨봐 두었지요."

진원명이 눈살을 찌푸렸다.

그들에게 자신의 행적이 들키는 것이야 상관없지만 방금 전 자신과의 만남으로 무고한 송하진이 피해를 볼지도 모른 다는 것이 걱정되었기 때문이다.

"저런 식으로 진 형을 감시해야 할 정도라면 좋은 관계라 고는 볼 수 없겠구려. 어쨌든 진 형이 해서파와 문제가 있는 것이라면 조심하시기 바라오. 이곳 구강의 주민은 모두가 해 서파와 같은 편이라 하여도 과언이 아닐 것이오."

진원명의 속도 모르고 오히려 송하진이 그렇게 말한다. 진원명이 고개를 저으며 한숨을 내쉬었다.

"난 나 때문에 행여나 해서파에서 송 형에게 해를 끼치지나 않을까 걱정이라오. 아무래도 송 형은 되도록 빨리 이곳을 떠나는 것이 좋지 않을까 생각되오."

"그렇지 않아도 이곳에 오래 머물지는 않을 생각이었으니 잘되었구려. 그들이 바보가 아닌 이상 나같이 무관한 자를 손대지는 않을 것이고, 설령 저들이 내게 손을 쓰려 해도 그전에 내가 이곳을 떠날 테니 진 형은 걱정하지 않으셔도 되오."

"송 형에게 정말 미안하게 되었소."

진원명의 목소리가 힘이 없다. 송하진이 피식 웃으며 고개를 숙여 보인다.

"내가 진 형을 친구로 여기고 있으니 미안해할 필요 없소. 오히려 내가 도울 일이 없다는 것이 아쉽구려. 그럼 나는 이만 가보겠소. 다음에 봅시다."

송하진이 그렇게 말하고는 몸을 돌려 걸어가기 시작했다.

"저기, 송 형! 조심하시오!"

진원명이 떠나가는 송하진을 보며 외쳤다.

"진 형, 다시 말하지만 걱정하지 않아도 좋소. 세상을 떠돌며 배운 것이라고는 눈치와 도망치는 재주뿐이라오."

송하진이 뒤도 돌아보지 않고 걸어간다.

진원명은 잠시 그 모습을 바라보다 몸을 돌려 걸어가기 시작했다. 송하진이 걱정되기는 했지만 당장은 자신의 일에 신경을 써야 할 때였다.

어제 단목영과 약속했던 시간이 멀지 않았기 때문이다.

약속했던 관제묘(關帝廟)는 어제 산을 오르며 발견한 곳이었다.

진원명은 걸음을 서둘러 약속 시간보다 조금 일찍 그곳에 도착했다.

제법 산속 깊은 곳에 위치한 데다 날이 저물어가는 시간이다 보니 주변에 다른 사람의 인적은 느껴지지 않았다.

진원명은 조용한 관제묘 앞에 서서 생각을 정리하기 시작했다.

진원명은 유소매가 직접 나오리라고는 생각하지 않았다. 아마 오늘은 사람을 시켜 자신이 원하는 것을 파악해 내고 시간을 끌면서 자신의 정체를 알아내려 할 것이다.

하지만 자신은 시간이 없다. 때문에 오늘 처음 협상을 어떻게 하느냐가 정말 중요할 것이다.

차라리 그들의 도움을 포기하고 혼자 찾아 헤매게 되는 한이 있더라도 상대방의 불합리한 조건이나 시간을 끄는 모습을 결코 용납해서는 안 될 것이다.

한번 협상에서 저들에게 휘둘리기 시작한다면 끝까지 거기에 휘둘리게 될 것이다.

진원명은 마음에 긴장을 담은 채 적에게 요구할 것들을 다시 한 번 머릿속에 떠올려 보았다.

어느덧 해가 저물고 얼마 후, 관제묘 뒤편으로부터 한 사람의 그림자가 나타났다.

그 사람은 진원명의 추측대로 유소매가 아니었다.

하지만 진원명은 그 사람을 보며 놀라지 않을 수 없었다. 정확히는 진원명이 생각하지 못했던, 애초 추측에서 배제해 버렸던 인물이니 결국 진원명의 추측은 어긋났다고 해도 옳을 것이다.

관제묘 앞에 서서 왠지 화가 난 듯한 표정으로 진원명을 바라보고 있는 그 익숙한 인물은 바로 단목영이었다.

하지만 잠시 후 진원명은 자신이 놀라야 할 일이 그것으로 끝이 아님을 깨달았다.

"…그러니까 소저, 내 말은……."

뭔가 허탈한 표정으로 중얼거리는 진원명에게 단목영이 차가운 목소리로 대답했다.

"당신의 말은 지금으로부터 정확히 이십구 일 전부터 일주일간 나룻배로 악주에 내렸던 승객 중 약 사십여 명이 같은 일행인데 그들의 행적을 조사해 달라는 것이 아닌가요?"

"그렇소. 그리고 내 사정이……."

"그리고 당신은 사정이 급박하니 최대한 빨리 알아봐 주길 바라고 있는 것이고요."

"맞소. 그래서 당신이⋯⋯."

단목영의 차가운 목소리에 짜증스러움이 섞이기 시작한다.

"그래서 저는 내일 아침 구강 나루터에 당신의 질문에 대한 답을 준비해 간다고 했어요. 당신이 대답을 듣고 곧바로 출발할 수 있도록 말이죠. 여기에 무슨 문제가 있나요?"

진원명은 고개를 저으며 물었다.

"문제는 없소. 그럼 내가 제공하기로 한 대가에 대한 조건 역시 수락하는 것이오?"

"도대체 몇 번을 더 말해야 되는 거죠? 당신이 그자들의 행적을 찾게 되면 그 뒤에 당신이 알고 있는 장소를 저희에게 가르쳐 주겠다는 조건 역시 받아들이겠어요. 그밖에 제가 모르는 다른 조건이 더 있었나요?"

단목영의 화난 목소리에 진원명은 왠지 기가 죽은 목소리로 대답했다.

"⋯없었소."

"그럼 됐군요. 더 요구할 것이 있나요?"

진원명이 고개를 저었다.

단목영은 지금껏 자신의 모든 요구를 무조건적으로 수용해 주었다.

"없소."

단목영이 말한다.

"그럼 전 이만 가보겠어요."

단목영은 떠나갔다.

진원명은 아무 말도 하지 못한 채 그 모습을 지켜보았다.

도대체 자신은 무엇을 걱정하고 무엇을 준비했던 것인가?

이런 식의 무조건 자신의 요구대로 돌아가는 협상을 예상하지 못했기에 진원명은 단목영이 돌아가고 난 잠시 후에야 협상 중에 떠올리지 못했던 한 가지 의문을 떠올릴 수 있었다.

"그런데 하룻밤 새에 자신이 요구한 사실들을 알아볼 수가 있기는 한 것인가?"

진원명은 알 수 없다는 얼굴을 한 채 산을 내려왔다.

다음날 아침 일찍 진원명은 구강 나루터로 나갔다.

어제저녁은 적이 보여준 수상쩍을 정도로 순순한 태도에 오히려 경계심이 생긴 나머지 잠을 조금 설쳤다.

날이 새도록 생각해 보았지만 도대체 저들이 무엇을 노리는 것인지 짐작조차 가지 않는다.

"뭐, 일단 부딪쳐서 생각해 보지."

진원명은 한숨을 내쉬며 그렇게 중얼거렸다.

잠시 후 나루터에 사람들이 모여들기 시작한다. 그중 익숙한 얼굴이 보였다.

"진 형, 여기서 또 만나는구려."

송하진 그와 자신 사이에는 정말 무척이나 질긴 인연의 끈이 이어져 있는 게 아닌가 생각되었다.

"송 형은 오늘 이곳을 떠나려는 것이오?"

"그렇소. 진 형 역시 나룻배를 타기 위해 온 것이오?"

"나는 어찌 될지 잘 모르겠소. 송 형은 먼저 올라가 보시구려. 송 형이 나와 대화를 나누는 모습을 남들에게 보이는 것은 그다지 좋을 게 없을 것이오."

진원명의 얼굴에 염려의 기미가 비쳐 보인다. 그것을 본 송하진이 빙긋 웃었다.

"그럼 난 먼저 올라가 보겠소. 우리들의 인연이 보통이 아닌 듯 보이니 또 만날 수도 있겠지요."

송하진이 살짝 고개를 숙이며 진원명의 곁을 지나쳐 간다. 진원명은 송하진의 말이 자신이 방금 했던 생각과 같음을 느끼며 피식 웃었다.

다시 진원명이 그곳에 서서 기다린 지 한 식경이 지나지 않아 오가는 사람들 사이에 다시 한 번 익숙한 얼굴이 보였다.

단목영이다.

진원명은 인사치레없이 곧바로 물었다.

"그들의 행적을 알아보았소?"

"네, 알아냈어요."

단목영이 고개를 끄덕였다.

크게 기대하지 않고 있었던 진원명이 놀람과 기쁨이 섞인 목소리로 물었다.

"해서파의 정보력이 놀랍구려. 어떻게 하루 만에 그 사실을 알아볼 수 있는 것이오?"

"바쁘다고 들었는데 그런 쓸데없는 것에 관심을 가지는 것을 보니 그렇지도 않나 보군요."

단목영이 냉랭한 목소리로 되받는다. 진원명이 머쓱하게 웃으며 사과했다.

"미안하오. 괜한 것을 물었나 보구려. 그들이 향한 곳은 어디요?"

"머뭇거리다간 배가 출발할지도 모르니 일단 배에 타서 이야기하도록 해요."

단목영이 앞장서서 정박해 있는 나룻배에 올라탄다. 진원명이 당황하여 뒤따른다.

"저기, 소저!"

단목영은 진원명이 부르는 데도 나룻배의 후미까지 걸어가서 그곳에 걸터앉았다.

"당신이 찾고자 하는 자들은 꽤 큰일을 저질렀더군요."

그리고 다가오는 진원명에게 자신의 옆자리를 가리키며 그렇게 말했다.

진원명은 뭔가 할 말이 있는 듯 뒤따라오다가 단목영의 말을 듣고는 되물었다.

"무슨 큰일을 말이오?"

"앉아서 이야기하지 그래요?"

진원명은 단목영의 말을 따라 단목영의 옆에 앉았다. 단목영이 말을 잇는다.

"그들은 강남 상권 세력 중 가장 유력한 가문 하나를 무너뜨렸어요."

"무너뜨렸다고요?"

"그래요. 무너뜨렸어요. 단 하룻밤 새에. 들리는 바로는 살아남은 사람이 아무도 없다고 하더군요."

문득 진원명의 머릿속에 어떤 기억이 떠오른다.

그 기억은 불타는 자신의 장원과 장원을 습격해 온 복면인들의 모습이었다.

아비규환의 지옥과 같았던 그때 그곳의 기억을 떠올리며 진원명은 자신도 모르게 입술을 깨물었다.

그들은 이번에는 자신의 장원이 아닌 다른 곳을 공격한 것인가? 도대체 무엇 때문에?

덜컹!

진원명은 가벼운 배의 흔들림에 생각에서 깨어났다.

배가 나루터를 떠나 강으로 흘러가고 있었다. 그것을 본 진원명은 방금 전 자신이 단목영에게 원래 하려 했던 말을 떠올렸다.

"…그런데 배가 떠나 버리면 당신이 내리지를 못하지 않소?"

단목영은 무표정한 얼굴로 대답했다.

"괜찮아요. 난 당신을 따라갈 거니까."

진원명이 잠시 그 말의 의미를 생각해 보다가 이내 기막혀 하는 표정으로 말한다.

"그, 그게 도대체 무슨 소리요?"

"당신이 우리의 도움만을 받고 도망가 버리지 않으리라 어떻게 확신하죠? 그래서 내가 당신의 뒤를 따르면서 감시한다는 이야기예요."

"그, 그건 말이 안 되지 않소."

"뭐가 말이 안 된다는 말이죠?"

진원명은 눈살을 찌푸리며 잠시 고민했다.

"그야… 당신이 따라온다고 해도 내가 당신을 두고 도망가 버리면 그만이지 않소?"

"뭐, 그럴 수도 있겠군요. 하지만 내가 없다면 당신은 정보를 얻을 수 없을 텐데요?"

"무슨 말이오?"

"내가 어떻게 하루 만에 정보를 얻었을 것이라 생각하나요? 해서파에서 이미 사람들을 파견해 그곳 가문의 참사에 대한 조사를 시작했기 때문이지요. 지금 내가 아는 것은 당신이 찾고자 하는 그들이 악주에 나룻배를 타고 도착했다는 것과 그들이 머물렀을 것이라 예상되는 장소에 대한 정

보뿐이에요. 일주일 전에 도착한 보고에 나와 있는 내용이
지요. 하지만 현장에 도착한다면 미리 조사하고 있던 해서
파의 형제들을 통해 더 많은 정보를 얻을 수 있겠죠. 하지
만 내가 없다면 당신은 누구를 통해 정보를 얻어낼 생각이
죠?"

진원명은 고개를 저었다.

단목영의 말이 사실이라면 분명 단목영이 아니더라도 악
주에 파견된 해서파 문도들과 연락이 가능한 누군가가 자신
을 따라오기는 해야 할 것이다.

하지만 자신을 감시하려는 목적이 있다는 것을 저처럼 대
놓고 이야기할 필요가 있는 것인가?

어찌 되었든 자신이 그들을 따돌리려고 마음먹는다면 그
곳에서 필요한 정보를 얻은 뒤에 뒤따라온 그녀를 해치고 도
망가 버릴 수도 있는 일이다.

진원명은 단목영의 얼굴을 바라보았다.

이 소녀와 그녀의 어머니가 생각하고 있는 꿍꿍이가 도대
체 무엇인지 짐작조차 할 수 없었다.

하지만 일단 그녀가 제안한 조건은 자신에게 결코 불리
한 것이 아니었다. 오히려 자신이 원하던 것이라 할 수 있
다.

만약 구강에 머무른 채 해서파의 소식이 오기만을 기다려
야 했다면 자신은 그 답답함을 참기 어려웠을 것이다.

"알겠소. 당신의 안내를 따르지요."

진원명의 대답에 단목영은 당연하다는 듯한 표정으로 대답도 하지 않고 진원명의 반대 방향으로 돌아앉았다. 자신을 바라보기도 싫다는 듯한 모습이다.

어제부터 보였던 단목영의 반응은 시종일관 차가웠다. 아마 자신이 이틀 전 그녀를 죽이려 했던 일을 아직 잊지 못하고 있는 것이 아닌가 생각되었다.

'여행이 피곤해지겠군.'

내심 한숨을 쉬며 강을 바라보던 진원명은 잠시 후 뭔가 미심쩍은 기억 하나를 떠올렸다.

방금 전 송하진이 먼저 나루터로 향하지 않았던가? 설마 자신과 같은 배를 탄 것일까?

고개를 돌려보던 진원명은 곧 배 왼쪽에서 자신을 바라보며 빙긋 미소 짓고 있는 송하진의 모습을 바라볼 수 있었다.

진원명은 내심 실소했다.

'역시 또 만나게 되었군.'

그리고 송하진을 바라보던 진원명은 잠시 후 한숨을 내쉬며 중얼거렸다.

"전혀 그렇지 않소."

단목영이 이상한 눈으로 바라보았지만 진원명은 개의치 않았다.

방금 송하진은 살짝 인상을 쓰고는 단목영을 향해 손짓을 하며 무어라 말을 하였다.

　거리가 멀어 송하진의 말이 들리지는 않았지만 입 모양을 통해 진원명은 그 의미를 알 수 있었다.

　"부럽구려."

『귀혼』 3권에서…

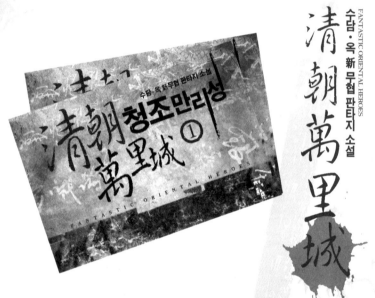